渡边淳一 著
谈谦 译

浮舟

夜の出帆

青岛出版社
QINGDAO PUBLISHING HOUSE

目录

光芒 / 001

积雨云 / 015

烈日火 / 062

风声 / 091

白秋 / 143

白月光 / 190

冬雨 / 229

冰花 / 258

流云 / 290

荒野 / 327

黎明 / 363

译后记 / 393

光芒

从国铁电车"御茶之水"站下车,站前有个坡道,右方看得到明治大学西洋馆,顺着这个坡道下去,便是骏河台下十字路口。

这一带被称作学生街,密集分布着旧书店、餐饮店,背街小巷里还有麻将庄。骏河台下十字路口左拐,进入第一个小巷五十米处,有一家名为健康社的出版社。

说是出版社,不过是在一栋陈旧的五层楼里租赁了第三层,站到旧楼的入口才可看到这家出版社的招牌。

出版社名副其实,定期按月出版一期《身体》,还出版有关疾病防治的系列单行本。职员共有十八名,比不上大出版社,但作为保健方面的出版社,也算得上小有规模。

这家出版社的社长叫加仓井修造,四十三岁,以前曾在大出版社文英社编过文艺杂志,十年前独立出来创立了这家出版社。

照加仓井的想法,今后的社会丰衣足食,人们会将目光转向健康方面,他的判断基本没错。

同样编辑出版物,但文艺刊物与健康杂志毕竟不同,起初多有不顺。但凭着加仓井对市场的敏感性,杂志销量逐年增加。现在有了固定读者,出版社的经营也稳定下来。如今在这个领域小有名气,医学界无人不知"加仓井"。

加仓井处事干练,小出版社虽比不上大出版社,但眼下的工作却更有干头儿,或许更加适合他。

加仓井每天到出版社总是姗姗来迟。

编辑部职员的正式上班时间是上午十点,他却无法守时,大多迟到两个小时,中午时分甚至更晚的下午两点、三点才到。

加仓井家住荻窪。乘坐中央线电车,中途不换车,到出版社用不了一个小时。但加仓井晚睡晚起的习惯自文英社时代就开始了,创立健康社后状况依旧。

是日同样,十二点整,加仓井来到出版社。最近一段时间,或因时值阳气十足的五月,他到达出版社的时间算是早的。

"早上好。"

加仓井边打招呼边走向房间尽头间隔出来的社长办公桌。对职员们来说,此时已快到午饭时间。

大家早已习惯了他的迟到。社长与其破例早到,不如按往常的惯例姗姗来迟,大家反倒觉着更加轻松。

加仓井坐到椅子上,点燃一支烟,电话铃响了。

"今天上班很早啊。"

社长办公桌上有部电话是直通外线的。加仓井拿起那部电话的听筒,立刻传来了望月嘶哑的声音。

望月与加仓井是好朋友,两人同时入的文英社,现在是出版部部长。

"哎,今天有件特别的事儿。你那儿能不能录用一个职员?"

"我这儿……"

眼下健康社不缺人手。但近期计划出版《疾病百科》全集,计划启动后,人手或许稍有不足,不过加加班也许不成什么问题。

"一个二十九岁的女孩儿,颇有姿色。"

"老兄认识的人?"

"说来话长喽,其实啊,十天前去了趟能登高明那儿。"

能登高明是二十年前文坛上崭露头角的作家,二十来岁时就获得了"新人作家文学奖"。

以后的几年里,其新闻小说备受关注,陆续发表了许多作品。可三四年后作品发表数量突然锐减,这十多年不要说一般读者了,连文坛都忘却了他的存在。

"他现在写了什么作品吗?"

"不,不是。是去探病……"

"这个能登高明,大概两三年前吧,不是因交通事故腿部受伤了吗?"

"嗯……最近,右腿截肢了。"

"截肢了啊!"

加仓井不由得提高了嗓音,又追问道:

"真的吗?"

"是啊,截肢两个月了,我去他家探望……"

加仓井回想起二十年前能登高明的样子,曾为约稿去过他家几次。个头不高,总是穿着深蓝色的"结城"①绸和服。那时他已声名显赫,但刚刚卖出些许作品,实际生活并不宽绰,却总是见他装束上流。

能登家住中野区新井药师一带,院子不小,木造房屋,据说是租赁的。家庭成员当时有太太及两个孩子。太太的个头不小,看起来挺要强的。后来听说分居了。

那个能登一条腿竟被锯掉了。

"啊,身体好吧?"

"唉,身体嘛,还好。"

加仓井无论如何也想象不出能登高明瘸腿的样子。

"现在住哪儿?"

"在三鹰的下连雀租了个房子……"

"简易公寓吗?"

"一个铺八块草席的房间和一间厨房,所谓1DK(一室一厨)吧。"

当年初出茅庐时能登二十七八岁。时光流逝近二十年,现在也该是快五十岁的人了。他以前居住在中野,现住在三鹰,仅从离开都市中心的距离上,即可设想其落魄的情形。

"还在撰写稿件吗?"

"靠什么维持生计不知道,跟以前一样,离不开冷酒。"

当年能登就喜欢喝冷酒。加仓井还记得他喝冷酒的样子:将一升瓶装酒瓶里的酒倒入玻璃酒杯,然后支起胳膊肘细细品味,端正白皙的面容配上深蓝色的简便和服装束,与手持玻璃酒杯喝酒的神

---

① 结城:日本茨城县西部的城市,位于鬼怒川中游。结城是捻线绸产地。

态构成一幅极其般配的风格图案。

"他变了吧？"

"已经二十年了啊。脸上多了皱纹，但目光依然炯炯有神，还那么瘦。话不多，似乎有点儿冷淡……"

"但老兄去探望，他会很高兴吧？"

"也没觉着怎么高兴，递给他装有慰问金的信封时，他也不过露出'来干吗'的神态，看都不看一眼。"

"相反，现在这样的状态见到从前的编辑，想必会感到痛苦……"

"我也这么想，起初不打算去的。但听说截了肢，又觉着不能佯装不知……"

即便是现在已被忘却的作家……曾经约过稿，就不能没了礼数。可以说这是出版社的规矩。

"话说回来，怎么截了肢呢？"

"好像是交通事故骨折以后引起的骨髓炎……"

"因此就要截肢吗？"

"伤口不断地化脓，不采取措施的话，骨头接不上，疼痛也很剧烈。所以索性决定截肢……"

说是别人的事儿，可加仓井好像自己的腿被锯掉了似的疼痛。

"从什么部位？"

"好像是右腿膝盖下面一点的部位。"

"那，装配假肢了吧？"

"我去的时候好像拿了下来。穿着和服，泰然端坐，看不出来。"

加仓井的脑海里终于浮现出上了年龄却保持着孤高神态的能

登来。

那不过是失去了单腿的半老男子,与寒碜无关,虽然白皙变成了优雅的白发,却更加增添了几分严峻而从容不迫的态度。

"那,那女人是怎么回事儿?"

加仓井总算想起了望月说的事情来。

"那是能登高明的女人。"

"太太吗?"

"不,不是太太,是情人吧,叫什么日诘圣子,好像还没结婚。"

"怪啊。"

"我也不太清楚,总之好像已经同居四五年了。"

"那女人怎么跟能登高明凑在一起?"

"我也不知道,又不可能去问啊。"

刚才觉得一个被忘却的半老作家与年轻美貌的女性在一起挺怪异的。不过再一想,又感到这事儿放在能登高明身上是有可能的。

"那女人愿意工作吗?"

"我去的时候,似乎只是在照顾他。可昨天突然来找我,问能不能雇佣她。"

"还是生活有困难吧?"

"她什么都不说,但既然来找工作,或许是那么回事。"

"倒是个坚强的女人啊。"

"看起来文静聪明,我这儿要是有可能的话,就用她了。上个月刚结束了新职员招聘。我想你那儿,你是社长,怎么都可以办到的嘛。"

一来二去的对话,令加仓井产生了想见这个女人的念头。

"老兄这么讲,也不是不能雇佣她。只是她工作的事,能登高明会同意吗?"

"既然工作,当然每天都要外出喽,不用说是同意了的吧。况且即便反对,为了糊口也是没办法的事啊。"

"有那么困难吗?"

"截了肢的五十岁的男人,哪儿都不会雇佣。更何况,他至死也不会去做上班族的啊。"

"那女人有大学学历吗?"

"看了她的履历书,毕业于A大学国文科。"

"文学少女啊。"

"以前怎么样不知道,现在看上去,不像呀。总之照顾生活不便的能登高明仔细上心,一旁看着的人,倒觉得有些看不下去呢。"

"他们的关系可真够奇怪的啊。"

"总而言之,哪怕只是见见面,行吗?"

"好吧……"

加仓井想,无论雇佣不雇佣,先见一面吧。

加仓井修造见到日诘圣子是第二天的下午。

约好下午四点见面。加仓井外出回来迟了半小时,圣子坐在社长办公桌前的沙发上等候。

"让你久等了。"

听到身后加仓井的声音,圣子立即从沙发上弹跳般地站了起来。

"我是文英社望月先生介绍来的日诘圣子。"

圣子大大的眼睛注视了一下加仓井后,有礼貌地低头鞠了躬。

"哦,请坐。情况大致听望月说了。"

圣子绿色衬衣外套了件白色西装,细条身材略显瘦了些。高束起来的发型配上翻出的衣领,显得细细的脖子更加与众不同。

"听说是想找份工作。以前工作过吗?"

"工作过两年。"

圣子抬头明确地回答道。那直视对方的目光中透着聪明灵气。

"大学一毕业就工作了吗?"

"是。"

年轻女职员端来茶水。加仓井等那职员离去后又问道:

"那时做什么工作?"

"教师。"

"哦。"

大学毕业的女性很多做教师工作。

"在东京都吗?"

"算是东京都,在名叫'式根'的小岛上。"

"'式根'啊,在哪个位置?"

对加仓井来说,这个小岛是第一次听说。

"伊豆七岛之一。"

"大学一毕业就去了吗?"

如果是去旅游倒也罢了,去岛上工作,很特别。加仓井看了一眼圣子。

"海水很美,安静,是一个很好的地方。"

在圣子那文静的脸上,瞬间闪过一丝怀念的神情。

"你娘家不在那儿吧?"

"在山口。"

"不过你真行,一个人去那么一个陌生的小岛。"

"在大学读书时的暑假去过一次。"

"不喜欢东京这样熙熙攘攘的地方才去的吧?"

"有这方面因素,不过不仅仅是这个原因。"

圣子歪着头似乎考虑了一下说道。

"听望月说,大学毕业于国文科,对吧?"

"我带来了履历书。"

圣子好像突然想起来似的,从手提包里拿出一个白信封,放在了桌子上。

加仓井打开来看,见是用毛笔书写在日本白纸上……字很漂亮。

老家在山口,住址落在三鹰市下连雀,年龄二十九岁。

"那么,你先去了望月那儿,是对出版或编辑工作有兴趣吗?"

"多少有些……"

"唉,那不是问题。说白了,我这儿目前人手够了。不过近期准备新出版一套丛书,这样,人手要说紧吧多少有些紧……"

加仓井模棱两可地说明后,从桌子上拿起一根烟点了火。

"望月介绍来的人,当然是值得信任的。如果录用,需要你每天都来出版社。"

"这是工作,当然要来的。"

"这种工作时间上不规律,比如校对末校时,下班会很迟,要紧吗？"

"不要紧。"

"早上上班时间不太严格，偶尔晚上可能会加班到十一二点，没问题吗？"

"没问题。"

圣子干脆地回答道。加仓井想，本人如眼前所见是不会有问题的，有所顾虑的是圣子身后的能登高明。

"另外，如果录用的话，有关你的报酬，你希望得到多少？"

"那个……"

圣子考虑着垂下了眼帘，但很快应答道：

"按通常情况就行。"

"但是，自己应该有个期待吧？"

"我，只要雇佣我就行了。"

"可是，总不能不付工钱吧？"

加仓井这么苦笑着说。圣子露出困惑的样子将目光投向了窗外。加仓井觉着这女人的侧面有种寂寞感，不由得想象着她与能登在一起的样子。

说实话，加仓井想知道圣子跟能登高明的关系。知道他们实际在一起同居，可聚到一起的缘由是什么呢？同时，实际的生活状况又是怎样的呢？这样想着，不由得好奇心剧增。

实际上，他已决定雇佣圣子，这些问题还是要问问。但还是难于启齿。

加仓井喝了口茶，又深深地吸了一口烟，仿佛想起什么似的口吻问道：

"可是已经辞掉了工作,怎么又突然想要工作了呢?"

圣子似乎在考虑适当的言词,低垂了目光,稍稍迟疑后应道:

"想到外面工作……"

"那么,还是并不期望报酬越多越好啊。"

"是。"

因为头发高高梳起,使得从耳朵至脖子的线条清晰可见。细细的脖子显得有些苍白。

"那,家庭成员呢?"

加仓井好似若无其事地问道:

"是单身吧?"

"不。"

圣子抬起头,正视着目光说:

"不是独自一个人,和一个人同居着……"

加仓井悠悠地点了一下头。

"那人同意你外出工作吧?"

"没问题。"

"哦。"

没问题是什么意思?加仓井不便再问,这样追问下去会计对方觉得有些苛刻了。

"好吧,这份履历书放在我这儿。录用的事,要跟几个主编商量后,这两天内通知你。"

"拜托您了。"

圣子站起来,再度礼貌地鞠了一躬。

"联系地址就用这个住址,可以吗?"

"可以。"

"没有电话吗?"

"有……"圣子有些困惑地小声咕哝着,"打电话,能否尽量在上午?"

"上午嘛,那不太好办。"

"那下午也行。一定传呼我接电话。"

这么说着,圣子在装有履历书的信封上写下了电话号码。

日诘圣子开始健康社的工作,是在见过加仓井两个星期后的五月中旬。

实际上,健康社眼下并不急需新职员,但是加仓井在见到圣子时就决定雇佣她了。

当然,说加仓井不在意圣子跟能登高明同居,那是假话。长年作为编辑跟作家打交道,对作家有着亲密感,但又觉得不易接近,稍有不同便会争执。对编辑来说,作家是请求撰稿的老师。

与作家同居的女性成为自己的部下,多少让自己有点儿不自在。总觉得有点不好指使。

不过,能登高明实际上已经不再从事写作活动。过去且不谈,现在与编辑无缘。而且健康社的书籍主要涉及大众医疗、健康信息,不会有什么事麻烦作家。

仅此一点,就基本没有考虑能登高明的必要。

况且,圣子看来也不会轻率地公开自己跟能登高明同居。即便需要承受许多,她也不像是会将自己孤注一掷的女人。

但加仓井多少有些不安的是,能登高明会怎样看待这次就职呢? 照圣子的说法,能登好像是同意她出去工作的。虽不太明确,但为了两人的生活出去工作,能登该是感激才对,哪有憎恨的道理。

加仓井决定,既然雇佣了圣子,就不去考虑能登高明的感受了。这样,不仅自己的心情可以放轻松些,圣子也同样可以轻松地投入工作。

决定录用的头一天,加仓井跟《身体》的主编牧村以及负责出版的高杉说了声:

"明天开始,来一名新的女雇员。"

加仓井不能提及能登高明,担心给他们带来麻烦,没法儿给圣子安排工作。

工资水准比照大学毕业生。考虑她二十九岁的年龄,多少加了些。家属补贴嘛,若要养活能登高明,原本可以加上。但圣子没有提出要求,主动给她加上显得不自然。因此其他各项都是按照单身的标准。

就重新就职这一点来看,可谓待遇不错。

因为是初次在出版社工作,暂且让圣子做《身体》的助理编辑,时不时去撰稿人那儿取回约稿并加以整理等。

撰稿人的工作皆与健康事业关联,多为医学专业的教授或大医院的主任医师。这些作者很忙,有时不好对付,从他们那儿索取稿件也不太容易。衣着外表、说话方式都要慎之又慎。

这一点,典雅、聪明的圣子或许都再合适不过了。

上班第一天,圣子的装束是灰色格子的连衣裙,配一条白漆色的裙子皮带,和苗条的身材异常般配。

上午先向大家做了介绍,然后让她整理前一天拿来的稿件,下午让她去 J 医科大学索取稿件。下午五点过后,圣子回到社里。

"怎么样？新进来的女职员……"

当晚，在山坡的饭店开完健康主题的座谈会后，加仓井问牧村。

"看上去很老实，但挺有心计的。字写得很漂亮。锻炼锻炼，或许会成为一名优秀的编辑。"

牧村好像也挺欣赏。

"还很漂亮，是吧？"

"啊，是。"

内心的想法被社长言中，牧村苦笑道：

"不过，社长，这么棒的姑娘是从哪儿找来的啊？"

"从前的朋友托付的。"

"说是单身，天知道有无情夫。那样的年龄，又那么漂亮，不会是处女吧？"

"别胡说八道。"

加仓井不由得加重了口气。牧村露出意外的表情，不吱声了。

"不用特别照顾。不过，毕竟是熟人介绍的啊。"

加仓井当初心想：别说多了，否则会让牧村他们不好工作。可不知不觉中，加仓井的言谈起到了相反的作用。

"来了漂亮的女人，年轻的男人们自然会蠢蠢欲动。"

"不过已是二十九岁的半老徐娘喽。"

加仓井半开玩笑地说着，同时有些吃惊地感觉到，自己是在把圣子从其他职员那儿拉开。

积雨云

自从在健康社就职,圣子回到三鹰多半在下午六点以后。

回家路上,顺便在站前的超市买点儿东西。

高明早上一般睡到十点来钟,起来后去附近的井之头公园散步。

回来后已接近中午时分,简单吃点早餐,然后读书或撰写稿件,有时也会呆呆地望着窗外。

圣子回来后准备晚饭。不管回来的时间是几点,高明都不会发牢骚。

高兴时,不等饭做好,高明就自己先拿出酒杯来独斟自饮。每顿饭总要喝酒,饭量也不大。

住院时也不曾间断过饮酒,护士曾经制止,但他照样满不在乎。当然,圣子说也没用。倒也不是抗拒,反正死活不听。不管别人怎么说,高明都会自己去买酒且堂而皇之地饮用。

他对饮酒似乎抱有一种信念。

结果连护士也输给了他，由他去了。从饮酒这件事即可看出，他是明里不太吭气、实际十分顽固的人。

圣子就职健康社后，晚饭时间都推迟到临近八点。早上出门，高明大都还在睡眠中。午饭兼并的早餐只有酱汤或小碟咸菜，他也没什么怨言。

只是喝酒时，一定得有下酒菜。来不及的时候，紫菜或放杯水也行。一看就知道他是一个骨子里喜欢喝酒的人。他几乎不吃米饭、不吃菜，身体消瘦却勉强支撑着，无疑是亏了有酒。

不过，这么喝也没醉过。酒量跟年轻时比是少了些，可一天仍能喝三合。一升瓶装的酒，大概三天就空了。

并且他喝多少也不上脸。有时看似醉了，闭目将双臂抱在胸前。可是稍后又会突然面对稿纸，那样子根本没醉。

他们住在一个外墙抹了泥灰的木造简易公寓里。这所公寓分别有几家小单元，二楼住着七户人家，圣子他们的住房在二楼的尽头。一进门，就是十张草席大小的饭厅以及八张草席大小的和式房间。另外还有灶台、洗碗池和洗澡间。

居住的空间不大，但两人的生活足够了。

三年前搬到这儿来，在这所简易公寓圣子他们算是老住户了。

圣子回来时只要看到简易公寓尽头的房屋里亮着灯，就会觉着松了口气。

高明在屋里。只要感觉到他的存在，她就会觉得内心充实。

圣子拿出钥匙开门进屋。高明为规避推销员或挨门行商的麻烦，独自在家时，总是把门上了锁。

"我回来了。"

圣子每次进门都打招呼。但高明总是坐在里面和式房间的低矮桌前,稍稍回头看一眼罢了。

最近没怎么看到他写东西。

高明写稿不用钢笔,只用铅芯很硬的2B铅笔。而且,若事先没有准备好橡皮、卷笔刀,他会不高兴。在圣子看来,他简直像小学生一样。

桌角放着一个茶杯,座椅旁边无例外地放着一升瓶装酒。圣子没回来时,他常常独斟自饮。

"肚子饿了吧,我马上准备饭。"

"嗯。"

高明话不多,是多余话不说的男人。他好像时常在为稿件打腹稿。

看到其冷漠的态度,圣子反倒有种安心感。

圣子认识高明是五年前的事。那时,圣子去了伊豆七岛之一的式根岛。

二十三岁A大学国文科毕业后,她立即去了式根岛,在那儿唯一的一所中学当了一名国语教师。

一个东京的大学毕业的年轻女性,为何跑到乘船需十来个小时的孤岛工作?对于这个问题,圣子自己也解释不清。

当然,两年前的暑假里,跟朋友一起来过小岛算是起因吧。

海水四面环抱的小岛,悠闲自在的生活以及岛民的热情深深地打动了她。

四年的大学生活虽然住在大都市,但是圣子还是喜欢故乡——山口那样平静的地方。

她出身世家,受过女孩应有美德的管教训练。尽管跟同学们在一起,也谈论学生运动与恋爱,且对大家的议论有同感,但却不能大胆地付诸行动。

朋友称圣子是大小姐,并用略带嘲笑的口吻另眼看待。

"那不是你该做的事。"

朋友看圣子,或许因她柔弱的外观而有种心痛的感觉。

圣子决定一个人去谁都不去的小岛,也是出于反驳朋友的心理。

就是想让对方看看——"我也可以",同时也想尝试自己付诸行动的感觉。

在东京的学生生活没有特别奢华,依靠家里给的钱,圣子倒也不用打工,跟需要流汗打工来补贴生活的朋友总有一线之隔。对此,她有过自责心理。

进一步说,她还有反抗自己生长的家庭环境以及父母的心理。

圣子家是拥有山林的地主、山口的世家,父亲经营林木,家里以及周围的人都是满脑子的旧观念。

虽说是大家闺秀,圣子并没有受到溺爱,父亲的管教很严,特别在训练女人应有的言行方面,完全是旧有的一套。女人需端庄文雅且应早早地出嫁。

让圣子去东京念大学,不是出于教育问题的考虑,主要是为了使女儿具备良好的出嫁条件。

圣子大学毕业后,没有唯命是从回故乡,而是打算先工作,想必也是为了反抗家人的旧观念。

摆脱周围的说教,圣子想尝试靠自己的力量生存。告别至今以往的自己,式根岛是合适的选择。

可圣子万万没想到,那样的选择竟然是改变自己一生的重大缘起。

中学毕业后,年轻人纷纷逃离了小岛。当然小岛上没有高中,也是没办法的事。可就是在这样的小岛上,从东京竟然来了位年轻漂亮的女大学毕业生。

"就算是来了,也就干个半年吧。"

小岛上的人看到圣子那苗条的身影,一开始就没指望她会长期待下去。从本岛来的游客很多,但没有谁会在小岛上住下来。

即便希望他们长期留下,小岛也拿不出任何让对方长期居住的理由。小岛除了悠闲自得的生活,没有任何娱乐场所。

但是,圣子却并非三心二意。除了小岛美丽、温柔的吸引,同时,她还想尝试一下自己的决心。

圣子在岛上的中学教国语和家政课。这里女教师只有她一人,所以不得不担任家政课的课程。作为出嫁前的训练,圣子学过插花、烧菜,没想到在这儿派上了用场。

一个年级只有十四五名学生,都是很朴实的好孩子。男孩子到了上初三的年龄,身高超过了一米七,站在这群孩子堆里,小个头的圣子矮去一大截,旁人看不出谁是学生谁是老师。

岛上的人都很亲切。

两年前,还在念大学时就来过这里,那时不论逗留多久,说到底是个游客。可是现在,她已成为居住在岛上的岛民了。

圣子在渔业合作社社长的大宅院里租了一间房子住下来。岛上的人时常送来新鲜的鱼类、蔬菜，几乎没有另行购物的必要。

学校一共有八位教师，个个性情温和。

大学时，周围人都说圣子是大小姐、老好人，来到这儿后，圣子倒觉得这里的人都纯朴善良极了。

来小岛前做好了寂寥、孤独的心理准备，住下来后这种担心竟然完全消失了。因为圣子的房间总会来学生，根本不会感觉寂寞。

一些男学生，在注视圣子的目光里掺杂着仰慕，那已超越了师生的感觉。圣子困惑于少年那般仰慕的情感，同时也有愉悦之感。

就这样，在美丽的大自然与淳朴的人心中圣子度过了一天天充实的生活，转眼一年过去了。

当时母亲以及大学的朋友都想错了，以为她心血来潮，半年就会跑回去的。

不久，游客带来热闹的夏季结束了，小岛又恢复了平静。都市游客离去后的静寂才是岛子原本真实的情调。现在这里只有岛上的人。

恢复了寂静后的十月，一个客人从东京来到式根岛。他瘦瘦的身材，身着简便和服，脸色苍白。

那个人在岛上唯一一个靠港口的山野旅馆里住了下来。

圣子得知那个人是著名作家，是在他来到小岛的四天以后。

"住在我们旅馆的客人是小说家，名叫'能登高明'。老师知道这个人吗？"

旅馆的老板娘问圣子。

"能登高明……"

圣子有记忆。大学三年级时，随意从朋友书架上借读的就是能登高明的书。

那是Ｓ社的文库本，书名是《黎明》，里面有三篇短篇小说。

那些作品描写的男女之爱略显抽象，暗示着一种虚无缥缈、没有结果的情爱。

当时的圣子还是学生，对于婚姻、恋爱持有梦想，所以对那些描写虚无恋爱的小说内容反倒有种新鲜感，似有窥视了成人世界后的心跳与不解。

当时，圣子还想继续读能登高明的其他作品，可文库本仅有那一册，附近书店也没有。

另外，Ｒ出版社和Ｓ出版社各自出版过一册，可距那时已经过去了十年，似乎也已绝版。

手头仅有的文库本前言中写道，能登高明十多年前获得Ｓ社新人奖，如彗星闪烁一般在文坛初露头角。他描写的男女间的虚渺爱情，伴随着一种都市倦怠和栩栩如生的切肤感受，在当时的文坛备受瞩目。

前言的评价是："如此才华横溢的作家，真是多年不遇。"

能登高明登上文坛、颇有名气的时候，圣子还没上初中呢。在模糊的记忆中，似曾听说过这个名字，但没读过他的作品。从朋友那儿借读纯属巧合。

但那碰巧借来的小说却吸引了圣子。

阴暗忧郁的都市氛围中那般虚渺的爱不是圣子想要的，但她却能理解那样的世界是存在的。

名噪一时、被誉为才华出众的作家为什么突然消失了，圣子无法理解。但留下几篇优秀的短篇后,忽然离去,这样毫不留恋声名的风格跟作品一同打动了她。

那时她问过朋友。然而"能登高明"这个名字无论在报纸还是在杂志,都没人再次看到过。

后来把《黎明》还给了朋友,她手头没有那本书。不过那本书的读后印象却深深地留在了记忆之中。

那个作家现在一个人来到了这个孤岛。

"如果是真的,他可是了不起的作家啊。"

圣子兴奋地对旅馆的老板娘说。

"今天照旧又去散步了。"

前几天,圣子看到过能登高明在海岸或神社散步,大都是在午后接近傍晚时分,他身着深蓝色的简便和服,两臂交叉放在和服的袖子里,好像边走边在思索着什么。

远处看去,步履蹒跚,自在飘然,有些衰老的样子。可是近看,竟很年轻。头发较长,从中间分开向后梳去。白皙的面容,眼角依稀可辨出几道细小的皱纹,但看不出是步入中年的男子。

圣子在学校的图书馆里查了查人名辞典,二十八岁在 S 出版社获文学奖出名,从那以后过去了十五年,现在应该刚刚四十三岁。

圣子不由得算了一下跟自己的年龄差距。二十四岁与四十三岁,相差十九岁。世间还有相差二十岁在一起生活的。

不过,圣子那时根本没想要跟能登高明相爱且共同生活,只是大致想知道自己跟他有多少的年龄差距罢了。

圣子曾经一度想跟能登高明打个招呼,但是看到他一个人边走边思考的样子,便又打了退堂鼓。

自己只是读过他的作品,在对方看来,不过是一个素不相识的岛上的女人。

照旅馆老板娘说的,能登高明只吃午饭和晚饭两餐。除了散步,总在房间里看书、睡觉,或让拿给他一升瓶装酒在房间里自斟自饮。这个客人话不多,很安静,不需要什么照顾,偶尔会询问一下岛上的历史以及风土人情。

"说是写小说的,那么偷懒,怎么生活啊?"

老板娘似乎很担心地说道。

"看起来什么都不做,脑子里一定在思考着各种各样的事呢。老板娘,能不能什么时候给我介绍介绍那位作家啊?"

"那太容易了。什么时间方便啊?"

"我今晚就可以。想请他给签几个字。"

"那,我现在就去给你问问,讨个信儿来。"

"如果对方忙的话,就别勉强啊。"

"怎么会,总看他没事可做呢。"

在老板娘看来,不做事,就是偷懒。

那天晚上,七点来钟圣子拿着彩色纸来拜访能登高明了。

高明吃罢晚饭,正独自一人拿着酒壶往杯子里斟酒喝。盘子里的下酒菜是当地特产——咸圆鯵鱼。

圣子自报了姓名,说明是在东京的一所大学毕业后,来到了岛上在中学教书,并试探道:"想请先生签几个字。"

能登高明点头答应了,但并没接过色纸,只是问了句:

"喝酒吗?"

圣子当然谢绝了。对方却接着说:

"愿意的话就喝一杯吧。"

然后他往另一只酒杯里斟上酒,放在了圣子的面前。

接着又询问了岛上的情况及学校的事。

聊了几句,圣子觉得高明倒是个爽快的人。

从外观看,白皙的面容、留着长发、干瘦的样子似乎不好接近。实际上倒好像是一个和善诚实的人,并能认真倾听圣子讲话。

因为是小说家,比起岛上的产业开发,能登似乎更关心生活和历史方面,特别是有关历史的内容。他告诉圣子,他来这儿后了解到许多事情,甚至比圣子知道得还多。他津津有味地向圣子叙述了一个传说。

岛上的大山神社有些很有趣的传说,其中一个是有关猫的传说。这个岛上从前有只大猫作恶,于是请山岳修行者来惩治。从那以后,"猫"成了避讳的言词。生活中不得不使用这一词汇时,只好说"木桶下的小伙子"。可是明治以后,随着岛民的增加,老鼠也多了起来,只好又请求大王允许养猫,这样就又开始饲养了。

能登高明对岛上唯一的宗教派系——"日莲宗"似乎也很有兴趣,还知道这个岛上传说中的开山祖叫"事代主命"。

老板娘说他只知道喝酒,不做什么事情,看来,他其实做了不少有趣的调查呢。

"是来这儿写小说吗?"

"不,只是随便来玩玩。"

能登拿起酒杯来,露出一丝笑容。在那带有自嘲的笑容里,圣子捕捉到了淡淡的阴影。

那正是圣子在其小说中体味到的虚无惆怅。

"我也读过老师撰写的《黎明》。"

"啊……"

能登露出无甚兴趣的样子,将双手插入衣袖里,转眼凝视窗外的夜幕。沉默笼罩着两人,骤然传来了窗外海岸的波浪声。

"那么,是来休养的吧?"

"也不是。"

"可为什么来这儿?"

"查看地图,发现这个小岛好像是东京周边最小的。"

"所以就来了吗?"

"是这么回事啊。"

能登仍旧眼望窗外,好像还在倾听波浪声。圣子坐在其对面,对其匀称的外观面容看得入迷。

"能请您给签几个字吗?"

临告别时,圣子再次重复道。能登点了点头,拿出毛笔书写了"未果"二字,并在一旁签上了"能登高明"。

圣子是什么时候开始爱上能登高明的?至少在岛上的时候,她对于他的情感还说不上是爱。

当时的心情,准确地说应该只是对一个陌生世界里的男人产生了敬畏及崇拜。

的确,学生时代读高明的小说时,留下的印象与眼前忧郁的身影对圣子具有同样的吸引力。

自从请高明签字以后,圣子平均三天一趟去高明那儿拜访。

高明照旧或读书或呆呆地望着窗外,终不见其撰写小说。

"打算在岛上住多久?"

第三次去拜访时,圣子问道。

"住到什么时候呢……"

他好像是在念叨别人的事。

圣子开始在意他个人的事是从此时开始的。

"您太太不是在家等着您吗?"

"呀……"

高明脸上瞬间闪过一丝阴影。圣子觉得自己不该问,却又忍不住继续问道:

"有孩子吗?"

"有两个孩子。"

"在等您回去吧?"

"大概回她娘家了。你是不是还没有恋人啊?"

高明反问道。

"是。"

"哦。"

他俩相互谈起个人私事,也就是仅此一次。高明对圣子的事没有继续追问,当然也没再谈及自己的事。

虽是简短的对话,但圣子觉察出高明与妻子之间有隔阂。

在这个岛上,圣子与高明之间留下不可忘怀的记忆是十一月初的一个星期天。

那天,圣子吃完晚饭,七点来钟来到高明的住处时,他已经喝了不少。

说是喝五合都不会倒,但真要喝了这个量,架不住会有些眼睛发红,拿酒杯的手也会有点儿颤抖。

那天晚上高明就接近这种状态。

高明喝酒时不会改变身体的姿势，也不改换说话的腔调。平静中有种投掷标枪的劲头，很像他的作品风格。

圣子喜欢高明平时的那副面容，也很欣赏他醉时眼角挂上些许红晕的表情。年轻的圣子不太懂，其实那里包含着一种韵味，可谓男人的诱惑力所在。

"我后天就回去了。"

那天圣子去了，高明这样对她说。

"为什么突然要回去了？"

"天慢慢冷起来了啊。"

高明面无表情地喝干了酒杯里的酒。

夏天来了很多游客，不久，八月结束后，游客们一起离去了。

那时也不觉着有丝毫的寂寞。可眼下有了这么一个人，还不知此人会对自己有什么意义，圣子便感觉到了他要离去的寂寞。

"回去后做什么？"

"在这里……"

高明放在桌子上一张纸片，上面写有住址，地点是"中野"。

"如果来东京，来玩吧。"

"可以去拜访吗？"

"当然啦。"

圣子顿时变得六神无主，有一种坐立不安的感觉。迄今两人平淡相处的时光，此时此刻异常鲜明地呈现在眼前。

"一定要回去了吗？"

"是啊。"

高明是一旦决定就不会改变的人。圣子无言以对,只有呆呆地看着高明独自饮酒。

意外地被高明亲吻是在这三十分钟以后、圣子起身准备离去的时候。

圣子站起身来刚刚拉开纸拉门,高明突然从背后拥抱过来,亲吻了她。

圣子接受高明是在翌年三月她辞去了岛子上的工作、回到东京约两个月以后。

自十一月离别后的半年里,圣子一直在思念着高明。

对于从未与男性有过亲密接触的圣子,仅有的一次亲吻令之感受到极大的震撼。如果对象是与圣子年龄相仿的青年男子,或许也未必会有如此的反应。

因为在圣子心目中,高明的形象实在高大,就年龄相差悬殊这一点,其存在已是不可思议。这个自己一直尊敬崇拜而不曾奢望成为恋人的男子主动亲吻了自己,真是做梦也没想到的事,可却实在地发生了。

一刹那,圣子躲开了高明。不过那是因为事发突然,圣子的身心都还没做好应对的准备,而并非其内心要拒绝。

高明离开小岛四个月里,圣子的内心由震惊变为喜悦,并伴随着思念。

虽然只有一次,高明对她说的"喜欢你"是铁的事实,而且这样的事实逐渐膨胀占据了她的整个心房。

在岛上工作了两年后,圣子辞去了那儿的工作。辞职时的理由是对中学生的教育失去了信心。上初中的孩子身体已发育成人,但精神仍处于微妙的多变期,对付那些进入青春期的孩子,圣子显得太幼稚似乎也过于认真。

班上的学生中,有男生反对圣子去高明住处,于是突然采取了对抗老师的行为。他们还很单纯,因而才觉察到圣子微妙的心理变化。那样的少年心理让圣子感觉得意,同时也有一种恐惧感。

另外,在岛上度过了两年岁月,虽说很充实,却也有种日复一日重复同样事情产生的焦躁不安的情绪。

岛上终究没有圣子要嫁的男人,圣子喜欢小岛,但没打算在这里结束自己的一生。

"还是回东京去,找个合适的人结婚吧。"

好心的校长这么劝她。其实那也是岛上多数人的意见。总之,岛上的人不会随意将外来者关在这个只有老人和小孩的地方的。

但是除此原因以外,让圣子决意离开小岛的,还有想要见到高明的愿望。那种心情起初无疑仅仅是一点点萌芽罢了,而在岛上这样一个狭小的空间里却不断地在发酵、升华。

工作了两年,说来也到了离开小岛的时机。总之,万事都意味着该要离去。

离开小岛后,圣子回故乡住了一个月。然后说服劝其出嫁的父母,同意她再回母校读两年研究生。就这样,圣子又回到了东京。

圣子跟高明在东京重逢是因为她给他写了封信。

起先圣子不过是打算告诉对方自己回到了东京。她想,只是告诉这个消息,没什么不应该的。

但写着写着,由告知对方自己回到东京,逐渐涉及近况,等她意识到时，内容已发展至爱的袒露。

其实圣子并没有直截了当地倾诉爱意，只不过这样写道：

现在坦诚地接受先生的表白了。

乍一读，似乎只是赞同高明的意见。可话里其实包含了——只要高明求爱她便不会拒绝的意思。

一个星期过后，接到高明"方便时来玩吧"的回复。

五月初，圣子造访了中野。

正如高明在岛上讲述的一样，他一个人住在一个小小的木造平房里。厨房的洗碗池里并排放着几个瓶装的酒瓶，里屋是六张草席大小的房间，里面乱七八糟地堆放着书籍，看来房间有日子没打扫了。

离别半年后重逢，两人谈论着岛上以及分别后各自的情况，圣子感觉到一种从前不曾有过的亲切。

来到他居住的地方，亲眼看到他的生活环境，圣子觉得对他那种不易接近的印象消失了，取而代之的是久别后的亲切及和蔼的感受。

他们谈论了很多话题，喝了些酒，渐渐地、自然而然地圣子接受了他。

初次将自己的身体给予异性，圣子没有悲哀，也没有懊悔。在高明那充满男人气息的怀抱里，她明白了这便是对方曾经希求的。她同时感受到一种随性或满足，那是因为将自己给了自己喜欢的人。

只有一点遗憾，就是发生这样的结果是因为她自己写了信并去主动造访。

高明的想法是怎样的呢？小鸟自己飞来，不好拒绝才要的呢，还是内心正在期待着此般相逢呢？这些问题从高明的态度上得不到答案。

高明低语着"喜欢你"，并长时间深深地与她接吻。但那不是恋爱开始时的那种迫不及待与炽烈，而只有沉着与轻柔。

或许高明不是那类男人，毫不掩饰地将爱挂在嘴上。拥抱自己时，其实心里或许蕴藏着充溢的情感吧。

有过一次以后，双方的距离感快速地缩短。

刚从高明那儿回来，圣子就又在思念他了。不过，说是这么说，不可能第二天立即再跑过去。

圣子心想，不能进一步亲密了，高明跟自己毕竟不是同一个世界里的人。但是一夜过后第二天，又想着尽快见到他。

圣子的身体好像着了火，当然那火是高明点燃的。

高明表面看起来显得很冷漠，实际上却性情温柔。获取处女的身体时，用轻柔、小心之类的形容有些怪异，他似乎只是在用心消除女人彼时彼境的胆怯心理。圣子事后有种虚脱感，但却没有后悔。

她没有去感觉形式上的悲哀，相反内心深深地感受到了自己身体里流淌着的男人的温柔。

离开时，高明说道：

"等你再来。"

圣子住的公寓在石神井，到中野要先到新宿换乘国铁。总共近一个小时。

同在东京都内，相距不算远，想去的话可以立即出发。

但是圣子按捺住了自己的心情。

从大学回来后,或编织毛衣或烧菜,可无论做什么脑子里都在想着高明。就这样,思念占据了她的整个心灵。

高明的房间不脏,但有独居男人特有的尘埃。他几乎天天在外面吃饭,不过有时洗碗池里也会堆满了玻璃杯及饭碗。

圣子每次造访,都会刷洗干净并帮高明整理房间。她把整理高明的房间看成了自己的工作。

两人结合后三个月过去了。一天圣子跟往常一样不经意去了高明的住处,发现房间里少有的整齐利落。

房间的犄角旮旯被收拾得干干净净,洗碗池边整齐地摆放着厨房的抹布。

照女人的直觉,圣子明白不是高明所为,而是哪个女人帮忙来做的。

高明的妻子,还是情人?

圣子感到很伤心。在自己以身相许的房间里,会有别的女人出入。

那以后的两个星期里,圣子没有去高明那儿。

她想,别的女人有就有吧,但实际上内心却又无法完全地放弃。

第十五天,高明寄来了一封信。他是不喜欢打电话的人。圣子拆开信封一看,信笺上仅简短地写道:

有话对你说,请来一趟。

圣子来到中野的高明家里,见他身旁照例放着一升瓶装酒,正在喝酒看书。

房间是被收拾过的,但洗碗池里放着三只玻璃杯。

圣子洗了那几只杯子,坐在了高明对面。

随便聊了几句大众话题后,高明像是想起来什么似的说:

"愿不愿意跟我一起住?"

"我吗?"

"一直在考虑这事。"

一起居住是什么意思?圣子又反问高明。

"实话说,我现在还没有跟妻子正式离婚。妻子现在一直住在静冈娘家。如果想要离婚的话,大概现在马上就可以。以前觉得麻烦没办……"

那是极其符合高明性格的做法。

"如果你希望我离婚,当然马上就可以去办。"

"那么做……"

圣子摇了摇头,自己没有那样要求的道理。

"但是,我对结婚这样的形式持有疑问。所以跟妻子离婚后,不打算马上再重新结婚。因此跟妻子是否离婚对我来说,没什么关系。"

"先生说的是想要跟我同居吗?"

"啊,是。"

高明点了点头,慢慢将杯子放在了桌子上。

"你还年轻,又很漂亮,以后会有不少很好的提亲对象。说实话我这样的老朽不应该独占你。"

"您不要那么说。"

"这样的年龄说起来怪不自然的,但我真的爱你。"

被高明那深邃的目光盯视,圣子不由得避开了自己的视线。

"我想我们不结婚,但一直在一起。"

高明这样表白,没有丝毫难为情的样子。那神情,在圣子看来就像个孩子。

"这是两个月前就开始考虑的事情了。"

圣子不知该如何回答是好。自己正在爱着高明,这无疑是事实。并且同样,也感受到了一种超越婚姻的、男女间的纯粹的结合。自己也曾经想过,为了高明,不论怎样都不会后悔的。

可一旦真的要面临选择,她有些犹豫了,不由得退一步思量起来。

高明那样的表白令圣子高兴,同时又不知所措。或许是因高明提得突然,也说不准是圣子潜意识中对于非婚同居的不安心理。

圣子接受了高明的提议,开始两人同居是那一个月后的九月中旬。

因为是同居,没必要公布给周围的人。正确讲来,是来过"中野"高明家几次后,自然而然地算是搬了过来。

开始同居后,圣子将自己的新住址通知了娘家以及大学。

乡下的母亲开始以为女儿只是变更了住址,可来到东京才得知女儿跟一个比自己大近二十岁的男人在同居,不由得大吃一惊。

圣子的父母见了高明。高明按照正式的请求对方父母准婚的方式,跪拜在草席上,对圣子的父母说:

"既然一起居住了,我就会尽可能地使她幸福。"

圣子的父母开始感到惊讶和愤怒,但听了高明的这句话后,或许是没了反对的心情吧,总之默默地回了乡下。

圣子作为研究生在大学的学习也没受什么影响,还是跟从前一样。

同居之后才知道,高明的收入真正是微乎其微。

在普通的文艺刊物上几乎没有任何小说发表。仅仅是偶尔应杂志社或报社之约,写一点随笔或书评,而且一定是上档次的杂志。老朋友也会找上门来跟他约稿,但他绝对不接内容上自己不中意的约稿。

高明的人生态度在旁人看来,多少有些将自己逼进窄胡同的感觉。他是一个很固执的人,只相信自己的生存方式,除此以外绝不尝试。

正是这份固执,反倒成为一种魅力吸引着部分读者。

有时他像是被读者突然想起了似的,有些自称是他粉丝的读者或是前来拜访,或是寄来信件。S社出版的仅有的那个文库本,仍在勉强销售着。

不过,仅靠高明那点不稳定的收入还是心中没底。圣子把大学领到的奖学金也加了进去,总算能够维持普通人的生活。

高明自己却毫不在意自己的低收入,照旧穿着"结成"或"大岛"质地的和服,和服的带子也一定要用绞缬染①。还有他每天都要喝酒,告诉他"没有了",他便会自己去赊账购来。

或许可以说他是金钱意识淡薄或没有经济意识,总之有非现实

---

① 绞缬,又名撮缬、撮晕缬,在民间通常称之为"撮花",是一种把布料的局部进行扎结、防止局部染色而形成预期花纹的印染方法。

的一面。

圣子对此无可奈何,又觉着正因如此自己才应该陪伴在他的身边。

高明和圣子从中野的老房子搬迁到三鹰的简易公寓,是在两人同居半年之后。

搬家的理由是高明的一句话——"已经厌倦了这个房子"。

三鹰的简易公寓是经由圣子的大学介绍租赁的。

原来住的虽是老房子,但那是独门独院的住家。现在的新居则完全是租赁式的简易公寓。说是厌倦了老房子,其实是降格了住房条件。依他俩当时的经济条件,已没有能力继续租住原来的老房子。

这些情况高明应该是心知肚明。但他是那种有话蒙在肚里的男人,表面上一副完全是自己乐得搬迁的劲头。

当然,圣子也不会扯到金钱的话题。他们彼此心照不宣,那样扫兴的话,没必要说出来。

三鹰的住房不仅离大学较远,房屋面积也变得窄小。不过,周围的环境比中野安静了许多。而且,最令他们满意的是住房近处有个井之头公园,那儿是高明散步的绝好去处。

星期天午后日落前,高明常带着圣子去那个公园散步。

从新的住所到那个公园步行约十分钟的距离。

路上,两人几乎没有对话。对圣子来说,一起漫步,这就很满足了。

公园里还留有"武藏野"的风貌,在"御殿山"的一角有片杂树林,那儿生长着山毛榉树、橡树等。

高明避开池塘附近人多的地方,挑选树木茂密的路线行走。

周末,公园里携家带口的人很多。到处可以看到年轻的爸爸、妈妈拉着孩子的手并排行走;有的则是爸爸背着走累了的孩子,妈妈拿着给孩子买的装有金鱼的袋子正要离园。比比皆是这般风景。

高明特意避开热闹的地方,似欲躲开那般喧闹,或是不愿看到一家老少的场面。

实际上,那样的场面对圣子也有负面的影响。每每看到一家老少的身影,圣子就会感到不安,担心高明想起分别后的妻儿,后悔跟妻子分手。

高明顾虑的却是圣子。担心圣子看到人家幸福的家庭,羡慕别人有一个得到大家祝福的婚姻,生儿育女,过上平常的日子。

面对眼前的一个家庭,高明嘟哝了一句"没意思"。他想借此表达自己的感受,不欣赏那般普通家庭的安逸,同时也算是对面露羡慕神情的圣子的一个警告。

来往于公园,圣子想,别人会怎样看待他们呢?

远处望,在外人眼中,身着和服便装、干瘦的中年男子和白衬衣、蓝裙子的年轻女性——这个组合或许被看成了父女俩吧。

高明看上去有点儿显老。

不过,凑近看,正是其皱纹使他的面颊轮廓显出一种中年男子的英俊来。

人们会不会认为他们是中年男子与情人的关系呢,还是那种婚外恋感觉的关系?实际上,如果说没有正式婚姻的男女都属于婚外恋范畴,他俩正可谓是婚外恋。

总之,似乎没人会觉得他俩是普通恋人关系。高明那沉稳的样子以及看破红尘的目光,与恋人特有的那份炽热感略有距离。

只有两人的世界里,高明的爱抚有着丝毫不逊于年轻人的热情与执着。

连接吻都不曾有过的圣子,不到半年工夫就已入道:她抚爱着高明的性器,本来羞于启齿的话语竟能脱口而出。

这样的变化,应该说"是经过了高明训练而成就的"。

圣子虽然对于自己的变化感到吃惊,但采取的态度却是任其自然发展,正好像肉体先于精神逐渐适应、落后的内心在身后急急追赶一般。

"跟你的恋爱是最后的一次……"

高明常常这么表示。这句话的背后暗示着在此之前曾跟几个女性有过恋情,但圣子并没有对此特别恼怒。

撰写了那般爱情小说的男人,过去自然会有一些经历。可以说,圣子被高明吸引也是出于一种好奇,想窥测历经爱情的男人的内心创伤。

对圣子来说,不管高明过去如何,现在爱恋自己就知足了。两人在一起时,圣子已真实地体会到高明的爱不是在做戏。

高明和圣子的生活虽捉襟见肘,倒也安定下来了。

自他们搬到三鹰以后,起初反对他们同居的圣子父母似已奈何不了,时不时寄给他们一些新产的大米或老家的"鱼糕"特产。

做给先生吃。

母亲在信中这么称呼高明。

高明照旧除了散步,偶尔去旧书店猎奇。除此以外,基本待在家里。

类似五月黄金周有连休假日的时候,圣子希望高明能外出一会儿,不要整天面对面地待在一起。有时她也会想,高明真该专心写点儿东西。甚至,她偶尔会觉得高明是在依附于自己,好像女人包养的情夫一般。

这就像自己崇拜的人物从与己无缘的遥远世界来到了身边并朝夕相处,成为至亲至近的男女情人,于是,对于对方的印象自然发生了变化。

在以前想象的世界里被她高大美化了的形象,褪色为平凡而普普通通。圣子由此产生的落差感,比高明来得更为强烈。

同居两年,两人之间似乎已习以为常。但是,那并不意味着爱情的退落,反之可以说,两人的关系严丝合缝,处于一种稳定的状态。

圣子虽然有时会希望高明短暂外出,可一旦高明偶尔外出讲演,她又会觉得坐立不安。圣子希望自己有一人独处放松悠闲的片刻,可回家时高明如果不在,就又有种空落落的感觉。

不知不觉中,高明似乎成了她生活中的一部分。

高明遇到车祸,右腿的小腿骨折是在他们同居后的两年。

接近午间时分,高明照例去井之头公园做他的早晨散步,走上万助桥前的人行横道时,正好进入了卡车反光镜的死角,司机没有看到他,他因而被车撞了。

高明立即被送往附近的外科医院,接受了应急处置,右边的小腿有拳头大小的皮肤被剜了起来,露出白花花的骨头来。

圣子接到消息后急忙从大学赶来时,高明已经做完了手术,右腿从大腿开始被打上了石膏。

事故责任明显在卡车司机方面,所以住院治疗的费用都由对方承担,高明还得到了一笔慰问金。但是车祸造成的身体损伤并没有彻底治愈。

由于皮肤较大面积被剜了起来,骨头不能愈合,造成局部化脓,骨折未能治愈,又发生了骨髓炎。

这么一来,因年龄关系,高明的骨折会更难治愈,于是采取了炎症部位局部刮清的医疗手段,甚至还做了骨移植。可那些医疗手段皆失败了。

圣子不得已半途退学,结束了研究生的学习,集中精力照顾高明养伤。高明做了三次手术,结果均不如意,最终决定截肢是在事故发生后的一年半,即今年的三月中旬。

"这么下去,总会……离不开拐杖的。不如截肢的好啊。"

主治医生这么告诉他本人时,高明闭目片刻,然后平静地说了句:

"拜托您了。"

高明自己最清楚。这么下去,只是不停地化脓疼痛,无法治愈。

倒是圣子惊慌失措,她请求医生采取其他治疗方法以避免截肢。但这样的请求似乎已为时过晚。

圣子想到高明失去腿脚的样子,不由得心情黯淡。真的截了肢,单腿的状态倒也挺适合他。如果说"适合"这个词有些过分的话,或许可以说是"符合"。单腿与高明那超然飘逸的风格很是般配,使他有种耐人寻味、与众不同的姿态。

住院期间定做了假肢,装上后乍一看跟真的一样。不过单腿凭靠在树干边的样子似乎才更能显出高明的风格。

尽管骨折截肢,高明的酒量却丝毫未减。跟从前一样,以酒代饭。甚至可以说,发生车祸截肢以后,他更是酒量见长。

住院期间高明没任何撰稿,卡车公司送的慰问金及赔偿费,出院时已所剩无几。

"我去工作。"

出院过去了一个月,圣子自己提了出来。

高明双臂交叉抱在胸前,略为思考了一会儿后嘟囔了一句:

"一定要工作吗?"

"这么下去,要不了一年,我们就会生活不下去……"

"还可以过一年嘛。"

"没那么乐观。我们俩都没有任何生活保障,你我不论谁病了,都不得了。"

"你外出工作过吗?"

"在岛上工作过。"

"那不能算是工作啊。"高明露出一丝苦笑说,"我考虑考虑吧。"

可说过以后,再无下文。高明似乎一开始就没打算给圣子寻找工作的机会。

正是在这个时候,文英社的望月来看望高明。请求望月帮忙找工作,也完全是圣子的一厢情愿。

圣子后来告诉高明定下了加仓井的健康社时,他也就只说了

句:

"会很累的,别勉强。"

《身体》杂志的发行日是每月中旬的十五号。因此,大致在月末的二十九号或三十号校完末校。

杂志的读者多是长期疗养者,或护士、优生管理员、保健师等。最近,普通家庭主妇以及上班族也加入了读者行列。内容、消息方面的报道,则由从前的疾病、疗养为主扩展到了一般性健康常识的介绍。

可以说,杂志正逐步向着加仓井设想的"百万人健康杂志"大目标迈进。

五月末的末校是准备七月发行的"初夏时节常见病特辑"。内科方面有哮喘、过敏性疾病,外科方面有擦伤、割伤,皮肤科方面有痤疮、植物性皮炎等,乃是网罗了各个科目的大型特辑。

特辑里还包括健康对谈、新入学儿童的健康管理、营养讲座以及有关身体方面的随感等。内容颇多,A4纸足足两百页。

五月有三十一天,末校为三十号和三十一号两天。末校结束后的六月一号和二号这两天,职员们对半轮休,算是公司的休息日。

圣子来公司工作有半个月了,公司里大家对她的评价很不错。

公司里共有五个女职员,其中三个比圣子年轻,但圣子总比大家来得更早,来公司后便做清洁,并给大家准备茶水。

就到公司时间长短而言,圣子初来乍到,当然得做这些。重要的是圣子总是带着愉快的心情。

末校的最后一天即三十一号那天,圣子一直工作到十二点,坐末班电车回家。

她在公司的举止,看不出在与男子同居的迹象。

末校结束后的休息日,加仓井照例下午才到公司。因为是末校完成后的休息日,又正好逢周六,公司里一副闲散的气氛,只有四五个负责出版的职员,其中便有日诘圣子。

加仓井看了头一天的邮件后,写了两封回信,然后招呼负责推销的职员,指示六月开始给北海道及福冈方面,各追加发行一千部杂志。两点来钟,他便离开了公司,去参加朋友女儿的结婚典礼。

婚礼下午四点结束,与朋友闲聊后回到公司,见圣子独自守候着电话。

"其他人呢?"

"刚回去了。"

刚到五点,也许是周六的缘故吧,那几个职员下班稍稍早了点儿。

加仓井抽了根烟,喝着圣子沏的茶,目光投向了窗外。

早晨还是初夏特有的晴朗天空,下午便开始出现了乌云,傍晚时分阴云密布,天色灰暗,好像快要入梅了。

"已经五点过了……"

加仓井喝了杯茶,对圣子表示道。意思是"可以回去了"。

"社长还不回去吗?"

"我还有稿件要看,必须在周一早晨看完,再等一会儿。"

出版社计划发行八月号"海边医学"的特辑。昨天从美国寄来了参考样本——关于《当今医疗》杂志的报道。加仓井打算看过之后,在周一的编辑会议上再次提出有关特辑标题的具体构想。

圣子站起身，走向隔板隔开的个人用品存放柜，好像要做下班的准备。门响了一下，她又返了回来。

"不需要茶水了吗？"

大概是在更衣柜处稍稍化了化妆吧，嘴唇比往常多了些朱色。

"麻烦再倒一杯吧。"

圣子点了点头，走向有简单灶具的房间一角。加仓井看着她的背影，决定明日再看稿件。

圣子用托盘端来茶水时，加仓井离开了桌子，正站在窗户前看着街面上的霓虹灯。

"你今天有空吗？"

"啊？"

圣子将茶杯放在桌子上，不解地回过头来。

"正好肚子饿了，如果有空，一起去吃饭吧。"

圣子歪着头似乎考虑了一下。

"您工作不要紧吗？"

"在家也可以看，唉，不管那些，找个地方吃饭吧。"

"噢。"

"啊，斟好了茶，就先喝掉这杯茶吧。"

加仓井轻轻地抿了口茶，站起身来。

"没有忘东西吧。"

加仓井关掉房间里的电灯，空无一人的房间顿时一片漆黑。锁上门后，两人乘电梯下到了一楼的出口处。

"辛苦了。"

彼此已面熟的门卫这么说着，接过了钥匙。

"去哪儿好啊？"

天空像是随时会降下雨来，加仓井在出口处停住了脚步，自语道。

自骏河台下向御茶之水车站方向，左手有个名叫"丘上饭店"的旅馆，或许是因位于骏河台才用了这么一个名字。这一带周围是大学及教堂，所以一到夜晚便很安静。

旅馆有六十个客房，作为地处东京的旅馆，其规模不算大，但雅致而舒适。

由于离"神田"书街一带的出版社较近，常有作家、评论家在这儿住宿。当然这些人是为了关在这里集中精力工作的。

这个旅馆的客房送饭菜服务是通宵的，杂烩粥是特色菜，或许也是为了方便工作到深夜的客人而特别做的。

因为离公司近，加仓井也常常利用这家旅馆。刚刚完成的《身体》杂志上连载的对谈，也是在这家旅馆的客房改定的。

加仓井和圣子并肩从街道走来，步入这家旅馆前的坡道。

这条坡道是单行车道，坡度有点陡，道路两侧并排两行梧桐树，大大的树叶被水银灯照得通亮。

"你喜欢吃什么啊？"

走上坡顶，加仓井问道。

"我没有什么特别的嗜好。"

"我什么都可以。那，我们去吃天妇罗，怎么样？"

"好啊。"

或许是阴沉沉的天空作怪，加仓井的胃不太想接受西餐。并且，跟圣子一起进餐的话，觉着还是日式餐厅更合适。

坡道尽头左边有个小小的竹篱，里面有个单独的日式房屋，那便是天妇罗菜馆。

拉开入口的白色格子门进入，右手看到一个小小的池塘，那儿装饰着日式庭院特有的竹筒引水装置，点点滴滴慢慢地装满了池塘水的竹筒一端倏然落下，拍击到下面的石头上，传来水竹筒特有的寂静声。

或许是周六的缘故，虽是晚饭的时间，店里的客人并不多。加仓井与圣子面对面坐到了里面可以看得到庭院的位子上。

立即有女招待拿过来茶水。加仓井对那个女招待说：

"要来一场雨了。"

"真要下的话，索性快点下了舒服。"

女招待讲话的口吻有着跟常客说话时的亲切感。

"还是要您通常要的饭菜吧？"

"对，还有啤酒。"

圣子看着院子。她脖子细，歪过头去的时候，可以看到颈脖上从耳后到胸前的一条青筋。荧光灯下，耳朵与那条青筋在皮肤上投下了淡淡的影子。

颈脖的纤细处呈现出少女的特征，而发际处又显现了成熟女性的特点。加仓井偷偷看着她想到，这女人的漂亮处正是在于她那不协调的特点上。

啤酒端了上来，女招待给两只玻璃杯里倒入了啤酒。

"那……"

斟好了酒，加仓井举起了杯子，做出干杯的样子。圣子也拿起酒杯，小声说道：

"不客气了。"

加仓井一口气喝掉了近三分之一,圣子只小口抿了一下。

"怎么样?工作基本习惯了吧?"

"是,多亏大家了。"

"大家对你的评价不错啊。早早来了打扫房间,末校时工作到最后,牧村也挺赞赏你的。"

"刚刚开始工作,努力做出样子来的。"

圣子缩了下脖子,看起来很老实,没想到有时也是很顽皮的。加仓井觉得好像是发现了圣子的另一面。

不一会儿,开始上小碗碟的菜了,女招待端上来天妇罗的调味汁。

加仓井劝了两次酒,圣子才总算喝下去杯子里的一半。

最先上的是天妇罗对虾和虾虎鱼,接着是蘑菇、短绿辣椒、藕及其他蔬菜。

厨师似乎是根据客人进餐的快慢来烹制菜肴的。

加仓井跟女人单独就餐已时隔良久。其实两三年前,他还常常带着银座的女人去用餐,最近却像完全没了兴趣。

对女人的兴趣,他也没了一贯性。最近见到漂亮的女人无动于衷。加仓井自认这是年龄的关系,其实并未衰老到那般年纪。

他解释或许是因工作的兴趣愈发大了起来,自己全神贯注地将精力投入到了公司的缘故。可为什么突然想跟圣子一道吃晚餐了呢?自己对此也摸不着头脑。

两瓶啤酒几乎都是加仓井一个人喝完了。一米七二的个头,一百四十四斤,就他这个年龄还算是不错的身材,最近小腹稍稍突起让他有些在意。啤酒喝多了,自然会起肚子,但他的体质似乎天生就需要较多的水分,因此尽管在意,最终还是不加节制。

倒入最后一杯酒后,加仓井没有立即喝掉它,而是开始吃饭菜。他主要吃天妇罗菜喝汤汁,米饭只是浅浅的一碗。

圣子先开始吃饭菜。她吃得慢,到了最后一道饭后蜜瓜水果上来,两人是同时开始吃的。

饭后起身,来到餐馆门口时,圣子对加仓井说:

"味道很好。我吃得很饱。"

夜空下,空气跟稍前一样沉闷,雨还是没有下来。

"那边有个酒吧,去喝点儿吧。"

加仓井站在竹篱笆的出口处,这样说道。圣子的脸上闪过瞬间一丝犹豫,而后默默地跟着去了。

酒吧隔着木造房屋在道路另一边的新馆一楼。这是个不大的单间,里面排放有几把高靠背的椅子,房间的尽头有个L形的吧台,加仓井跟圣子并排坐在了吧台右边。

酒吧的老板也是加仓井的熟人。

"还是喝您常喝的白兰地吧。"

老板这么跟加仓井招呼后,又转向了圣子。

"她不能喝,给她杯果子酒对苏打水吧。"

加仓井代圣子回答道。

酒吧的台子不大,但与木质墙壁很协调,整体呈现着古朴的茶色。

"您很能喝酒吗?"

"以前算是能喝的,现在酒量已经小多了。"

这么回答着,加仓井想到了能登高明以及他那总是支起胳膊肘喝酒的样子。编辑们都说他能轻而易举就干掉一升酒,不知现在怎么样了。二十年的岁月流逝,加仓井觉着能登高明的酒量也会有很大的变化。

这时进来两个外国人,并排坐在加仓井旁边。开始以为是美国人,但听他们说话,感觉似乎是德国人。

"每天工作很累吧?"

"不轻松,但都是以前不曾体验过的,很有意思。"

"编辑这工作,旁人看来挺不得了的。但实际做起来,其实都是些不起眼的细微工作啊。"

"不过,我的工作并非只是坐着不动,所以觉得挺好的。"

圣子看着杯子里的红色液体,回答道。

圣子自称不会喝酒,但看来挺能喝的。不知不觉中,她已经喝掉了两杯果子酒。

虽在灯光照射的阴暗处,仍能看出圣子眼眶及耳边都泛着酒后的红色。

加仓井看着她颈脖优美的线条,脑子里想象她与能登高明的结合。他们是通过什么结合在一起的?虽然与己无关,他却很在意。既然惦记着这事,就张口问问吧,可又担心真要是问了,两人的气氛会一下子变得冷淡下来。

加仓井把目光从圣子脸上移开,手里晃着白兰地酒杯,说道:

"你还没有结婚吧?"

"是。"

"暂时不打算结婚吗?"

"不打算。"

圣子清楚地答道。

"起初听你说在跟别人同居,跟那人现在怎样了?"

绕着弯儿,一点点接近了那个话题。他想要知道实情,但又怕知道。

圣子没有回答,默默地看着酒杯,有种屏住呼吸的感觉。她那一动不动的侧面显现出了拒绝回答的神态。

"唉,这个问题不是非回答不可的……"

刚问出口,又立即撤回。加仓井苦笑于自己的稚拙。

"好像你说过,在伊豆七岛的中学当过老师吧?"

"是'式根岛'。"

圣子总算又恢复了刚才的快乐劲儿。

"去那儿一定要乘船吧?"

"在'竹芝栈桥'乘船。夜里十点出发,第二天的午饭前到达。"

"那……是要半天的时间啊。"

"十多个小时。"

圣子似乎一点儿不觉得路远。

"那个岛有多大?"

"大约四平方公里。"

可加仓井并没有马上领会四平方公里的具体大小。反正,看来是一个小岛。

"山很矮,远处看去,像是一艘军舰。人口应该不到一千人。"

"哦,是一个很小的岛啊。"

"可都是些善良的人。"

"你似乎很喜欢那儿。"

"夏天里,如果能有休假的话,就想去的。"

圣子看着摆放着洋酒的架子,眼睛里闪现出愉快的光芒。

"真那么好,我也想去一次看看。"

"社长,您也要去吗?"

乘船单程就要十个小时的那个孤岛,按照加仓井的急性子脾气是不可能去的。但圣子似乎当真了。

"嗯,什么时候找时间吧。"

加仓井含糊其词道。圣子则显得更加兴奋:

"咸圆鲹鱼干,您喜欢吃吗?"

"'咸圆鲹鱼干',就是那个很臭的吧?"

"是啊。那是式根岛的特产呢。"

"是吗?"

曾经在一个酒馆里有过这个菜,独特的臭味,加仓井几乎没碰筷子。

"那是怎么做的?"

"如果您喜欢的话,下次我给您带些来。"

"吃惯了的话,会觉得好吃吧。我好像很难的……"

虽不是受欢迎的土特产,但圣子愿意主动带给自己,这让加仓井觉着高兴。

"在那个岛上,你一定有过很愉快的回忆吧?"

"为什么?"

"提到小岛,你的表情很生动啊。"

"是吗?"

圣子似乎很惊讶地用双手捂在脸上。或许是有了点儿醉意吧,略微带红的双眼晶晶闪亮。她那稍稍凝视远方的眼神里透着无比的妩媚。

"有点喝醉了。"

"才喝了两杯嘛。"

"可我真的是不太会喝酒啊。"

"果子酒,再来一杯。"

一听加仓井这么对酒吧老板说,圣子连忙用手盖住酒杯口。

"我不能再喝了。"

"再喝一杯没关系吧。"

"再喝的话,回去很困难了。"

"那,来杯橙汁怎么样?"

"不了,我该回去了。"

吧台左边墙壁上的时钟指在了七点。从这儿出发,到"三鹰"大概是八点左右,那里有高明在等她回去。加仓井瞬间在脑海中描绘出了这么一幕,接着像是要挥去那一幕一般,吞饮下去一口白兰地。

"我还想再喝点儿的,真遗憾啊。"

"对不起。"

圣子低了下头,表示歉意。

"那,走吧。"

硬是挽留倒显得不自然了。加仓井决然站起身来。

两人来到饭店门口时,发现已经下起雨来了。刚才那随时可能降雨的天空,像是攒足了劲儿,毫无顾忌地将大大的雨点倾泻了下来。

大概是两人离开那个竹篱笆围墙的菜馆来到酒吧后不久下起来的,此时饭店门口的台阶已经被雨水浇透了。

"糟糕,没带雨伞。"

两人一个西装,一个裙装,都没有带雨伞或穿风衣。饭店的门外停着三辆接人的汽车,没有出租车的影子,却已有八个人先于他们在排队等候了。

这时来了一辆出租车,只上去了一个人,等候出租车的队列还很长。

"先从这儿借把雨伞回公司吧。"

加仓井跟熟识的饭店总台服务员打了个招呼,借来了一把黑雨伞。

"只要回到公司,就能找到公司里的备用雨伞。你可以先借去用用。"

加仓井将圣子拉进雨伞里一同撑着走出了饭店。

出了正门往左拐,马上就是一个坡道。厚厚的云层下,绿荫茂密的树木被大雨浇打着,湍急的雨水顺着人行道边迅速向下流去。"丘上饭店"这四个字的霓虹灯,摇摇摆摆地映照在流水中。

加仓井右手撑着雨伞,两人向坡下走去。这么并排行走才发觉,圣子的个头只到加仓井的肩膀。

"可真是的,周末下雨,一定有不少人觉着扫兴吧。"

圣子只是默不作声地听着加仓井这句话语。

下了坡道,穿过大马路走出不远,右边可以看到公司的那栋楼。

周六的夜晚,楼上看不到灯光,只有门卫处有点亮光。

加仓井从门卫那儿拿了钥匙,跟圣子一道再次乘坐电梯,来到了三楼。

顺着昏暗的走廊向前走,来到标有健康社牌子的门前,打开门进去,房间里跟刚才他们离开前一样,黑暗中静悄悄的。

加仓井按了下进门处右手最上面的开关,打开了灯,径直走向橱柜前。

"里面会有雨伞的,随便打开找把你觉着合适的,先借去用用好了。"

加仓井说完后,掏出手帕擦拭着脸上手上的雨水,回头往办公桌方向走去。

编辑室里只有橱柜那边一角亮着灯,加仓井这边仍在黑暗中。加仓井将放在桌子上的文件装入纸袋子里以后,抬头往窗外望去。外面雨还在下着,雨夜中霓虹灯闪烁,点缀着大街道。

"我借用这把了。"

回过头来,见圣子右手拿着把天蓝色的雨伞。

"伞把上写着'S·Y',矢野晶子的。看这架势,今天晚上似乎不会停了。"

加仓井又将目光转回到窗外。雨似乎下得更急了,雨柱不断顺着窗户玻璃哗哗地流下去。

"下雨了,天空还泛着红色呢。"

圣子站在加仓井身旁嘟哝着。外面高楼尽头的天空看上去泛着一片红色。那个方向是"京桥"至"银座"一带。

外面下起了大雨,室内却是静悄悄的,雨声被挡在了玻璃外。

黑暗中,加仓井蓦然感觉到了圣子的气味,那是一种淡淡的洗发香波的气味。加仓井再次望了一眼泛红的夜空后转过身来,圣子白净的面庞正朝着窗外。

加仓井吸了口气,然后轻轻地用右臂搂住了圣子的肩膀。圣子畏缩般地倏地抽出身子。但是这一举止似乎反倒促使加仓井下了一个决心,他猛然将圣子搂进怀里,亲吻了她。仅仅一瞬间,他们的嘴唇结合在了一起。圣子不停地摆头试图摆脱拥抱,加仓井竟顺势上半身压了过来。圣子拼命地从他手臂下钻出来后,紧跟着后退了两三步,然后似乎要稳定情绪一般,双手放在胸前调整呼吸。

此时加仓井才意识到自己干了什么。失控了,可又觉着那是自己无法驾驭的……

圣子整理了自己的衣领后,默默地走向了橱柜那边。

大雨照旧下个不停。加仓井再次面向窗外的夜雨,注意力却集中在背后的动静。

加仓井手插口袋注视着窗外,不一会儿,圣子又走了过来。

"您不回去吗?"

他回过头来,见圣子已经梳整好头发,镇定了情绪。

"生气了?"

"没有。"

"对不起。"

加仓井说完后,拿起纸袋子和雨伞开始移步。走到门口,关了电灯,然后跟两个小时前一样锁上了门。

走廊上的窗户虽然紧靠着旁边的楼房,此时也淌着雨水。

两人的脚步声在无人的走廊里回荡着。

加仓井觉得应该说些什么。邀请她一起去吃饭,然后又回到这里都不是他早有企图的。半途下起雨来,两人都没带雨伞,这些都纯属偶然。

不过,在内心里这么辩解就只能说明他其实心里是想要得到圣子的。

不管怎样,发生了那一幕。于是从此时开始,两人就不是单纯的公司经理和职员的关系了,又增加了一层复杂的关系。

加仓井有种被圣子拿着一把的感觉。

他认为,对自己公司的职员持有私人感情便不是合格的公司经理。没想到自己竟不知不觉中成了那不合格者中的一员。虽不会马上产生什么不良影响,但他却有一种莫名的郁闷感——作为上司今后怎么对圣子发号施令呢?

陈旧的电梯门关闭了,两人依旧默默无语。圣子站在电梯内的一角,手里拿着雨伞和提包,低垂着眼帘,她那凝视着地板某一点的表情,显示出刚才那一幕不可再重演的拒绝态度。

加仓井侧目看着她有些苍白的面容,心里有种年轻人一样的焦虑:得找点儿什么话题。却什么也说不出来。

出了电梯,再次将钥匙还给了门卫,两人又来到了户外。

出口处右边的雨漏在哗哗地淌出雨水来。两人各自撑起自己手中的雨伞,一前一后地沿着窄小的人行道走去。前方往左拐,再走一百来米,便来到了通往"御茶之水"车站的大道上。这里通常会有熙熙攘攘的大学生经过。这天是周六,又适逢大雨天,来往的行人比平时少得多。

加仓井放慢了脚步,等圣子从后面赶了上来。往来的行人接踵而过,两人不时又变成了一前一后。

道路的左右两旁,学生街特有的咖啡店、书店、乐器店等店铺鳞次栉比。街角上有烤鸡肉店,那儿飘出来的烤肉味儿在雨中的街道上弥漫着。

一路上加仓井一言不发。实际上也许是说了些什么,但被不断擦肩而过的行人以及雨水声带走了。

不一会儿,前方灯光明亮,有聚集的人群,"御茶之水"车站到了。

"打车送你吧?"

加仓井在站前道路这边的红绿灯下停住脚步,回过头来说道。圣子稍稍扬起雨伞,清楚地回答说:

"我坐电车回去。"

"是吗……"

"晚安。"

圣子拿着雨伞点头鞠了个躬,旋即穿过刚刚变成了绿灯的马路,向着车站方向走去。

望着圣子纤细的身躯消失在人群中后,加仓井拦住了一辆出租车。

"去荻窪。"

说完后,他坐到了座位上,顿时有种疲劳感袭来。

出租车穿过站前的桥梁,在第一个红绿灯处往左边拐去。虽是周六的夜晚,道路上仍挤满了汽车。

加仓井望了望车窗外,然后深深地坐靠在车座上,脑海里立即又浮现出与圣子接吻的一幕。

"三鹰"的公寓到了夜晚,变得如乡间一般寂静。圣子回来的时候,高明正坐在桌子前看书。

"晚饭一会儿就好,稍等一下。"

圣子换了衣服,从冰箱里拿出已经去掉内脏、开膛片好的竹荚鱼,把它放到烤炉里去烤,接着又做了豆腐汤。

"外面雨好像下得很大啊。"

"下班后,突然下起雨来,只好等有雨伞的人先回去再送雨伞回来……"

圣子观察着烤鱼状况,不由得辩解道。

"反正是周六,不必那么着急的。"

"我不喜欢人多吵闹的地方。"

"御茶之水那儿算是安静的吧?"

圣子关了火,同时感到了一种被高明看穿的不安。

这天晚上,圣子是十一点睡觉的。

刚开始同居时,高明睡到近中午时分,然后四下里转悠,到傍晚开始伏案撰稿是在晚饭后。大致写到午夜两三点,凌晨四点入睡。

高明与其说是工作完了睡觉,不如说是边工作边饮酒。

稍后酒劲儿上来,便瞌睡了。

他的这种生活习惯,自受伤住院后,多少发生了点儿变化。

早上还是起得晚,但夜里基本上是十二点前后睡觉。不能马上入眠时,便躺在被子里看书。或许因为四十八岁的年龄,也没法那么熬夜了吧。

起初,高明工作的时候,圣子也不睡陪着,还不时端茶、送咖啡。但高明不喜欢她那样伺候,对圣子说:

"不必管我,你先睡吧。你不睡,会分散我的注意力,反倒不利于工作。"

这是出自内心的想法,还是为了让圣子早些休息呢?自那以后,圣子一到十二点,便先去睡了。

三鹰的公寓只有两间房子,圣子在高明工作的和式房间草席上铺了被褥休息。瞌睡迷糊中,转眼可以看到高明伏案的背影。他的肩胛骨轮廓形成一个大大的黑影,清晰地扩散在房间的顶棚上。看到那个大黑影,圣子的睡意又消失了。

在同一个房间里怎么都睡不着时,圣子有时会换到厨房兼客厅的沙发上睡觉。

对圣子来说,高明的存在似乎逐渐变成了一种空气。

今天晚上,圣子依旧在高明的身后铺开被褥休息。高明没有撰写稿件,而是坐在和式房间专用的矮脚椅上看书。圣子刚一躺下,他便站起身来。先是戴上假肢去了趟洗手间,然后换上和式睡衣,将桌子上的台灯亮度调小,钻进了被子里来。

高明身体的气味中夹杂着淡淡的香烟味,圣子明白他靠近了过来,但身体依旧背对着他,紧闭起了双目。

以为他会有那个欲求,但高明只是左腿挨了下圣子的腿,便停住了。

他的右腿膝盖下只留下了十厘米。圣子看到过几次那个被截了肢的部位。起初那个部位的皮肤有点紧绷绷的,可以看出缝针愈合处的痕迹。现在浮肿消退变得细多了,截肢的部位也有些饱满起来。

高明并没有刻意遮掩那个怪异的部位。实际上,在一起生活的圣子面前遮掩那里本是毫无意义的。

圣子抚摸过那里。在安装假肢前,曾好几次给他缠裹过橡胶绷带。那个部位只有薄薄的一点皮肉,一下子就碰到了骨头。圣子担心会很疼,不过好像只是用手指触摸的话,不会有什么疼痛感。

但是,刚开始使用假肢时,常听他诉说疼痛。尽管非常仔细地测量了尺寸形状,定做的也是最新式的轻型假肢,可通常身体完全习惯、适应需要半年的时间。高明很少外出,因此跟旁人相比,他所花的时间会更长。

尽管这样,两个月来,那个部位似乎像脚后跟一样变凉了,皮肤好像逐渐变厚。

这会儿挨了圣子一下的不是那个部位,而是另一条健康的腿。那条腿上从大腿到脚腕长满了稀稀的汗毛。

圣子感觉着干爽爽的汗毛,脑子里不由得回味起今天加仓井的亲吻。为什么会发生那样的事情?她自己也不明白。回过神来时,已被吻过了。

给予异性亲吻,除高明以外,这还是第一次。女儿身第一次接受的异性是高明,并一直跟高明同居到现在。圣子从未将目光投向别的男性。这一次,是跟高明在一起四年后第一次背叛。

不过,这能说是背叛吗?默不作声看着窗外时,突然对方从背后拥抱过来,那不是圣子的意愿,是对方凭借着力气强迫的。可虽这么说,也不能说圣子完全没有责任。受加仓井邀请去吃晚餐先不说,那以后不该返回公司,特别是不应该跟加仓井并肩看夜晚窗外的雨景。在那儿说声"这把伞我先借走了啊",然后出门离去,就什么事都不会发生了。

在那个没有第二人的房间里,男人和女人观望窗外的雨水,其实圣子隐隐地感觉到或许会发生什么的。

明知那样却又走到了加仓井的身旁,到底是怎么一回事?莫非……自己当时处在微醺之中,还是真想观望窗外雨夜中的霓虹灯呢?可是自己并没有喝多少啊,雨中霓虹又是司空见惯的。

走近窗户,说到底还是圣子自己的想法,一种想要走过去的冲动所致。接吻是在那以后。

直接的行为是加仓井,但造成那种行为的可能因素或许是圣子。行为责任在加仓井,而协助责任在圣子。

对方嘴唇压过来时,自己虽然在抵抗摆头躲避,接吻只是一瞬间,但那一瞬间已既成事实,是无论怎么辩解也无法抵消的事实。

结果,圣子有种被电击的感觉,恐惧那样的感觉,却又期待感受它。以前从未想从其他异性那儿得到那种感觉,那个感觉有高明带给她,就足够了。在高明的怀抱里,享受那种感觉、那种快乐就很知足了。

可突然,她又希求走近另一个男性……

她这么想着,突然意识到了身旁睡眠中的呼吸声,高明好像睡着了。睡眠中,四十八岁的面颊在昏暗的台灯光亮下正面朝着天花板,挺拔的鼻梁在已有明显雀斑的脸上投下了一道阴影。看着这副面容,听着睡眠中的均匀呼吸声,已经过去四年了。在岛上与高明相遇时,他四十三岁。这么一想,圣子突然想起加仓井现在正是四十三岁。

烈日火

"可以做我的秘书吗？"

七月里一个酷暑烈日，下午在公司前面一个名叫"奇波里"的咖啡屋里，听加仓井这么说，圣子感到很困惑。

自一个月前与加仓井那个接吻以来，圣子努力表现得跟从前一样，既没有因此而比别人特殊些，也没有变得小心警惕，内心只想抹去接吻那一幕。

可是做出很平静的样子，不去理会，反倒可解释为——其实是十分在乎的。且不说内心如何，就身体的反应也不会那么轻易地消失。

"说是秘书，其实工作也没那么复杂。接接打给我的电话，应酬应酬就可以了。当然，我的工作安排是会事先告诉你的。你可以根据我的日程安排处理那些电话。"

"工作内容基本明白了。但是，我可以吗？"

圣子卷着饮料吸管的包装纸套说道。

"当然可以了。不过,工作会忙些。我会跟牧村打个招呼,让他给你减少点儿现在的杂志工作。"

"忙些没关系。只是……有没有其他更合适的人选呢?"

刚刚入社一个多月的新职员就做社长的秘书,会被认为无视老职员的存在,也有可能引起其他女职员的反感。

"考虑再三,别无他人。总之,你来做吧。"

加仓井似乎毫不介意圣子的犹豫。

"你是不是不愿意做我的秘书啊?"

"那倒不是。"

"反正没什么不得了的事。放轻松些,不过是个传电话的角色而已。"

加仓井这么轻描淡写地解释着,根本没考虑圣子的顾虑。他这个人是工作狂,但有时完全不在乎对方有什么想法。

"那么,你接受下来了啊。"

"再让我想想……"

圣子此刻意识到了自己内心里还有一个不安的因素:这么做了秘书的话,会不会两人的距离一点点地就拉近了。加仓井虽是社长,却性格坦率,并不装腔作势。有时参加电视上的节目,只要杂志的销售量增加,他就心满意足。他有俗气的一面,同时也很单纯,并不令人讨厌。放在别人的话,那些俗气的部分会引人反感,在他那儿,却因为其开朗直率的性格而抵消了。

无疑,加仓井是个招人喜欢的男人。但圣子不希望两人的关系比现在更加密切。

圣子内心下了决心跟他保持距离,那么即便做了秘书,也不会有什么事情发生。况且,加仓井提出让自己做秘书,也未必就真的另有企图,只要自己把握住分寸,是不会有问题的。

虽然这么想,圣子还是感到不安,她意识到了自己身体内蕴含着一种陌生而无法控制的东西,会因某个契机开始活动。问题似乎不在加仓井,而在圣子自己这边。

"你好像想得很多啊。"

加仓井弹掉烟灰,苦笑道。那副笑容与其实际年龄不符,显得和蔼可亲。

也不知为什么,看到他的这副笑容,圣子决定接过这个工作来。

"唉,那么,我接下这个工作吧。"

"决定做了?"

"嗯。"

圣子不自然地低下了头。

"好。那我立刻跟牧村打个招呼。"

"早晨,应该几点来上班?"

"几点?跟以往一样,十点来钟就可以了。回家时间也没变化,五点钟。"

"可是,这个工作时间以外来电话了怎么办?"

"公司里有人,就会接电话的。没人,也就算了。总而言之,不必想得太复杂。"

加仓井将烟头在烟灰缸里掐灭后,说"那,走吧",站起了身。

圣子兼做加仓井的秘书一事,是在第二天由牧村总编公布给大家的。

大家只是惊讶地看了圣子一眼,并没有因此而特别议论什么。说起来,大家也都觉着圣子适合做秘书,没谁说怪话中伤她。

圣子暂且松了口气,可是却犹豫要不要告诉高明。

这个工作是公司工作的需要,没什么好隐瞒的。但是,最终还是错过了说出来的机会。她觉得没必要告诉高明,却又抹不掉是给曾经接过吻的男人做秘书的事实。一方面觉得高明没必要知道外面所有的事情,另一方面她的脑子里又总摆脱不了这件事。她觉得自己像是一个放荡的女人。

接吻的事高明没有察觉,但他是知道加仓井的。自己的女人给曾来约稿的编辑当秘书,对于高明来说,无疑……不会令他感觉愉快的。

那样的情感高明不会表露出来,可正是这样,锁在内心的不快便会是巨大的。

不管加仓井怎么说,还是应该拒绝。他再强求,圣子坚持不接,就可以推掉。圣子显然不够坚决,这里也不可排除她内心是情愿的,对方提出请求,便毫无抵触地接了过来。

总之,事已至此,说什么都无济于事了,只能瞒着高明继续下去了。

圣子对自身也有一种恐惧。那就是——虽然瞒着高明有种不安感,这种内心变化的感觉竟也逐渐麻痹了。

说是社长秘书,由于不是大公司,工作内容并不复杂。上午十点来公司,在加仓井十二点以后来公司的这段时间里,接接打来的电话,安排下午至晚上的日程,遇到须尽快应对的事情,就先请示一下牧村或高杉。下午加仓井来公司,一起确认当天的安排,或誊写加仓井的稿件或查查该去了解的事务等。

加仓井交待的工作并不都是公司的事,有些誊写、查询是应其他杂志的刊载要求。严格说来,秘书的工作内容是公私混同的。跟公司的老板,也没法儿细追究。总之,幸亏有了圣子,加仓井的工作效率提高了很多。加仓井在大家面前毫无掩饰地说:

"大公司的社长也未必会有几个像我这样有这么细致周到的秘书啊。"

健康社每到夏天可以休假一周。职员们根据自己手头的工作情况,分别选择较有空闲的期间休假。圣子决定在加仓井去蓼科避暑的八月初休假一周。

"假期里,你去哪儿啊?"

在出发去蓼科的前一天,加仓井在公司对面的茶馆里喝着咖啡问圣子。

"没计划去什么地方。"

以前每年夏天都跟高明去海边。比起山中避暑,高明更喜欢海边。常去的地点是游客较少的"伊豆西部"或"外房",在那里租一个房间住一个月。高明没有固定的工作职场,属自由职业者,圣子则因学校放假,两人都有充足的时间。但是今年不行了。圣子只有一个星期的假期,高明则失去了一只脚。关于休假期间的具体安排,还没有跟高明商量。这次不可能像以往那样随意外出了。

"如果没有特别的安排,来蓼科玩玩吧。"

加仓井抽着烟,这么不经意地说道。

"不。"

圣子嘴上这么回答，心里估摸着加仓井真正的想法。

圣子从公司其他职员那儿听说了加仓井在蓼科的别墅。别墅在"普尔平"附近，一楼三间，二楼两间，是一套挺大的住房。

加仓井有妻子和两个女儿，暑假里当然会是全家人去别墅避暑。而叫圣子也去那儿他是出于什么想法呢？圣子琢磨不出加仓井在想什么。

"明天我就去蓼科，三号住进白桦湖饭店。"

"不去别墅吗？"

"想写点儿东西，饭店更安静些嘛。"

"那，不跟您家人一起啊？"

"是啊。"

看来是在饭店期间想让圣子去。

"从新宿乘坐快速电车三个小时可以到。高原的空气很好。"

以前总去海边，圣子少有高原体验。不过读大学时曾跟朋友去过"轻井泽"，那时是住在朋友借的房子里。

"如果你能来的话，另外再订一个房间。"

加仓井那深茶色的目瞳直盯着圣子。

圣子很想去蓼科看看。夏天，在高原上的饭店度过一天，不用说一定会很凉爽舒适的。但是去蓼科，就会跟加仓井更近乎。加仓井说是给她另外订一个房间，好像是在同一个饭店。而且，即便住在外面，一想到附近的别墅里有加仓井的妻儿，也会觉得不自在。况且住在外面的饭店，也说不准她们什么时候会来饭店看看。有必要不顾这些潜在的可能性去蓼科吗？

"怎么样，可以抽出一天的时间吗？"

圣子想起自己跟高明同居的事实,虽然没有正式结婚,但形同夫妻。处于这种关系的女人,满不在乎地去另一个男人住宿的饭店是极不正常的。那将是确切无疑的对于高明的背叛。圣子内心感到不安的与其说是自己有想去的愿望,不如说尽管一瞬间,还是忘记了高明的存在。这是以前从未有过的。在犹豫去还是不去之前,就该谢绝。会不会是自己已经厌倦了高明呢?圣子看着玻璃杯里的冰块这样自责。

算算跟高明一起生活,已经过去了四年。起初不用说,自己是疯狂地爱着高明。只要高明希望,甚至可以一起去死。可是什么时候开始的呢?竟然会忘记了他的存在。虽然每天生活在一起,渐渐心情就会放松,但是……感觉就这么褪色了,到底是怎么一回事呢?难道双方相互习惯了这种亲密,心情放松了,就会淡化了对方的感情吗?如果是这么一回事的话,那么一起居住所起到的作用,莫非就是将炽热的爱转换为一种行为惯性?

"是不是家里有什么事情要做?"

"啊,有点儿……"

现在既然又重新意识到了高明的存在,就不会接受加仓井的邀请了。仅仅片刻没把高明放在心上的内疚心理,使圣子坚定了自己的态度。

"没有去的可能性?"

"抱歉啊。"

加仓井恋恋不舍地嘟哝着,将手上的香烟在烟灰缸里捻灭。

"那,不管怎么说,是待在东京吧?"

"可能……"

"如果有可能来,打这个电话,好吗?"

加仓井说着,从记事本上撕下一张纸,在上面写下了饭店的名字及电话号码。

第二天是星期六。

加仓井没有去公司,而是从家里直接去了蓼科。

圣子那天五点结束了公司的工作,回家了。此刻开始,便是中间夹个周日连续休八天的暑假。

高明当然知道圣子要休假。三天前,圣子就告诉他了。不过说是告诉了他,其实只是在早晨离开家前,说了声"可能可以休一个来星期假"罢了。

圣子不想声张休假之事,因为高明会特别在意应该带她去什么地方。圣子觉得今年要求高明带她外出旅行有点儿困难。

但高明还是考虑了旅行的事。

晚上吃完饭,两人喝茶时,高明好像想起了什么似的说道:

"去哪儿度假吧?"

"什么?"

圣子露出有些意外的神态来。

"这次没有充足的时间慢慢享受,但可以去你想去的地方。"

"可是……"

圣子担心的是高明受伤的脚。大热天里,带着假肢旅行很不方便。

高明似乎立即觉察到了她的担心。

"不必在意我的腿,不好看,但只要想要出门,没有去不了的地方。"

"不是,没有想那个……"

考虑的不是外观,圣子想要说——担心的是高明会疲劳。

"走得远点儿,去山阴地区怎么样?"

"可是,去哪儿都会人很多啊。"

圣子没想一定要去哪儿。难得在东京慢悠悠地休息休息,或许也挺好。

"匆匆忙忙地外出旅行四五天,只有累的感觉,我们待在东京吧。"

"在这儿吗?"

高明双臂交叉抱在胸前,环顾了一下房间。对高明来说,整天待在家里,不外出上班,或许外出旅行倒是一种休息。

"先生不在意的话,我怎么样都可以的。"

圣子一直称呼高明为"先生"。高明不喜欢她那么称呼,但改口叫"高明"或"老公",又委实叫不出口。

"你不太想外出是吗?"

"大家都外出了,东京空了,我们待在这儿,说不定更好呢。"

圣子异常明快地说道。

"那,就这样吧。"

高明没多想,点了点头。

自己提出来还是待在东京的好。可是只过去了三天,圣子就腻了。以前闷在家里几天都可以的,消遣的方式是看看书或看看电视。可最近一有空闲时间,反倒不安起来。也许是因为去公司上班后,习惯了在外面活动的感觉。

休假开始的前两天里,好久没有这么轻松了,一直睡到快九点,跟高明几乎是同一个时间起床。简单吃了早饭后,趁天还没有热起来,去井之头公园散步。到底是八月里平常的日子,公园里很清静。只有没能去避暑的老人及遛狗的人。

但是到了休假第四天,她便厌倦了外出散步,跟高明面对面待在窄小的住房里,圣子开始有一种窒息的感觉。当初觉得去海边也好,到山里去也好,都会感觉疲劳的。此时却觉得不外出好像吃了亏。想现在出去也行啊,但是自己提出来不外出,这会儿便有些难以启齿。

散步回来后读书,然后午休,傍晚起来撰写两三个小时的稿件后喝酒,高明每天的行动是雷打不动固定的。

圣子去公司工作以来,作息时间与高明完全不同。这次休假同一时间起居,她发现自己已经变得跟高明的生活规律不合拍了。以前两人在一起无论多久,自己都能去迎合他的生活习惯,而现在不行了。高明午休的时候,圣子不可能像以前那样在一旁拿本书看着等他醒来。

加仓井来电话正是休假第四天的下午,她开始觉得百无聊赖、不知该怎么打发时间的时候。

圣子拿起电话,就听到加仓井压低嗓音说:

"现在方便吗?"

"啊……"

高明在里面的房间里,开着空调在午休。

"这会儿,我在东京。"

"您回来了吗?"

"那边太吵,没法做事,就回来了。现在在'四谷'的N饭店,你能来一趟吗?"

"现在吗?"

"想见你。"

拿着电话听筒,圣子往高明午休的里间瞥了一眼。通过半开的隔扇门,可以看到里间高明的胸脯和手,他正仰面躺在一条毛巾被上睡觉。看看没有什么动静,大概是睡着了。

"不会让你拿出太多的时间。工作累了,想吃点东西,但一个人吃,觉得有点儿冷清啊。"

加仓井的声音好像就在跟前。圣子怕传入高明的耳朵里,拼命将听筒按在自己的耳朵上。

"有什么人吗?"

"不……"

"那,能来吗?从你那儿坐电车到'四谷',打个出租很快就到了。"

下午三点了。现在开始化妆出门,大概是快四点的样子。然后按照加仓井说的乘车方式去,到那里是下午五点来钟,正好是吃晚饭的时间。

"房间号码是1239,到了饭店,在总台打个电话就行了。"

加仓井说着,就好像圣子已经决定要去了似的。

"那尽快啊,等着呢。"

"可是……"

"等着呢。"

然后,"咔嚓"一声电话挂断了。那是加仓井挂断了的,真是一个强制推行自己愿望的人,全然不给对方考虑的余地,说完了自己的事就随意挂断了电话,似乎是告诉对方——我已经都说明了,不来的话,则是你的不对。

圣子瞪眼看着断了声音的听筒。

"什么地方打来电话了吗?"

隔扇门对面传来了声音,以为还在睡觉的高明原来醒着呢。

"是……"

"谁来的?"

高明似乎正在起身,这边可以看到的毛巾被一角被拽动着。

"朋友打来的。"

高明戴上假肢,来到客厅里说:"想喝点儿热茶。"

圣子点着了煤气炉。高明去了趟厕所,返回来后坐在圣子的旁边。

"还是很热啊。"

"我得出去一会儿,可以吗?"圣子将茶杯放在高明的面前,说道。

高明露出惊讶的表情看了圣子一眼,似乎是出乎意料。但很快,高明就又恢复了他常有的面无表情。

"去哪儿?"

"新宿。"

"去吧。"

高明对着热茶吹了两三口气,然后抿了一小口茶。

"从老家来了个朋友,在新宿等着呢。"

圣子补充说了本来没必要解释的话。

"只是见见面,说说话罢了,两三个小时就回来。"

"既然去见面,就多聊会儿。"

"但是……"

"晚饭的话,我会自己解决的,叫份寿司吃就可以了。"

高明绝不会说"不行"。只要圣子开口,他都能答应。对方是男是女绝不过问。其实,圣子的性格本也不会无理强求,她总是克制自己,最小限度地提出自己的愿望或请求。这一点,可以说高明是信赖圣子的。更何况,高明不喜欢查问圣子见面的对象是什么人,无论多么想知道,他也绝不会说出口,这一点表现出他作为年长者既含羞又有气度的特点。

"至少给你做点简单的菜再走。"

"不用,只把酱海胆拿出来就行了。"

高明爱吃海参肠及海胆之类的,喜欢当作下酒菜,自斟自饮。

圣子把酱海胆和芝麻拌豆角盛在小碟子里,旁边摆上酒瓶跟酒杯。只需准备好这些,高明便会自己照料自己。然后,圣子走进里面的房间化妆。天热,所以化淡妆,穿上白色的连衣裙,脖子上围了绿色的薄围巾。

"那,我走了,八点回来。"

"噢。"

高明看着窗外,点了点头。

关上门,来到走廊,圣子突然有种松绑的感觉。现在没有任何东西束缚自己了。她小声哼唱着下了楼梯。

但是这种轻松的感觉仅仅持续到下了楼梯。来到宽敞的马路上,圣子内心便开始追问自己:为什么自己要去加仓井那儿呢?为什么要对诚实的高明撒谎,去那个强迫对方接受自己想法的加仓井那儿呢?然而,腿脚却是一步步地迈向了车站。

来到四谷的N饭店,不到五点。

太阳西斜,夕阳却依旧强烈。向三个方向伸展的十七层建筑的西面部分在残阳辉映下现出明晃晃的身躯。

圣子推着旋转门走进饭店,立即用大堂总台前的馆内电话接通了加仓井的住房。

"哦,现在在哪儿?"电话那一边传来加仓井兴奋的声音。

"总台前面。"

圣子稍有点儿冷冷的口吻回答道。

"那我马上下去,哦,不,你上来吧。"

"我在下面等您。"

"那,进门左手有个'克里斯蒂'咖啡茶座,你在那里等我吧。"

放下听筒,圣子慢慢地走过大堂,走进了加仓井说的那个咖啡茶座。

这里是东京首屈一指的大饭店,大堂里、咖啡茶座里尽是外国人。或许因为夏天的缘故,大家的穿着都很鲜艳。出门前照镜子时,圣子觉得自己穿戴得有点儿扎眼。可来到这里,白色的连衣裙却普普通通。

跟服务员点了杯冰镇咖啡,圣子的情绪又开始有些低落。为什么要来这儿?自己有高明,却满不在乎地到这样的地方来,并且只是为了一个突然打来的电话。会不会被看作是水性杨花的女人呢?讨厌,这么想着圣子昂起了头,此时,正好看到加仓井出现在大堂的另一头。加仓井全身上下都穿着麻布质地的服装,上身乳白色的敞领衬衫,衬托出夏季的整洁感。

"好久不见。"

加仓井露出久别重逢的神情打量了一下圣子,然后坐在了对面的椅子上。

"您身体好吗?"

"嗯,就这个样子啊。"

加仓井的面部皮肤紧绷绷的,和上周见到时有种精悍的感觉。

"在蓼科玩得开心吗?"

"每天都打高尔夫。"

这时,服务员拿来了圣子要的冰镇咖啡。

"怎么样,稍稍早了点儿,吃晚饭吧?"

"可是,您的工作……"

"那个可以等会儿再做。为了你,从五点开始的时间已经腾出来了。"

加仓井这么说着,不顾刚刚送上的冰镇咖啡,拿过账单站起了身。圣子对这个饭店一无所知。进入健康社工作后,曾经来过这儿一次,取一位教授的约稿,那时不过是在大堂里拿了稿件就走。加仓井让圣子先走进电梯,说了声"空中楼阁"。电梯上的服务生立即答应"明白了",然后按下了电梯上的一个按钮。电梯上还有外国人以及其他日本游客,圣子紧挨着站在了加仓井的身旁。

加仓井带圣子来到了位于饭店最高层的"空中楼阁"。那里有现场演奏,还可以俯瞰夕阳下的东京。

圣子还没觉着饿,加仓井声称自己一早起来到现在没吃东西,要了份烤肉吃了。

"假期里哪儿都没去吗?"

"是。"

点头答"是"时,圣子感到一种羞耻。她觉得假期在东京无所事事,意味着会被旁人视为"贫穷"。

"以为你不在东京呢,幸好……"

圣子哪儿也没去,这似乎对加仓井来说是件好事。

"我们再到那边喝点吧。"

一吃完饭,加仓井便站起身,走向餐厅里边高出一个台阶的酒吧。那里的地板铺着厚厚的地毯,彩色玻璃和观赏植物将这里与外部餐厅间隔开来。

"这里是会员俱乐部,有我的酒。"

酒吧的中心部分排列着摆满了酒瓶的架子,架子周围环绕着桌子,正中间装饰着橘黄色灯,围着桌子有两三对客人在静静地谈话,整个空间显现出和谐而雅致的感觉。

服务员立即端来了芝华士威士忌瓶子和冰块。

"我自己来对酒。"

加仓井让服务员离去后,自己往杯里放入冰块和威士忌,做成了对水威士忌。

"我不喝。"

"哎,别啊。"

加仓井将做好的另一杯对水威士忌放在圣子面前,自己先开始喝了起来。

从这里俯瞰的东京已经进入了夜幕,眼下是万家灯火。左边现场一角,在钢琴伴奏下,一个女歌手在演唱。

这里是一片豪华愉快的气氛。

圣子凝视着夜空下千盏万盏的灯火,想到其中一盏灯光的下面有高明的身影。现在也许弯曲着带假肢的腿,正慢慢地喝着冷酒……

时间已过六点。圣子想该回去了,可身体却没有要站起来的意思。饭店的酒吧与"三鹰"的简易公寓有着天壤之别。在"三鹰",总是圣子在来来去去地做事情。虽然高明年长,但实际上都是由圣子来掌管操持家事的。可在这里,一切都归加仓井安排,工作也好,生活也好,都无需自己来张罗。

"走吧。"

加仓井这么说时,已是七点多了。

"多谢您的款待,非常愉快!"

圣子这么表示着,心里想道:现在必须回去,乃是因高明的存在。

"唉,下去一下吧。"

电梯降到十二层时,加仓井从背后轻轻地推了一下圣子的肩膀。站在前面的客人立即给两人腾出了通道,圣子由加仓井半推着出了电梯,并一直走入电梯左手的走廊。长长的走廊靠近中间的地方有加仓井的房间。圣子来到了写有"1239"房号的门前。

"请进。"

加仓井用钥匙打开了房门。圣子稍有犹豫,便跟着加仓井走了进去。

房间里,右边是一张很大的双人床,床的那一头的窗户下放有一个茶几,两边摆放着椅子。左边则沿着墙壁摆放着一个写字台,上面摊着辞典和开始撰写的稿件。

"您在这儿工作吗?"

"两三个小时还行,再长了,脑袋就会发胀。"

"但是很安静,可以静下心来写嘛。"

此时,圣子又想起了高明。高明如果能借住在这样的饭店里,或许能写出很棒的小说来。她顿觉在房租便宜的简易公寓里伏案的高明很是可怜。

"还要点儿什么饮料吗?"

"不了,已经喝了很多了。"

圣子坐在靠窗边的椅子上,抬头看着窗外。从这个位置隔着饭店黑乎乎的院子仍旧可以看到东京的夜景。

"对面是'赤坂'。"

加仓井站到圣子的身边说道。从"六本木"方向通来的高速公路另一端,明晃晃排列着无数高楼大厦,飞驰而过的汽车在眼前宽阔的道路上划出光的海洋。夜晚的"赤坂",似乎万事初始。

圣子跟加仓井就这么并排凝视着窗外,不由得一种预感油然而起。现在的状况跟上次一样。那时下着雨,背后是无甚特色的办公室。而现在,背后则是淡雅灯光衬托下的柔软舒适的大床。加仓井如果有那样的意思,圣子可能抗拒不了。

圣子内心有个声音在不断呼叫——"该回去了"。这么不介意地来到饭店里一个男人借住的房间,是不谨慎的。圣子想要回去了,不能再进一步靠近加仓井。

"那个……"

圣子刚这么一开口,加仓井便转过头来。

"我回去了。"

圣子躲开加仓井的目光,说道。看着他的话,她担心自己会被那目光拽住。

片刻,她感觉到加仓井好像点了点头,眼角似乎感觉到他的头上下动了一下。但是紧接着圣子已被搂在了加仓井的怀抱里。为什么会被紧紧地搂住,她自己也不明白。宽大的胸膛就在自己的眼前。

"不……"

圣子紧闭双唇,脑袋左右躲避并缩起脖子,想要从那双臂的怀抱中挣脱出来。但是此刻脑海里瞬间闪过一念——这次恐怕没法像上次那样简单地逃脱出来了。

加仓井的态度并不特别焦虑。大有稳稳地、从容不迫地等着圣子的抵抗渐渐趋弱的架势。实际上,在男人有力的臂弯里,圣子感觉到自己逐渐无力抵抗了。这与其说是力量的问题,不如说是心理的缘故。上次接吻以后,她发誓绝不容许有第二次。可是第二次时,反倒好像是圣子自己的抵抗减弱了。

"放开我。"

圣子再一次在加仓井的怀抱里诉说道。但是,她的声音几乎完全被加仓井的西装压住了。几分钟后,加仓井扳起圣子的脸来,亲吻她。圣子仍旧摇着头抵抗,但与刚开始比较,这种抵抗已经没什么意义了。

加仓井似乎在等待着她逐渐消耗了力气,亲吻着她,并在耳畔嘟哝着:"喜欢你……"

圣子觉得那声音好像是掠地而起的风声,轻轻、慢慢地穿过了整个身体。体味着耳边那热烈而又温柔的感觉,圣子现在几乎完全丧失了抵抗的力量。脑海里顿时觉着:就这样吧,怎么都行了。这种念头并不是来自于绝望了的心理,也不是那种甜丝丝的舒服感,而是要投入到一个未知的世界前的懵懵懂懂的感觉。

以后的事情圣子不太记得了,或者说,如果刻意要一一想起的话,也许会有鲜明记忆的部分。但是,圣子不想由整化零地想起那些片段,她只愿意想到:自己感受到了加仓井那巨大而实实在在的爱。

回过神来时,圣子躺在床上,浑身上下一丝不挂,被加仓井拥抱在怀里。那情景,回过头来想起时,会感到羞耻得浑身发抖。似乎是连她自己都不明白的风暴,横穿过了她的身体。

圣子从床上抽出身,到洗澡间冲了淋浴。整装打扮、梳理了头发后走出来时,已经是晚上九点多了。

"我回去了。"

圣子像是说给自己听一样。

"是吗?"

加仓井点了点头后,站在门前,又一次拥抱了一下圣子。

"圣子真好。"

加仓井对于圣子的心情正是那样的。不是感觉到"爱",而是觉着"可爱"。对此,圣子瞬间有些在意,但身体的甜丝丝的感觉抹去了那份在意的念头。

"好喜欢哦。"

加仓井再一次亲吻了她,这次跟开始时比较,多了几分温柔和大胆。

"后悔了吗?"

接吻后,抚摸着圣子的头发,加仓井问道。圣子没有直接回答,而是将头靠在加仓井的胸前,以摇头表示。

事到如今,这么问起也没法回答。后悔,却又不想甩掉身体味到的那实实在在的感觉。那个事实,已像十分牢固的纽带将两人联结在了一起。

"还会……再来见面吧。"

"……"

"不想分开了。"

加仓井这么说着,又搂住圣子热烈地亲吻后,松开了手。

"送你到楼下吧。"

"不,自己一个人走。"

圣子再次去洗澡间整妆后,走出了房间。

"明天,还能来见面吗?"

在送圣子去电梯的走廊上,加仓井问道。圣子没有回答。

电梯前,一对看似夫妇的外国人在等电梯。也许是顾虑那两个人,加仓井在那儿没说什么。

电梯来了后,两人乘电梯一直下到了楼下大厅。夏天的夜晚九点,大厅里还有很多来来往往的人。圣子什么话也没说,直接穿过旋转门,出了饭店。

外面夜晚的热浪还很浓,正门前的喷泉闪着五彩光亮。

"再见。"

在正门口圣子轻轻地点了下头,坐上了等在那里的出租车。

圣子回到"三鹰"已是十点了。

八月的夜晚,白天的热气丝毫未减,圣子急急忙忙沿着河边道路赶着返回公寓。穿过一条宽宽的马路,在第一条小路往右一拐,便看到了公寓的灯光。在并排亮着灯光的二楼的顶端,那第二盏灯光是高明和她的住房。

圣子停住了脚步,像是调整自己情绪似的深深地吸了口气,然后迈步向那座公寓其中的一个窗口走去。

平时房门都是上了锁的,圣子从手提包里拿出钥匙开了门。

高明和以往不同,在厨房兼客厅的沙发上仰面躺着看电视。

"回来晚了,对不起。"

高明点了点头,眼睛仍然盯着电视。

"好久没见面了,聊起来没完没了的……"圣子直接走到里屋换平时穿的衣装,并对高明说道,"我马上准备饭菜。"

"不,刚才吃了寿司了,不用了。"

圣子照照衣柜门上的镜子,离开饭店时,头发及脸部化妆都整理了的,没有乱。眉毛比平时画得浓了些,但样子好好的。圣子再次轻轻地拢了一下头发,回到了外间。

"要不要我做点儿什么凉菜?"

"嗯……"

高明这才从躺着的沙发上把目光投向站在那儿的圣子。看起来,他有点喝醉了,并显得有些疲劳。

"天热,大概大家都在家里待不住吧,街上人挺多的。"

"有空调,还是家里的好。"

空调是去年两人一起凑钱买的。圣子好像要躲开高明的视线,过去打开了冰箱。将头一天买的葡萄柚掰开,跟小勺子一起放在了盘子里。

"电视不用换台吗?"

高明很少看电视。即便看,也只看看NHK(日本放送协会)的教育台,现在他看的是电视剧。

"偶尔看看,还算有意思。"

圣子洗掉高明用过的小碟子,倒上了咖啡。十点半,歌谣节目结束了。关了电视,周围一下子变得静悄悄的,鸦雀无声。

"你的朋友住在哪里啊?"

高明点了支香烟后,问道。

"N饭店。"

圣子被突然问起,脱口而出说出了加仓井住的饭店名称。

"今天你出门以后,望月来了。"

"望月先生……"

自己跟加仓井见面的时候,望月来了。圣子觉得这真是奇妙的机缘。

"他有什么事吗?"

"来约稿。"

"那,您接下来了吗?"

"没接。"

"为什么?"

最近一段时间,高明的撰稿收入一个月还不到十万日元。大家都知道他这个作家只是写写随笔,或偶尔写个书评。

"这次是给他们出版的通俗杂志撰稿,写什么关于女人……"

"不行吗?"

自处女作发表以来,高明一贯描写男女情爱。那算是关于女人的吧。圣子不懂,她只是想,既然描写爱情,自然要描写女人了。

"现在开始去写什么'色情',写不了。"

这一点,圣子也明白。高明虽然是描写男女爱情,但作品的基调常常是黯淡的,描写一种没有结果的悲怆之爱。他作品中的爱是虚渺的,最后在无可挽救中消失。

"可是,对方总算是来约稿了呀。"

"该不会是你去请求的吧?"

"我不会去做那样的事情。望月先生好心待您才来的嘛。"

"好心?"高明隐晦地一笑,"多余的。"

看来仍有编辑欣赏高明的才能。只要他愿意,还是会有投稿的地方。但高明的孤傲和执拗打消了这种可能性。不过,也有一部分编辑或许可以接受那份执拗。

"我无论有多困难,都不会为了钱去写作的。"

他的心情圣子也是知道的,那是他的清高之处。可以保持这样一种清高,某种意义上是因为圣子在工作。

"如果我离开了这个人的话……"

圣子默不作声,悄悄地看了一眼正在吸烟的高明。皱纹在他的脸部刻画出英俊的年轮。在那张脸上,也显现出无可屈服的严峻、孤寂。

"睡吧。"

高明说道。圣子站起身来开始铺被褥。

高明只睡榻榻米。失去一只脚以后,圣子考虑他睡床更方便些,曾提议过。

他却拒绝说:

"只有在医院才睡床呢。"

圣子铺完被褥以后,在枕头边上摆放好了台灯。高明换上睡衣,拿掉假肢,钻进了被褥。

圣子看着他一切就绪后,转身去洗碗池,洗了用过的碟子和茶杯。无论有多累,都不能放着没有清洗的餐具去睡觉。倒不是说她爱干净,而是自小母亲就这样教……

洗完了以后,十一点了。

圣子坐在梳妆镜前,将高高梳起的头发放了下来。在饭店曾被加仓井弄乱,又在饭店的洗澡间里重新梳了起来。

她舒了一口气,看着镜子里自己的脸。眼圈周围有点淡淡的暗色,但皮肤反倒好像是重新苏醒了一般,很滋润。浑身懒懒的,有点儿眩晕的感觉。不过虽然疲劳却有种快活感。

真奇怪……

以身相许给另一个男人,本非自己所愿,但身体却显出来愉快的反应。

她希望抹去跟加仓井的情事,此时回想起那些是极不检点的。虽这样想,身体却深深地记忆着被拥抱的快感。即便抹去脑子里的意念,留在身体里的记忆却不会那么轻易地消失。

"我是坏女人?"

有高明这样一个男人,一起过着形同夫妇的日子。高明不善言表,内心里却是爱着自己的,自己也爱着高明。长年一起生活,没有了刚刚开始时的疯狂。但正是这样,两人的联结变得牢固而深沉。既然明白这些,为什么发生了那样的事。

第一次接吻也是这样。圣子总是事过之后琢磨,然后后悔,认为自己不该那样。但已不是小孩子了,自己控制不了自己,是件很糟糕的事情。小事也就罢了,这件事非同小可。这件事不只是圣子自己本身,还是涉及高明生活的重大事情。自己的行为违背了自己的内心,也背叛了高明的感情。自己毫不在乎地犯了错误,又镇静地坐在这里:"我的内心到底是怎样的呢……"

这么想着,再度去看镜子里的那张脸时,只听高明说了声"过来"。

圣子用卸妆油卸掉妆后,在洗脸池里洗了脸。在卸了妆的脸上,隐约可见眼角部有点细细的鱼尾纹,是去年年末开始出现的。这张脸诚实地显现出了二十九岁的年龄。

她在脸上擦抹了油质护肤霜,并轻轻地施以按摩。上下、左右,手指划着圆圈移动着。听说这样按摩可以使皮肤有弹性,预防皱纹。还在两三年前,她没考虑过皮肤衰老的问题,现在则开始在意了。

擦去油质护肤霜后,脸上没了胭脂,圣子站到外间的阴暗处换上了棉布质地、白地蓝色花纹的和式睡袍。高明不喜欢上下分开的西式睡衣。

一起居住了半个月后,高明说道:"那样的衣服完全没有情趣。"

听他这么一说,圣子毫不犹豫地将西式睡衣换成了和式睡袍。她认为适应高明的嗜好是理所当然的事情。

和式睡袍浆洗过了,硬硬的。圣子一定要三天浆洗一遍,否则穿着不舒服。那也是从少女时代开始母亲给训练的。

换好睡服,来到里间屋子。高明仰面躺着,他闭着双眼,好像没有睡着。两人各自的被褥中间没有间隔,并排铺着。

圣子先跪在被褥前将台灯的光亮调弱后,钻进了自己被子里。空调方才开在了"弱冷"档,低低的马达声在房间里单调地回荡着。

十二点多了,周围静寂无声。一会儿,高明翻了个身,从盖着的毛巾被动静中感觉得到。

圣子闭上了双眼,身子绷得紧紧的。"这会儿他想要的话,可完全没有情绪"。最近一段时间,高明不像当初那样频繁要了。也许是脚部受了伤的缘故,大概一个星期只有一次。圣子有时会期待,可睡在一起时,又没了那种欲求。

如果今天他想要,就太尴尬了。

高明的手轻轻地触摸了一下圣子的肩膀。那只手瘦瘦的,是圣子已经习惯了的感触。圣子的反应仅仅是将头转向了那只手。

"过来。"

暗淡的灯光中,高明低声嘟哝道。

圣子的目光重新回到了天花板,然后小声答道:

"今天有点儿……"

接下来的话打住了。

"怎么了?"

"身体……"

高明的手仍在触摸圣子的肩膀。

"那个吗?"

"啊……"

高明或是以为来了月经。

"不知怎的,有点儿……累了。"

"……"

"可能是有些日子没这么在人多的地方走动了吧。"

圣子觉得自己说的不合道理。外出四五个小时就觉着累了的话,每天去公司上班不是会更加疲劳?

"没心情,是吧?"

"对不起。"

抚摸在肩膀的手慢慢地抽了回去。圣子觉得对不住高明。她想即便不能接受,也该有些抚慰高明的举动——该答应高明来为自己赎罪,哪怕是令人"羞耻"的举止。可是现在已无法弥补。自己拒绝了,却又提起,反倒让对方觉得奇怪。

高明不是那种强求别人的男人。说了"不愿意"就会默默地退回去,绝不追根刨底。

"为什么?""怎么了?"这些他都不会问。

女人不情愿,他就不会要求。他的态度是放弃自己的愿望,不去追问对方。

其实圣子从来没有拒绝过高明的要求。当然来月经或生病的时候是不能接受的。可那样的时候,高明也不会提出要求。

看起来是漠不关心,其实高明对女人的身体体察细微,是很细心的男人。

圣子这是第一次拒绝高明的要求,并没有明确的理由。她知道要是拒绝了的话,高明是不会再要求的,但以前没有这样的经历。

结果这次亦如她料想的,高明放弃了。

从表面上看,圣子的愿望达到了。但是圣子无法断定,今天的拒绝会不会在两人之间投下阴影。

风声

暑假大休后,八月的第二个星期一开始,健康社的职员就上班了。

假期里,大家似乎分别去了海边或山野度假,皮肤都晒得红红的。也有人去了关岛或夏威夷,尽情享受了异国夏天的风情。

在芸芸众生中,唯独圣子白净异常。圣子的肤色与其说白净,不如说近乎苍白,像孕妇似的白得透明。或许圣子属于少色素体质,皮肤就是晒不黑。偶尔有时会因暴晒变得泛红,好像烫伤了一般,但脱了一层皮以后,立即又恢复了以往的白净。

过了个暑假,皮肤却没有变化,说明哪儿也没去,脸上无光。

不过圣子这个假期亦有重大的体验,那是比去山野、海边都更加重要的经历。那经历虽然不会显现在外表,却强烈震撼着她的内心。

这天午休时,加仓井向全体职员作了简单的训话。内容如下:

天气还很闷热，但暑假结束了，希望大家努力投入读书季节——秋天的工作，全力以赴完成计划于秋天出版的《疾病百科全集》。

这个全集是面向普通外行读者的医疗保健全书。内容涉及手足伤、感冒、菌痢泻肚、脚气、高血压、糖尿病等，涵盖一般疾病的诊断、治疗以及预防。全书乃是三十卷分卷的一套丛书，是健康社自《身体》杂志创刊以来的又一重大出版活动。杉江领衔组成一个编务小组，另外配备了四名职员，专门从事这项工作。圣子是成员之一，不过她同时还兼任着秘书工作。

已有其他几家出版社刊出了类似这套书的刊物。我们的特点是要采用大量图片，文章采用一条一条的要点条目形式，尽量使读者容易理解。

加仓井解释了这套丛书的特点。最后他说：

总之，这可是左右我们公司命运的工作，需要大家共同努力。

加仓井训话时，圣子没有与他的目光对视。自饭店那次以后，今天是第一次跟他见面。加仓井似乎也意识到了，讲话时没看圣子这边。

训话结束后，紧接着是吃午饭的时间。职员们有的叫了外卖，有的到附近的餐馆就餐。圣子正准备跟朋友奥谷怜子去外面的餐馆吃饭。

"日诘君。"

加仓井招呼她。

"什么事？"

"嗯……"

加仓井将目光从资料上移开，像是要确认什么似的看着圣子。

"我现在准备去赤坂的电视台录像。完了以后，跟文英社的望月在 N 饭店见面。望月你是认识的吧？你也过来吧。"

"但是……"

"五点半我到 N 饭店的咖啡茶座，好久没见了，一起吃饭吧。你在那时告诉我今天的来件内容。"

这么说完后，加仓井立即站起身来，向杉江那儿走去。

圣子没办法，转身回到怜子那儿。

"有什么事吗？"

"社长等下要外出……"

"又是去参加电视台的节目录制？"

"像是参加什么健康对谈。"

"真喜欢上电视啊。"

怜子微微地笑了一下。

两人走出公司来到外面，去了"骏河台下"十字路口边的荞麦面馆。据说这家面馆创业九十年了，作为"神田"一带的老字号，享有盛名。

正是午饭时间，店里的客人很多。两人坐在了靠里面的四人用餐桌上，对面坐着另外一组客人。

天热，没有什么食欲，圣子要了份"凉面"，怜子要了份"小笼屉荞麦面"。

刚一坐下,怜子便说道:"社长总不在公司里,秘书可是辛苦哦。"

"嗯,不过社长年富力强,看着这样的男人精力旺盛地工作,感觉挺好的。"

"是吗……"

圣子有些暧昧地点了点头。

"社长有时有点儿过于强势。不过,我喜欢这样的阳光男性哦。"

奥谷怜子比圣子大三岁,今年三十二岁。以前在《妇女》杂志工作,跟同一个公司里的职员结婚两年后离婚了,现在带着一个孩子跟她年迈的母亲住在一起。怜子是现代型的美人,脑袋极聪明,在做《身体》杂志的编辑主任。她那敏锐、好胜的特点,或许作为妻子反倒不合适。圣子并不是主动接近她的。自从来到这公司,不知为何对她抱有好感。圣子喜欢她那干脆爽快轻松的性格,甚至她一个人带着孩子离了婚的状况,也使圣子觉着什么地方特有魅力。

"社长在家里也是那样说一不二呢。"

"你去过他家吗?"

"去过一次。"

圣子曾有一次想问问加仓井:"太太是怎样的一个人?""在家里两人都说些什么?"她想看看,加仓井听了这些问题后会有什么反应。不过,虽是这么想过,但她毕竟没有勇气直接提问。可是,对怜子,她却张口便问。以前想知道却又克制住了的好奇突然涌进了大脑。

"去社长家里,有什么公干吗?"

"去年年底,给他送文件去了。"

"他太太漂亮吗?"

"嗯,以前大概漂亮吧。"

"现在呢?"

"身体很弱,好像不太外出。我去的时候,碰巧她心情好,所以见着了。"

"什么病?"

"详细不太清楚,好像是心脏病、哮喘之类,话说多了,会咳嗽不止,看起来挺痛苦的。"

"可怜……"

圣子嘟哝着,内心却奇怪地松了口气。

"最近怎么样了?"

"好像病情稳定了些,大概夏天一直住在'蓼科'吧。"

圣子回想起加仓井暑假在那儿只待了三天,就从蓼科返了回来。高原的别墅,听起来好听,其实可能是病妻疗养的地方。

"那家务怎么办啊?"

"大概有女佣吧。而且都是女孩儿。觉得社长的日常起居没什么不方便。"

"但是,那病不会好吗?"

"说是有先天不足的问题,很难治愈。"

"真够受的啊。"

圣子脑子里想象着社长妻子的样子,点了点头。

下午上班时间规定从一点开始,但是,实际上并不严格。到了中午,大家根据自己手头工作的情况,腾出手时便提前去吃饭,然后在差不多的时间里,返回来开始下午的工作。这也是编辑工作无可强求的一个特点。

圣子下午整理了拟在十月号《身体》登载的特辑《暑假后孩子的健康》。说是十月号,实际上从九月中旬就开始计划。甚至为了赶上档期,八月就得开始编辑。公司里有一半左右的职员,于闲静的气氛中,或征收稿件或处理凹版相片。

圣子本来也得顶着酷暑外出取稿。但因做了社长秘书,外出的工作减少了。

这算是占了秘书工作的便宜。不过如果气候宜人的话,外出收取稿件,在街上走走也并不是件坏事,何况还能见到各色名流教授或名医。因此各有利弊。

窗外的阳光亮灼刺眼,屋内开着冷气则凉丝丝的。在有冷气的房间里,圣子边读稿件边想着加仓井的事。

他在午休前临出门时说:"下午五点半N饭店的咖啡茶座见。"

还说望月也会在那儿。

加仓井的话外音是:三个人一起总不会有问题吧。

可是在圣子看来,不如就她跟加仓井两人的好。

望月掺和进来,会让圣子感觉惴惴不安。

自己跟望月不太熟悉,何况他刚跟高明见过面。弄不好会当场提起高明来。

三人进餐时提及高明的话题,岂不是更加难堪。

不过话又说回来,加仓井会怎么看她跟高明的关系呢?总不会全然不知吧。但他从未打听过。

圣子心头纠结的不光是这一点。跟望月一起吃饭，万一因此高明知道了他俩的秘密怎么办？尽管望月浑然不知，加仓井就没觉着不安吗？

真让人琢磨不透……

这么愣愣地想着，到了五点下班的时间了。

下午一共有五次电话打给加仓井，其中三个是代销店及书店打来的，另外一个是电视台，还有一个是一位女性打来的。

"社长先生在吗？"

女性的声音听起来二十四五岁，有点儿娇滴滴的感觉。

"现在外出不在。"

"是吗……几点回来啊？"

"今天不回来了，您是哪位？"

"我叫YASUYO（日语假名），那，明天再打吧。"

"如果有什么事，我可以转告他。"

"不不，不用了。"

那女性似乎微微地笑了一下。

有时会有女性给加仓井打电话。一般只报"西川""中山"之类的姓，也有只说自己名字部分的。

因工作关系，加仓井需要各种交往，女人打来电话也没什么奇怪，但圣子心里总有点儿不太舒服。

跟加仓井没发生什么关系时，女性打来电话，圣子全然不理会。而现在一听到女人的声音，她就会感到紧张。

"什么时候回来啊？""拜托了"诸如此类的话语，都会让她耿耿于怀。

跟加仓井仅仅一次的关系，竟然对自己产生了如此巨大的影响。念及于此，她不由得有点儿懊恼。

反过来说，加仓井每每让自己接听这样的电话，也太不关心别人的感受了。

加仓井什么时候站在圣子的角度、为圣子考虑考虑呢？

哪怕就那么一点点儿，他要是真爱圣子的话，应该不掺私心地为她着想啊。

放在高明，是不会这样的。高明表面上漠然，内心却时时处处无微不至。

跟高明比较起来，加仓井的漫不经心，有些不解人意，甚至有点儿恬不知耻。

五点了。

圣子将用红铅笔做了记号的稿件堆放在桌子上后，站起了身。

她先去洗脸间整理了一下脸上的妆，又拢了拢头发，然后跟杉江说了声"我先走了"，便离开了公司。

刚刚还想那是个脸皮厚的男人，现在又去男人等着的 N 饭店约会。

说是汇报电话内容，不过是个借口。而明知那是借口，圣子竟又一次推开了 N 饭店的大门。

推着旋转大门走进饭店大厅的一刹那，圣子被一种不快的情绪笼罩。

十天前，也是跟现在一样，从这儿走进了饭店，并让加仓井如愿以偿。眼下又要开始那一幕了。

她的不快情绪一定是来自某种预感。

那次回家见到高明时,自己曾在内心里发誓:那是一定要忘却的一次性的过失。

现在来到这里,等于是自己要毁掉上次的誓言。不管是否会再次发生,都不该再次走近危险的状况。

可明明知道这样的道理,为什么又来到了这里呢?

什么"来汇报电话内容",什么"来参加望月在场的晚餐"。

圣子再次对自己重复了一遍再明白不过的道白后,向大堂后面走去。

在用观赏植物隔开来的咖啡茶座一角,加仓井一个人坐在那里。

他正悠然地吸着香烟读书。这个男人不会呆呆地什么事都不做。

圣子加快了脚步,穿过收款台径直走到了加仓井的面前。

"我来迟了。"

听到圣子的声音,加仓井点点头,把手上正在阅读的书放在了面前茶几的一角。那本书的书名是《走出困境》,是有关高尔夫球的实用书籍。

"忙吗?"

"不,不忙。"

"有电话吗?"

"有啊,很多。"

圣子用略带讽刺的口吻答道。

"大东书店的水田先生打来的……"

圣子拿出记事本,汇报了开始的四个电话内容。加仓井对那些电话——作出了"如何处理"的指示后,喝了口水。

"另外还有一个叫'YASUYO'的女性打来的。"

"YASUYO?"

加仓井看了眼能看见庭院的窗户。

"对方说,告诉您这个名字,您会明白的。"

"她说什么了?"

"没说什么,只说明天再打来电话。"

"大概又是想要我去她们店里消费。明天傍晚我不在,你随便应付一下就行了。"

"随便?怎么随便?"

"就说会去的……"

加仓井若无其事地喝完了淡黄色的果汁。

"望月先生还没来吗?"

"有急事,来不了了。"

圣子顿时不知道自己为什么来这儿。

"唉,行了,那就两个人吃吧。"

加仓井拿起账单准备站起身来。

"我,告辞了。"

"为什么……"

"电话内容已经汇报完了。"

"可是,吃顿饭总可以的吧?"

"但是望月先生又不来了。"

"两人多好。"

加仓井站起来,快步向收款台走去。

到饭店来是作为秘书谈工作,另外就是为了参加有望月在场的三人晚餐。第一件事已经了结,既然望月不来,自己就该回去了。

现在如果又跟着加仓井去吃饭,很不检点。圣子这么想着,脚步却是紧赶慢赶地跟在加仓井的后面。

出了咖啡茶座左拐,往里有个中餐馆,加仓井大步走了进去。

在靠里面的位子上,两人面对面地坐下。圣子心里默念:只是吃饭。

加仓井看着菜单,自顾自地点了菜。很快服务员拿来了啤酒,紧接着端上来的是鲍鱼、虾、牛肉、豆腐四样菜。这么多,两个人如何吃得完?

"怎么样,不喜欢吃中餐吗?"

"不。"

圣子叹了口气,拿起了筷子。

加仓井食欲旺盛。那些食物圣子看着就饱了,加仓井却一小碟一小碟的,很快就风卷残云,吃得特别爽快。

放在高明,绝不会这样吃,而是在喝酒的当间,一口一口地慢慢品味。

看那样子,即便不好吃加仓井也会满不在乎地吞咽下去。高明却不会勉强自己。哪怕是一小口,稍稍有点儿味道不对,他就会放下筷子。糊弄不了他。

"怎么了?"

发觉圣子在看他,加仓井停下了筷子。

"没什么。"

圣子微微一笑。

"奇怪。"

加仓井一口喝下杯里的啤酒,又开始吃菜。从侧面看着他无忧无虑的样子,圣子想象跟这个人一起生活或许会快乐。

开始那样不情愿跟加仓井单独会面,可是现在,反倒觉着挺愉快的。跟他就这样面对面地说说话,也能使自己心境平和。

自己的内心怎么会发生这样的变化呢?

圣子对自己的变化吃惊不已。

不过,事过很久以后,她才真正明白了这种心情变化的原因。

吃完饭,两人又去了酒吧。酒吧在穿过"六本木",往"乃木坂"方向去的左手处。

去酒吧的路上,圣子小声说"该回去了"。

但是进了酒吧以后,圣子又不再想回去的事儿了。

那个酒吧的名字叫"法兰西市场"。从椅子到台面以及架子上的钟表、蜡烛台等器具,无一不是西洋的古典风格。

在这儿,加仓井似乎也是常客,服务生跟他打着招呼:"好久没见了。"

"今天好清闲啊?"

"正好是夏季嘛。"

服务生笑了笑,说道:"给您来您常要的吧?"

加仓井很有风度地点点头,用擦手毛巾擦了擦脸。

环视周围,有一种来到十六、十七世纪欧洲高级咖啡店的感觉,豪华而典雅。

跟"三鹰"的简易公寓比较,完全是另一个世界。

蓦地回过神来,加仓井的手已按在自己手上,大大的、沉甸甸的感觉。

"好想见到你。"

低沉却很清晰的声音拂过了圣子的耳际。

"我也是……"

这话没有说出口。圣子按捺住自己的心情,只是看着加仓井。

"今天可以吧?"

"不……"

"我不放你。"

加仓井用力握着圣子的手。

两人在"六本木"的酒吧坐了一个来小时。

一到外面,正好有趟空出租,加仓井扬手招呼了过来。

"我……"

圣子刚要说什么,加仓井的手又轻轻地按在了她背后。

不知为何,圣子要说的话便又咽了回去。

车像是自"六本木"驶向"青山"方向。车外的光亮明暗交错照进车内,闪射在加仓井的侧脸上。

"这个人怎么这样啊。"

圣子对他的强行武断无计可施,只感觉这是个为所欲为的男人。脸皮真厚。想到这儿,圣子真想一拳揍翻他。

但是手被攥住了,连声音都发不出来,无语的感觉。

穿过神宫绿林,在两边梧桐树的林荫道右边停了下来。不知这一带是什么地方,四周都是深宅大院,万籁俱寂。

"哎,下吧。"

不到五百日元的出租车费,加仓井却是一副不要找钱的架势,给了司机一张一千日元的票子,准备下车。

走过那些大石块垒作根基的院墙,繁茂绿荫处看得到旅馆的霓虹灯闪烁。

"我回去了。"

圣子这次坚决地说道。不能再任凭加仓井摆布、蹂躏。

"我不愿意。"

"求你了。"

突然,加仓井的头低垂了下来。在闷热的夜空下,这个魁伟的男人深深地低下头来请求道。

"喜欢你……"加仓井呻吟般地说道,"想要你跟着我。"

只这么一句话,圣子就又迈出了步子。

进了门有种植的观赏植物,前面是入口处。

圣子从没有来过这样的旅馆。跟高明一起做那样的事,或是在"中野"的住家,或是在旅游点的正规饭店旅馆。

高明一开始好像就很讨厌这样的旅馆,圣子也一样。

无论有多么漂亮,仅仅为了男女做爱,那样的旅馆是不干净的。那是外遇男人和淫荡女人发泄性欲的地方。

圣子通常比别人保守,这会儿怎么也摆脱不了那些固有的想法。

但事实上厌恶这种旅馆的圣子,现在却走了进来。

"请进。"

旅馆的女服务员像是深得要领,麻利地给他们带路。

走廊上,只有墙壁接近地板的位置亮着暗暗灯光,地板上铺着厚厚的蓝色地毯,圣子跟在加仓井的身后。

走进前门即朝斜对面的方向拐去,右边可以看到水银灯照射下的庭院,这里像是十分宽敞。

女服务员带他们走过这里,穿过游廊,来到了里边尽头的一个房间。

圣子和加仓井在八张席大的和式房间面对面坐在了桌前。背后皆有矮脚座椅,座椅右边还有椅子把手。

女服务员退出后,房里只有两个人了,圣子的情绪镇定下来,开始打量四周。

房间的右边有台很大的彩色电视机,电视机位置稍前一点摆放着电冰箱,背后有梳妆镜台,进门的左手处是浴室。

里面好像还有一个房间,从半开着的隔扇门缝,看得见里面房间暗淡灯光下花纹图案的被子一角。

跟一般的洋式饭店不同,和式房间的舒适宽敞中,洋溢着一种隐秘的氛围。

"还生气吗?"

被带到这样的地方来,当然生气啦。

圣子的体态缩得更紧,咬紧了嘴唇。这时,加仓井突然凑近前来。

"不要……"

刚这么叫出声来,就被加仓井的嘴唇吸住了。她就那么跪坐着,上半身被掀翻了过去。加仓井直接把手伸进白衬衣里面,握住了圣子不大的乳房。

"不要……"

她摇着头,却发不出声,只是嘴巴里低低地呻吟着。

"好美!"

加仓井再一次握紧了她的乳房,用另一只手搂紧圣子细细的腰部,轻轻地将她抱了起来。

"放开,放开我。"

圣子在加仓井的怀抱里蹬着腿挣扎。

头发散乱在胸前,裙子被掀起到了屁股部位。

即便愿意亲密,也讨厌被弄成这般淫荡的样子。

但加仓井执意不松手,就那么抱着圣子,似乎很愉悦地看着圣子挣扎时的反应,然后用脚踢开了通往里面房间的隔扇门,一松手将圣子扔在了双人床上。

"不要!"

圣子还在嘟哝着,脸却埋进了加仓井的胸怀。

此时,圣子说什么已无特别的意义。

对于加仓井的攻势,她已没有了任何抵抗。如果说略微还有反抗,不过是一点儿怨恨罢了。怨恨加仓井使自己蒙羞,也怨恨他的心急火燎。

加仓井这是强迫自己与之发生关系。要是他的做法更加合理一些,本来圣子会顺顺当当接受他的。

进入九月以后,健康社终于开始正式着手《疾病百科全集》的出版。

在这套丛书第一卷,准备先编入高血压、心脏病等涉及循环器官疾病的内容。

将这些内容收入第一卷是因为最近几年,这类疾病逐渐受到了大家的关注。另一个原因是第一卷的销售时期在十二月前后,那时正好是这类疾病容易发作的季节。

九月开始收集稿件,然后编辑成书,最快也要两三个月。

有关"高血压""脑出血发作及应急处理""心绞痛"等各项内容,要请各方面的专门医生执笔撰稿。

同时还要跟解说插图的画家商议,准备必需的插图。

加仓井也很认真地对待这项工作,每天至少来一次公司,听取主任编辑杉江的进展汇报。

《身体》杂志十月号上也早早地发出了预告 —— 近期将出版一部"全集"并开始了预定工作。

不论这个"全集"能否卖好,就因为开始了一项新的工作,公司上下显现出比平时更加活跃的气氛。

圣子正式参与"全集"的编辑工作。因兼职秘书,主要留在公司里,应对有关"全集"方面的来电咨询以及整理征集来的稿件。

自八月中旬第二次跟加仓井发生了那样的关系后,在九月初之前的日子里,同样的状况多次重复。

当然每次都是加仓井主动要求。

若在公司里直接招呼圣子,其他职员会察觉。于是从第三次开始,加仓井都是在外面打电话叫圣子外出。

社长在外出工作地点打电话叫秘书,谁都不会觉得不自然。

电话上,加仓井先是询问客人打来的电话内容,然后布置第二天的工作,都是些事务性的工作。

之后,小声嘀咕了一句:"今晚六点,等你。"

圣子先是拒绝说"不行",像工作电话一样应答。

但最后总是推不掉,只好应道:"好吧。"

加仓井充分利用了自己作为社长的特权。

圣子觉着他在利用狡猾的手段为所欲为。可临近下班,她又开始坐立不安,惦记起加仓井的那个电话了。

到了下班时间,走出公司,她便自己给自己找理由:已经在电话上答应的,不去不妥当吧。于是自然而然地又去了相约的地点。

加仓井如果没有特别说明,见面的地点就一定会在N饭店的咖啡茶座。

其他地点的话,加仓井会事先告诉她。

以前陌生的N饭店,现在对圣子来说变得意义重大。

"人家也有不方便的时候,干吗总是听你的?"

九月初见面的时候,圣子这样对加仓井发牢骚。

"明白了。"

加仓井点了点头,但是仍旧我行我素。

"六点钟见面。"

圣子说:"不行。"

话音未落,加仓井马上说道:"一定过来,反正我等着。"

随即挂掉了电话。

只要自己坚持,圣子就会过来。他根本没把圣子的话当回事。

但是,圣子有自己的事情。不仅有公司的工作,还有家务。

第一次且不说,第二次加仓井相邀,圣子就得事先给高明打电话了。

"今天有点事,回来晚些。"

圣子这样说,高明都只是应道:"是吗?"

"柜子里有面包,也可以外卖叫寿司。"

"不用,对付着冰箱里找点吃的就行了。没关系。"

高明吃得很少,米饭一天吃一小碗。不够的话,喝酒补充。

他几乎没有因饥饿而坐立不安的时候。

可以说圣子也是利用了他的这一特点吧。

"我尽量早点儿回去,对不起。"

"知道了。"

这样便挂掉了电话。

高明从不会说:"早点儿回来。""几点回来?"

也许是因为问了也无法改变什么吧。

高明不发什么牢骚,反倒使圣子感到心理负担很重。

不如发火训斥,她倒可以借此甩开加仓井回家。

高明是信任圣子还是放任圣子? 圣子自己也摸不清。回去晚了的时候,有时高明盯着看她的目光很锋利,让她吃一惊。

如果知道了圣子的行为却一言不发,那真可怕。

不过,圣子又觉得高明真要察觉到什么是不会没有反应的。即便不说,也会在态度上有所显露。

这几个月,高明的态度没有丝毫变化,一样的淡漠而沉静。

有时看电视会笑起来,外出散步时会述及他们的相遇,态度跟以往全无差别。

某日下午三点过后,加仓井又给圣子打来了电话。

"有什么事吗?"

圣子汇报了当日状况且说到翌日安排。

"知道了。"

加仓井这么回答后,接着便说:"我在'四谷'呢,六点老地方见。"

圣子拿着电话听筒没吱声。

"可以吧?"

加仓井又追问了一遍。

"可是……"

"我等着。"

三言两语,圣子又应承下来。

每次见面后,她都想这是最后一次,结果却循环往复。为什么自己的决心这么容易动摇,她对自己疑惑不解。

五点半离开公司后,圣子照例从"御茶之水"车站给家里打电话。

高明工作的时候,电话放在手能够得着的地方。基本上是电话铃声响三下,高明就拿起了听筒,最迟不过响五下。

偶尔也有接电话慢了的时候,没准是去了洗碗池边。

但是这次,电话铃响了十遍也没人来接。

莫非拨错了电话。圣子又重新拨了一遍,这次响了两下接电话了。

"喂。"

听到圣子的声音,高明低声应道。

"刚才电话铃响了吧?"

"听到了,但是在睡觉。"

"今天又要回去迟点儿。"

"是吗?"

稍顿了一下,高明答道。沉静的语气跟以往一样……但好像打不起精神。

"你怎么了?"

"好像有点儿感冒。"

圣子回想起早晨高明的脸色不太好。

"发烧吗?"

"不,不要紧的。"

"吃药了吗?"

"没……"

高明单脚,发烧的话,外出则不方便。

"那我马上回去。"

"做完工作再回来吧。"

"不,马上回去。半道顺便买药回去,你休息吧。"

高明很少感冒。

他生就一副清瘦、弱不禁风的模样。跟圣子一起生活以来,除了脚受伤,高明因病卧床只有两次,也是因感冒,四五天就好了。

看着清瘦,其实他的体质还不错。

圣子从"御茶之水"车站又折回了"骏河台",坡道有个药店,她在那儿买了感冒药。

"发烧的话,这药大概管用。"

药店主人拿过来一个蓝色包装的小盒,盒子上的药名,圣子好像在什么广告上听到过。

"一次一粒,一天三次。"

圣子接过药,放进了手提包里。

五点五十分了。

在返回"御茶之水"车站的路上,圣子想起了跟加仓井的约会。迄今为止,她从未爽约。总是像被什么拽着似的,不想去最终还是去了。

回家的路上,她半道在"新宿"站下了车,站台上小卖部旁有部公用电话,她在那儿打电话到饭店,让转咖啡茶座。

"请传一下名叫加仓井的客人。"

傍晚上下班高峰时间,站台上人来人往,电话时时被电车或站台广播打断。

不一会儿,加仓井过来接了电话。

"对不起,今天不能去了。"

"为什么?"

"那个,有点儿……"

这时又有一辆电车进站了。

"你现在在哪里?"

"在'新宿'。"

"那不是很近嘛,过来一下吧。"

"真的不行。"

"只见一面就行了。"

圣子拿着电话听筒,沉默着。

"那我过去。在'新宿'什么地方?"

"车站站台上。"

"车站大楼上有个'圣多里昂'茶馆。你到那儿等着。"

"可是……"

"马上开车过去,等着。"

电话挂断了。

这个一意孤行的男人。说了见面就非得见面,丝毫不为对方着想。

又有一趟电车进站了。圣子被下车的乘客潮水般地涌着下了站台的台阶,径直向车站大楼的中央出口走去。

圣多里昂在车站大楼的第八层。

圣子走进店里,坐在了里面靠近窗户的座位上。

六点半了。

楼下霓虹灯光闪烁——夜幕下的"新宿"景象。

在这儿跟加仓井见面,十分钟后离开,回到"三鹰"家中应该不过七点半。其实从公司直接回去,到家也是快七点。所以不算太晚。

圣子要了杯咖啡,看着月夜下的街道。

在各色各样的霓虹灯下,人如潮涌。都是些忙了一天寻求释放的上班族。

他们多半穿着白衬衫,也有人穿着西装外套。当日的夜空异常清亮,霓虹灯也比平日更加耀眼。

以前未曾注意到,九月的都市夜空似乎也会一点点地生出秋意。

圣子往咖啡杯里倒进咖啡奶,然后用小勺慢慢地搅拌后,喝了一口。之后又将目光投向了窗外。

外面攒动的人头,看不出有什么烦恼。每个人似乎都目标明确,信心满满。

旁边座位上的一对客人站起了身,年长的女性拿走了账单。

就在两个人走向付款台的时候,出现了加仓井的身影。

加仓井在圣子面前坐下后,从裤子口袋里掏出手绢来擦拭了额头上的汗水。

"有什么事?"

"有点儿……"

圣子低垂下眼睑。"高明发烧病了"这一句话,她竟说不出口。

"该不是不想见我了吧?"

"不是那回事。"

圣子用力地左右摇了摇头。

"那,怎么了?"

加仓井刨根问底。圣子突然觉得加仓井这么穷追不舍很讨厌。

"我也有自己不方便的时候啊。"

"我知道。所以这才问你有什么不方便嘛。"

"家里有人在等着我。"

"……"

瞬间,加仓井将叼在嘴上的香烟夹在了手上,看了圣子一眼。

"有人等着?"

圣子什么也没说,低垂着脑袋。她自己也不明白为什么这样说了出来。加仓井那样执拗地追问,下意识地脱口而出。

加仓井将手上的香烟再次叼在嘴上,点燃后吐出一口烟说道:

"啊,对不住。"

"……"

"等了很久,不由得心中焦急。对不起。"

听加仓井这么道歉,圣子反倒有点狼狈。她没想到加仓井这么快就能接受。

"像是有点感冒。"

圣子小声补充道。

"发烧吗?"

"有点儿……"

"那,快点儿回去的好。"

两人不提姓名地谈着另一个不在场的男人。

服务员拿来了咖啡,加仓井碰也没碰,默不作声地把目光投向了窗外。

过了一会儿,他转过脸来,像是想起了什么似的说:"一直想找个机会问问你的,跟你住在一起的是能登高明吗?"

圣子看着咖啡杯,微微点了点头。

"知道的,但我不管……"

加仓井说着,将长长的香烟捻灭在烟灰缸里。

两人间被一种说不出的紧张气氛笼罩着。

圣子后悔一气之下走嘴说出"有人等着",更不应该在"新宿"打电话,直接回家就好了。

就那样回去,加仓井会一时不快,但不会像现在这样难堪。

原因归咎于自己想见一面,当面解释了以后再回去。

后悔归后悔,圣子同时也有种如释重负的感觉。

这样一来,就没必要再躲躲闪闪的了。这样反而心安理得。

早就知道的,早晚要触及这部分。高明的事本来就不是秘密。

但出乎意料地过早触及此事,却使此时此刻的两人感觉尴尬。

加仓井喝了口咖啡,又重新点燃了一支香烟。

此时他的内心动摇不定,从点烟时拿打火机的手不听使唤便看得出来。

"对不起。"

"你没有必要道歉。"

"但是,你吃惊我是个靠不住的女人吧?"

"不,不能全怪你。"

接着两人又默默地望着窗外。过了片刻,加仓井转过头来。

"什么时候找时间,跟你好好聊聊。"

"好的。"

一下子,仿佛要分手的两人,仿佛又靠到了一起。

莫名的力量似乎是离心的,结果却与之相反产生了向心力。

"两三天后,可以吧?"

"嗯。"

"那,去吧。"

圣子答应道。旋即又觉着加仓井故意摆出痴心男人的模样,好生可恨。

圣子回到家,高明在里面的和式房间铺开被褥躺下了。

像是在发高烧。平日里苍白的面容,从眼部到双颊泛出微红。

"量体温了吗?"

"体温计在哪儿? 不知道。"

圣子从餐具橱柜的抽屉里拿出体温计,递给了高明。然后,又从冰箱里拿出冰块做了个水枕。

比较一个小时前跟加仓井见面时,想象不出圣子会这么尽心尽力。

"多少度?"

高明没有回答。

圣子拿过体温计一看,三十八度二。人过四十,上三十八度就算是高烧了。

"觉得发冷吧,要不要叫医生来?"

"只是感冒罢了,不用。"

"可是只吃这个药,行吗?"

"睡觉休息就能好。"

可嘴上说没事,眼神看着就是无力的样子。

"冷吧?再盖床被子吧。"

高明脸上因发烧有点儿红晕,肩部却似乎感到冷。圣子又给他盖了一床被子。

"吃药吧。一次吃一片。"

圣子把杯子和药放在高明的枕边。

高明看了一眼。过了一会儿,无奈地把药喝了下去。

"头部也降降温的好。"

圣子站起身,在洗脸池存水里放入剩下的冰块,然后把毛巾在里面浸湿拧干。

"还感觉冷吗?"

"不,不冷了。"

高明仰面闭着眼答道。

"有点儿凉啊。"

圣子在他那起了皱纹、宽阔的额头上放上了凉毛巾。

"感觉怎么样?"

"很舒服。"

在暗淡的台灯光圈里,高明深邃的目光直盯盯地看着圣子。

这哪里是人们眼中那个清高、倔强的作家?毋宁说眼神里透现着静谧与柔弱。

"做点儿什么热乎的吧?"

"不,不想吃。"

"得好好儿卧床休息啊。"

圣子给高明披了一下肩头的被角。此时工作也罢加仓井也罢,通通忘在了脑后。

第二天早晨,高明的烧退到了三十七度三。

身体看起来还很虚弱,但用不着担心了。圣子为高明准备了凉拌蔬菜和煮鸡蛋,然后去公司上班了。

上午,加仓井照例不在。

圣子继续昨天的工作,接着整理"我的健康法"的问卷调查。

中午,奥谷怜子走过来约她一起去吃饭。

午间的街上,阳光依旧照射强烈。天高云淡,还有阵阵微风。

不知不觉中,大楼鳞次栉比的城里也透现了秋意。

两人穿过宽广的大马路,进了街角的一个饭馆。这一带是"神田"学生街,饭菜比较便宜。

怜子将意大利面吃得干干净净。圣子要的是三明治,只吃了一半。

"不行啊,怎么只吃那么一点儿?"

怜子一边教育着圣子,一边去吃圣子剩下的一半三明治。

"你现在体重多少?"

"四十来公斤吧。"

圣子身高一米五五。一个月前称体重,三十九公斤。要是瘦了,或许比那时的体重还要低。

"好羡慕你哦。"

"可我自己讨厌这副瘦弱相。"

"一般高大的男人都喜欢细小的女人哦。"

圣子想起了加仓井。加仓井的确人高马大。

"男人天生有保护本能,遇见瘦弱的女人,本能地就想保护呢。"

圣子觉得好像是在说她跟加仓井的事儿,不由得脸红了。

"不过中年以后就会发胖。真讨厌,我真是发愁呀。"

怜子这么说着,又要了杯咖啡。

圣子没食欲,却想喝咖啡。也许正是咖啡喝多了,才没了食欲吧。

"不过,女人一定得恋爱哦。"

怜子边往咖啡里放糖边说。

"是吗?"

"是啊,你看我,有没有觉着皮肤很干燥?"

怜子左手摸摸自己的面颊。

"没有啊。"

"乍一看,看不出来。早晨照镜子,很明显的。女人一过三十,就成豆腐渣了。"

"怎么会……"

对圣子来说,还有半年,就到三十岁了。

"最近也不知道为什么,很想要男人。"

怜子微笑了一下。

平时她总是一副不屑男人的劲头儿。真不可思议。

"还有呀,女人必须有自己喜欢的男人。"

"可是喜欢一个人,也很辛苦吧。"

"辛苦归辛苦,总比没有强啊。"

圣子想到了自己,正摇摆于高明和加仓井之间。

"你怎么会跟丈夫离婚了呢?"

"很平常的理由。他有外遇。"

怜子又微微一笑。

听说她已离婚三年。也许过了这么久,女人才会冷静地谈论男人。

"当时自以为自己是个大人了。现在想想,还是个孩子哦。我那时认定男人有外遇很肮脏,不可饶恕。真幼稚。"

"但外遇总是不应该的吧?"

"那当然。但有几个男人没外遇哪?"

"怎么会……"

"当然因人而异。有些未必是认真的,蜻蜓点水,也许睁一眼闭一眼才对。"

圣子跟有妇之夫相好,从未基于妻子的立场考虑过丈夫的外遇。

跟高明同居以后,实际上是近似于妻子的角色,但她从没想过高明会外遇。

实际上,高明或许也会暗暗地外遇——暗恋。但圣子坚信高明的爱,根本不会去考虑那种问题。

"不管怎么说,男人和女人不一样。身体也好,想法也好,外遇也好。"

"但真正相爱,就不会有外遇对吧?"

"那是女人的想法。的确,女人如果真正爱一个男人,就不会去外遇。因为女人的身体天生就是那样的构造。但男人好像不是那么回事,即便有自己喜欢的女人,也会想要其他的女人哦。"

"……"

"男人不会像女人那样,永远守着一个喜欢的人。"

圣子觉得这些话是在责备自己,不由得垂下了眼睛。

回到公司后,像是正等着一样,立刻接到了加仓井的电话。

圣子汇报了上午打来的两个电话。加仓井做了指示后,接着问道:"怎么样了?"

"啊?"

"感冒的症状……"

加仓井不提"高明"的名字。

"托您的福,不是太要紧的病。"

"是吗?"

接着稍稍沉默了片刻后,加仓井说道:"那,还不行吧?"

"嗯。"

好像条件反射一样,圣子答道。

"那，今天一直在家里写东西。有什么事的话，往家里打电话。"

"明白了。"

圣子放下电话听筒，凝视了一会儿明亮的窗户，又开始阅读正在审阅的稿件。

这份稿件是 M 医科大学的内科教授写的，字是独特的草体，很难识别。

看了一页后，圣子的脑袋里自然又想起了刚才的电话。

加仓井问"还不行吧"，像是问今天能否见面。

如果圣子回答"可以啊"，加仓井肯定又想要见面。

知道了圣子在跟别的男人同居，加仓井竟然不在意？

以为加仓井会对自己没了兴趣，现在看来，那是多余的担忧。

太好了……圣子察觉到自己反有一种内心的喜悦。上午心情忧郁，或因担心加仓井的态度发生变化。

圣子再次开始阅读稿件。

心里踏实了之后，她便能集中精力投入新的工作了。但只看了半页稿件，脑袋里又开始胡思乱想。

"女人真的爱一个人，就不会有外遇？"

她想起中午休息时怜子的那番话。怜子还说："女人的身体构造，就意味着天生守着一个人。"

怜子这样说的时候，圣子表面上点头，心里却狼狈不堪。

她无法理解自己怎么会分别投入到高明和加仓井两个男人的怀抱。不知怎的，她觉得自己是个淫荡的、不负责任的女人。

世上有无数身为人妻却心有别恋的女人。最近这种现象的增多，竟被认为是女人地位的提高。

圣子呢,或许与这种普遍现象是合拍的。就是说没有通过正式的结婚手续,但高明是丈夫的角色,加仓井则是外遇的对象。

与许多真正的妻子一样,自己也在享受一种小小的冒险恋爱。这样想来,心里或许会轻松很多。

但是,圣子并不认为自己倾心于加仓井仅仅是冒险恋爱。

这里不存在那种角色的分配,即高明是私有的,加仓井不过是一种补充。

实话实说,现在的圣子其实既爱高明也爱加仓井,两个人都爱。

对于这两个人,没有所谓的重此轻彼,在圣子看来两个人都很重要。

同时爱两个人,或许也可称之为一种贪欲。

圣子并不认为自己属风流女郎。她不会只为利用哪个男人而去接近他。

如果能像别的女人那样想、那么做,自己当无后顾之忧。但她做不来。圣子原本觉得,自己本质上是个守旧的女人,没法脱出世俗的规约。

这会儿回过头来审视自己,她又发现自己已自然而然地越界了。

至少与怜子所说截然相反,什么"有了自己喜欢的人,女人便不会越界"。

那么有喜欢的人又有了外遇,该是怎么一回事儿呢?

不,那不是外遇。"外遇"也好,"发自内心"也好,都是令人作呕的词汇。不过加仓井毋宁说更接近的是真实。

按照怜子的说法,女人不可能同时去爱两个男人。这违反作为女人的天性。

若是那样,圣子自己也说不清自己到底是怎么一回事了。

但有一点是明白的,即爱高明与爱加仓井是不同的。圣子与这两个男人皆有肉体关系,但流淌的却是完全不同性质的爱。

这么漫无边际地想着,商务街又不知不觉迎来了傍晚。

五点一到,圣子便起身整理桌上的稿件。

出版社的工作性质,就在没有几点到几点的严格时间限制。

不管是几点,自己的工作干完了就可以回去。

但说是可以回去,不到五点就走,还是不好意思的。实际上,编辑们大部分都是从下午开始工作到傍晚。

当然会计、营业部门的上下班时间都比较明确。编辑部门的女职员,其实也大都按时下班。

时间方面可以自由支配的仅限于编辑部主任以及具体从事编辑工作的职员。

圣子名义上归属于编辑部门,却不是主力。何况作为社长秘书接话员,本来就规定工作到下午五点来钟。

就是说五点一过,她基本上就可以自由了。

"我先回去了。"

圣子对刚接完电话的怜子微微点了下头。

"有约会?"

"没有。怎么了?"

"好像有点儿心神不定啊。"

"今天家里要来客人。"

"是吗,辛苦哦。"

怜子爽朗地笑笑,招招手表示再见。

在公司里,大家都认定圣子是单身。不过户籍登记上的确是单身。

怜子也不知道圣子在和一个男性同居。只觉得二十九岁独身,会有一两个关系密切的男性。她不会想到圣子竟跟一个男人同居。

倘若获知那男人是能登高明,一定会惊诧不已。

怜子一定对高明其人有所耳闻。高明的书畅销时,怜子正好读高中。说不定还读过他的作品呢。

圣子并没有刻意隐瞒自己跟高明同居。如果有人问起,她会如实禀告。

但不知为何,怜子及周围的男性对圣子的私生活,似乎没人打算刨根问底。

只知她独自住在"三鹰"的简易公寓里。

当然,这并不表示他们对圣子没有兴趣。

稿件校完后,他们总会过来关心地说:"这么晚了,快回去吧。"

中午休息,圣子外出吃饭回来晚了,他们也会帮接电话并记下留言。

他们个个和蔼可亲,对圣子好得不得了。

圣子并未自我表露,公司的职员们却认定她是个温柔清纯的女孩儿。

大家对她的评价,圣子从怜子那儿、加仓井那儿都听说过。

"哪儿啊。"

圣子一口否认。加仓井却说:"大家都愿意那么想,有什么办法啊。"

二十九岁了,清纯这样的字眼儿不敢受用。何况哪儿有这样的女孩儿?到这个年龄才出来工作。

所以大家冷静下来仔细琢磨一下,就会发现有点儿奇怪。但他们好像一开始就想当然地认定她是单身。

似乎大家都希望老老实实、清纯印象的圣子一直是单身。而这样一种期待,不知不觉中竟成为一个现实的形象。

圣子有时蓦地念及自己的外观,不由得很不自在。

自己并没有他们想象中的那般清纯美丽。虽说这种错误观念的产生与己无关,但自己也没有想到主动去纠正呀。

对方的误解是事实,但造成误解的原因在自己。

圣子总穿着白衬衣或是暗色的上下裙装。服装给大家造成了"清纯"的印象。

男人们其实挺喜欢年轻女性身着稳重的装束。

但并非圣子刻意要这样。圣子端庄而略呈娴静的面容,本来就适合穿戴得比较稳重一些。其实她也想穿得更加鲜艳点儿,但那样对她来说反而显得不协调。

而要说圣子性格温柔、老实,则更是令之莫名其妙。

的确,表面看来她对上司的吩咐言听计从,毫无怨言。

她能耐心地倾听那些没人搭理的老人没完没了的唠叨。别人托付的事情,她也会愉快地接受。她很少发火生气。

上大学时,有同学说"圣子总是慢半拍"。这些都是事实。

从小生长于乡村的旧式家庭,受过严格的训练,长大了想改也难。

旁人未能察觉,外表温顺的圣子,实际内心里是很倔强的。

圣子亦暗自思忖,自己可不像别人想象的那个样子。

圣子内心倔强的最好例证便是不顾家里反对而跟高明同居。

当时母亲哭着说:跟一个大十九岁且有家室的男人一起,真是昏了头脑。那样的关系怎么可能长久维持?那根本就不是正常人的行为。

可母亲最终发现根本没法改变,便声明说:"再也不想见到你这样的孩子。"

之后又说:"随你的便。今后不管发生什么事,家里都不会再帮你。"

母亲是从旧式家庭嫁到旧式家庭的媳妇,一辈子恪守乡下的老规矩。对于这样的母亲,女儿的异端行为不可原谅。

母亲无法理解,放着乡下门当户对的婆家不要,竟去爱一个不明不白的男人。

放在以前,母亲这样劝说,加上亲人们的冷眼相待,圣子最终会屈服。

小时候圣子就性子犟,挨了骂会钻进粮仓不出来。可是到了第二天,因为害怕又自己走了出来。说是犟,这也算是犟到头了。

嘴再硬,最后还是会回到母亲跟前。

但是这一次跟以往不同,软硬兼施都不起作用。

跟高明一起怎么变得那么坚决?哪儿来的那份勇气?她自己也弄不清楚。

高明的坚持,不足以使自己不顾一切地非要跟一个大自己十九岁的男人同居。

还是应归之于圣子自身的倔强性格,一旦决定的事,十头牛也拉不回来。

女人的性格倔强与表面温柔并不矛盾。

毋宁说,平时温顺老实、感情内抑的女人,一旦释放出来便不可收拾。

实际上,圣子对于高明的情感正属于这种状况。

母亲惊讶、悲哀,不久无计可施,也就什么都不说了。

事实上是断绝了关系。

也许周围的反对反倒使圣子更加坚定。

为了跟高明相爱,被母亲赶出家门,圣子也认了。

表面温顺的圣子心里有主意,一旦决定了什么就很难去改变。

这个世界上了解圣子这一点的,只有母亲和高明两个人。

圣子跟往常一样,在"御茶之水"站乘电车回三鹰。

秋老虎锐势未减,电车车厢里异常闷热。

到了三鹰,已经下午六点多。圣子在站前的鱼店买了高明爱吃的海胆和金枪鱼。

电车上还在揣摩两个男人,快到家时,不知不觉地……就只是惦记高明了。

大脑的内容置换就这么简单。圣子自己也为此惊异。

她按了一下门铃,然后拿出钥匙开了门进去。

洗碗池、饭桌都没有使用过的痕迹,高明在里间躺着。

圣子一进门,高明像是正在等待着,立即睁开了眼睛。

"回来了?"

"身体怎么样?"

看灯光下高明的面容,似乎还没有退烧。

"不要紧了。"

"眼睛怎么看着有点儿黄啊?"

这么站着往下看,圣子觉着高明的眼睛有点儿泛黄。

"会不会是发烧的缘故啊?"

体温计显示三十八度三。圣子又一次由上方直盯盯看着高明。

老了。最近变长了的眉毛下是一双深邃的眼睛。棕色的瞳仁周围,也不知是不是自己看错了,眼白部分的确看着有点儿泛黄色。

圣子站起身来,到梳妆镜前拿过自己的手镜说:"你拿着这个看看。"

高明从被褥里伸出手来,拿起手镜举到自己的脸上。

"黄不黄?"

看了一会儿镜子里自己的面容,高明把镜子放在了枕边。

"还是去看看医生的好。"

"……"

高明讨厌看病。听了圣子的话,默不作声地看着天花板。

"发烧了,你最好还是别喝酒啊。"

"不,要喝。"

高明躺在被褥里答道。

"那怎么行啊。这副样子了还喝,怎么行啊?"

"没事。"

简直像个不听话的小孩子。这个比自己大十九岁、自己一直敬爱的作家,此刻像变成了一个孩子。

"说什么都要喝的话,喝啤酒好了。"

"不,还是烧酒好。"

这个男人只要话说出口,哪怕明知自己错了,也绝不改变自己的主张。圣子没说什么走到洗碗池前。

她把路上买的海胆和金枪鱼摆在了盘子里,拿到里屋,放在矮脚桌上,又在旁边放了一只杯子和一升瓶装的烧酒。

"起来吗?"

高明两手撑着被褥慢慢地坐了起来,又拽拽和式睡袍的前襟,坐在了桌子前。看着他大口喘气的样子,圣子问道:"真的不要紧吗?"

"喝了酒,就会好些的。"

"哪儿有那样的道理啊?"

明明是胡搅蛮缠。但他喝了这么多年的酒,好像停不下来。

"我马上去做点儿清淡的凉菜和酱汤来。"

"有这些就可以了。"

圣子在衰弱的高明身后挡了一把座椅让他靠着,又给他披上一件外衣后,转身回到了外间灶台前。

高明晕倒是在十来分钟以后。他默不作声地看着倒上了酒的杯子,突然手趴在了桌子上,就这么俯身晕倒在了那里。

"怎么了?"

圣子急忙跑过来一看,高明脸朝下趴在桌子上,没有声音。

"快醒醒!"

圣子小心翼翼地将他的上身扶起来,只见高明脸色苍白,微微地颤抖着。

"快躺下休息吧。"

圣子搂抱着将高明扶回了被子里。

"要紧吗?"

高明点了下头,但嘴角还在颤抖。

圣子又给他盖上了一床被子,可他还在发抖。

"叫医生来了哦。"

"不要……"

高明在被子里低声答道。

圣子不理他,到楼下公寓管理员那里要来了附近内科医生的电话号码。

除了高明脚受伤住院,两人几乎不看医生。稍有点儿感冒什么的,基本上是在外面药店买点儿药来吃吃就好了。

圣子拨电话给刚才打听来的"斋藤"私人内科诊所。

"想请医生来出诊,行么?"

圣子告诉对方他们居住的公寓地点及房门号码,放下了电话。

高明好像不抖了,可是脸涨得通红,像钟馗一样。

"难受吧?"

"不……"

高明摇了下头,但是气喘得很粗。

医生大约一个小时后到了。

诊断后注射了一针,然后让一起来的护士在高明的臂腕上抽血。

"眼睛好像有点发黄啊。夜晚的荧光灯下看不清楚,先采血检查一下肝脏吧。"

"什么时候知道结果?"

"两三天吧,这几天先好好休息。先给他开些药吃着……"

医生将听诊器收进出诊包。圣子赶忙进到厨房,往洗脸盆里倒入热水,端送到医生面前并拿出一条新毛巾。

"肝脏有毛病的话,也会这样发烧吗?"

"急性肝炎会发烧的。四五天前是不是就有感冒的症状啊?"

圣子点了点头。

医生又问:"喜欢喝酒吗?"

"非常……"

"不能喝多了。"

医生这么说完后,拿起包站起身来。

第二天,高明的烧退到了三十七度多,可身体看起来还是很倦怠。在白天明亮的光线下,看上去,眼白部分还是有些发黄。

"还是黄啊。"

听圣子这么一说,高明似乎也在意起来,拿着镜子看了一会儿。然后,躺倒在沙发上,点起了一支香烟。

"我今天请假不去上班。"

"不用请假……"

不知为什么,圣子觉得高明生病的责任在自己。

圣子耿耿于怀,高明发烧那天正好跟加仓井有约会。

"我不在,你就得自己照顾自己对不?"

"公司里很忙吧?"

"最近还好。"

去公司的话,又有可能被加仓井牵着鼻子走。

即便不见加仓井,在公司上班的时间里也会疏忽了高明。圣子要请假休息,也是为了拴住自己。

好久没这么空闲了,她新焖了一锅米饭,还做了热乎乎的酱汤。高明好像喜欢喝酱汤,竟然吃了一碗米饭。

饭后十点来钟,圣子给公司打电话请假,说是有点儿感冒。

放下电话,趁高明躺在沙发上,圣子开始打扫房间。

她先把被子卷起来,用吸尘器清洁了榻榻米,然后重新铺上被褥。

"来,躺下吧。"

"嗯。"

高明点了头后,突然说道:"去一次岛上吧。"

"啊?"

两人提到的小岛是式根岛,高明跟圣子初次见面的地方。

"但你发着烧呢……"

"当然,是说感冒好了以后……"

肝脏有病,高明却只说是感冒。

这且不说,又突然提出要去小岛。这是为什么呢?

两人同居已有四年,离开小岛则是五年前。

三年前的秋天本来说是要去,但高明又决定去东北地区演讲,就没有去成。

圣子现在也时常想起小岛,想去曾经教过书的学校,也想去见房东那家的大妈以及高明寄宿的旅馆老板娘。

两人一起去的话,大家一定会异常吃惊。

"好了以后,马上就去。"

"那么急啊。"

跟高明一起去岛上,对圣子来说,有点儿不好意思。

虽然自己说自己"单纯"不太自然,但岛上的人……看到天真清纯的女老师跟年长十九岁的男人一起回来,会说什么呢?

欢迎旧地重访?哼,他们感兴趣的一定是人有趣的结合。

"为我们去……"

"我们?"

圣子不明白高明的意思。"为我们",指的是他俩,对吧?

当然是两人想去才去的。可是高明特别强调,让圣子感到困惑。

"有段时间没一起外出旅行了。"

那倒也是。可是突然提出要旅行,圣子还是有点儿无法理解。

次日,高明仍旧发低烧,但脸色已经好了许多。

圣子觉得已不打紧,早晨九点来钟便离开了公寓。

"肚子饿了的话,冰箱里有准备好的饭菜,自己吃吧。"

高明躺在被子里,正拿着一本书在看,听了她的话,点了点头。

"那,我走了。"

开门出去那一刻,圣子有种轻松了的感觉。

不知为何,跟高明一起一整天,就会觉得很累。

自己并没有特别劳累或对高明小心翼翼。只是打扫了房间,简单做了点儿饭菜,然后就那么待在家里。

以前跟高明待在家里,很多天都不会觉得疲劳。

可是最近,总有一种心情压抑的感觉。

圣子跟高明在一起觉着精神疲劳,大约是从一年前开始的。

或许是因为高明受了脚伤后,在家的时间多了的缘故吧。

本来脚受伤后,两人在一起的时间增多是好事。可事实上却并非如此,两人都变得异常敏感,动辄心烦气躁。

圣子明白自己最近突然变了。以前曾想为高明可以牺牲自己的生命。那种纯粹的心情正在一点点开始动摇。

自己坚信绝对不变的东西却在渐渐崩溃。

讨厌……

圣子控制不了已经开始的变化。

一到公司,怜子便凑了过来:"怎么样了?"

"不要紧。"

"现在正流行着感冒,别勉强啊。社长也挺担心的。"

"说什么了吗?"

"让你多保重哦。"

加仓井是知道高明生病了,才那么说的吗?他的关心,反倒让圣子觉得是一种精神负担。

"对了,社长今天休息。说是太太突然身体不适,去蓼科了。"

"太太?身体出问题了吗?"

"可能又是心脏病发作了吧。"

加仓井的妻子夏天去蓼科,好像就留在了那儿一直没回来。

"社长什么时候去的?"

"昨晚,像是开车去的。"

圣子脑子里想象着深夜加仓井驾车去蓼科的样子。

"社长休息几天啊?"

"看病情而定了。不过,社长会很快回来的吧。"

圣子坐在椅子上,脑子里想了一会儿加仓井在山上的情景。

中午,有五个电话打给加仓井。圣子应酬着那些电话并做了记录。

没什么了不起的大事。她请对方次日再打过来。

但最后一个电话是电视台打来的,问加仓井能否参加后天一早有关健康内容的对谈节目。

这里没有蓼科别墅的电话号码,无法跟他直接联系。

想必加仓井会通过什么方式联系的。联系之前无法给人家具体的答复。

圣子告诉对方,最迟傍晚会有联系,然后挂掉了电话。

但是到了傍晚,加仓井仍旧没有任何联系。

没办法,圣子只好往加仓井家里挂了个电话。

"喂。"

电话里是一个年轻女性的声音,圣子怔了一下。马上又镇定了情绪,重新拿好电话听筒说:"我是健康社的职员,社长还没有回来吗?"

"爸爸吗?还没有啊。我也在等他的消息呢。"

像是上中学的女儿。

"是吗?那如果有了消息,请让他跟公司联系一下。"

圣子觉得听到了不该听到的声音,放下电话。

那天过了六点,加仓井还是没来电话。

圣子只好给电视台打电话解释。多半没法儿参加电视节目了。打完电话,她便离开了公司。

和往常一样,从"御茶之水"站乘电车,经过"四谷"到了"新宿"。圣子的惦念中心逐渐由加仓井转换成了高明。

占据大脑的男人由白天的换到了夜晚的。

到公寓时,七点了。

高明居然坐在桌子跟前。

"今天去医院了吗?"

高明没有直接回答,在写东西。他突然停住手上的笔,点燃了一支香烟。

"好像还是肝脏出了问题。"

"医生这样说的吗?"

"像是急性肝炎。"

圣子又看了一眼高明。灯光下,眼睛还是有点儿泛黄。

"医生让在家里好好休息,说是不必担心。"

"可是,怎么办好呢?"

关于肝炎疾病,圣子一无所知。

"药呢?"

"拿了。"

高明指了指桌子角上放着的纸袋了,里面有红色胶囊和粉状药。

"吃的东西……"

"好像吃什么都行。"

"但是,酒不能喝吧?"

"少量的话……"

"不行啊,酒精对肝脏不好啊。"

高明没有说话。看到他不吱声,便知道医生一定是不让喝的。

"治好需要多长时间?"

"好像一个月吧。"

"真的吗?"

"肝炎也是一种细菌感染,感冒以后最危险。这次大概是体力弱的缘故吧。"

"希望真的……不是可怕的病吧?"

"不用担心。不相信,自己去问问医生好了。"

圣子点点头。这会儿她已忘记了加仓井。

加仓井是第二天下午来公司的。

"太太怎么样了?"编辑主任杉江首先关心地问道。

加仓井像是漫不经心似的,把皮包放在了桌子上。

"住院了。"

"东京的医院吗?"

"不,带回到这边来不好弄,先住进了蓼科那边的医院。"

从茅野到蓼科开车三十分钟的距离。

"还是因为心脏的问题吗?"

"心脏病发作。幸亏大女儿在,但还是乱了阵脚。"

"那,太太要在山里的医院住段时间……"

"只能这样了。"

加仓井点头称是。看不出他为难的样子。紧接着,他面向圣子问道:"我不在期间,有什么事吗?"

"没什么呀。"

圣子端给他冰镇麦茶后,将昨天、今天电话的大致内容做了汇报。

加仓井跟往常一样,干脆利索地一一做了指示。突然想起了似的问:"对了,感冒怎么样了?"

"托您的福,好了。"

"是吗,那就好。"

加仓井瞥了一眼圣子,便转而跟杉江等人商谈十一月号的杂志。

"没想到,社长像个没事人似的啊。"

加仓井走进会议室后,怜子说道。

"他太太真的不要紧吗?"

"反正治不好。也许社长早就想开了。"

"怎么会……"

"不过心脏病哮喘,好像真的是不治之症哦。"

加仓井跟大学教授、大医院的医师等皆有交往,认识好多名医,竟然对太太的病患束手无策?看来确如怜子所言,那是难治之症。

一个小时后,圣子在整理昨日的稿件,加仓井从会议室走出来招呼圣子。

"什么事?"

加仓井正在皮包里摸来摸去,突然停下,从裤子口袋里掏出一个小纸片来。

"给你。"

圣子接过纸片,上面写着:

今晚,六点,N饭店见。

"我得出去办事,这儿拜托了。"

说完,他就出了房门。

一过五点,圣子便离开公司,径直奔向 N 饭店。

这一次,她完全不假思索。想到昨日一整天都在照顾高明,圣子的心理负担减轻了很多。

"以为你又会找借口呢。"

跟上次一样,加仓井先到了咖啡茶座,正在那儿等着圣子。

今天他穿了件灰色西装,扎了条深蓝色斜条纹样的暗色领带。

圣子觉得跟加仓井真有好久时间没见面了。

"唉,怎么样了?"

不等女店员转身离去,加仓井就急切地问道。

"烧退了,像是急性肝炎。"

"哦,那可够受的啊。"

加仓井将叼在嘴上的香烟夹在手指上。

"肝疾可没有特效疗法啊。没住院吗?"

"好像没到住院的程度。"

"但是,肝炎痊愈要两个来月吧。"

"那么长……"

"的确需要那么长时间。在什么医院就诊啊?"

两人谈话仍旧不直接提高明的名字。

"在附近的叫'斋藤'的私人诊所。"

"要不要介绍哪个大学附属医院的大夫啊?"

"可是……"

加仓井在医学界熟人多,一定认识有名的医生。

但圣子有些犹豫。

虽说是私人诊所的医生,但已了解了病情。而且,高明会老老实实地跟着去大学的附属医院吗?

何况,若知道是加仓井的关系,肯定不愿去。

圣子希望尽量不要让高明知晓加仓井的存在。

"医生说好好休息,就行了。"

圣子兜着圈子,婉言谢绝。

"昨天回来的吗?"

她问道。

"嗯。"

"您太太,真的不要紧吗?"

这次,轮到圣子询问加仓井家人的情况了。

"谁知道呢。反正该做的都做了。"

加仓井点了点头,表示已经尽力。

从侧面看,严肃的表情似乎不愿让人继续追问。

没错,继续谈论彼此的家庭问题其实毫无意义。

彼此保留部分隐秘,或许比打破砂锅更好相处。

该解体的家庭自然会解体。彼此刨根问底,则会鸡飞蛋打。

圣子像要换一个话题似的,拿起了咖啡杯。

"去吃饭吧?"

"肚子不饿。"

"那,走吧。"

"去哪儿呀?"

"好久没在一起了,可以吧?"

"可是……"

"哎,没事儿的。不会太晚的。"

加仓井拿起账单,向付款台走去。

出了饭店的大厅,门口出租车乘车点上,出租车排成一长溜在等着客人。

傍晚乘车来饭店的客人不少,离开的客人不多。

"去'千驮谷'。"

汽车穿过饭店门口,经过外堀大街向信浓町方向驶去。

圣子想起一个月前,跟加仓井去过千驮谷的旅馆。

那是一个幽静的处所,竟然会有那么漂亮的旅馆。

对外是和式旅馆,其实谁都明白,那是一家恋人酒店。

汽车正向着千驮谷方向驶去。

这个男人妻子有病,却去拥抱别的女人。

听说男人想要的时候是忍不住的。即便如此,这个男人也有点儿太不检点。完全是自我放任嘛。

加仓井完全没觉察圣子的心理变化,傻傻地地注视着前方。

不一会儿,汽车拐进过了千驮谷车站的第二条小街,停了下来。

在大石块垒砌的、长长的墙壁那头,旅馆的霓虹灯闪烁着。已是点灯时分,却渐入黄昏。

"进去吧。"

"……"

圣子不吱声,但最终还是跟着走了进去。

白秋

  进入十月的第一个星期六来台风了,狂风暴雨持续了两天。星期一的天空,呈现出台风过后的朗朗晴天。

  本打算周末户外活动享受秋天景色的人,恨透了这场台风。

  不过,风雨似乎拽走了东京闷热的残暑,带来了秋高气爽。

  星期一早晨,圣子穿上长袖衬衣,出门去了公司。衣领周围镶着的花边在秋天的微风中轻轻摇曳,使她感觉很舒服。

  自从诊断为肝炎,高明一直捂在家里。

  不过高明本来就不大外出。说出门,不过是到井之头公园散散步。

  医生嘱咐不要太辛苦。其实本来也没什么辛苦。按医生所言:"疲劳不仅缘自身体,亦有精神上的疲劳。这方面的疲劳也会诱发肝炎。"

  的确,高明这样的职业比常人用脑多一倍,会有精神疲劳的。并且可以说,这种精神疲劳日积月累,使得免疫力下降,感冒便转成了肝炎。

高明最近的工作量减少了很多。

以前作品就不多,一个月只写五六十页稿纸。最近则顶多二三十张。并且不是为了完成约稿,只是高兴时随便写写罢了,多半是"解说""随笔"之类。如果说那也费脑筋,就什么都别写了。

跟以前比较,已轻松许多。至少圣子当初认识高明时,作品比现在多得多。

从身体的角度及精神负担上看,现在轻松了。医生说的疲劳是怎么回事呢?

年龄的缘故吗?……

确实自脚伤以来,高明好像衰弱了许多,白发也增加了,明显的衰老迹象。

可那只是肉体上的变化,精神上应该是两码事。

那还有什么其他伤神的事儿吗?圣子突然想起高明最近的寂寞神情。

那种神态无关乎具体的时间、地点。只是无意间与高明对视时,留意到一种莫名的消沉或孤寂。

当然,以前的高明不时也会露出寂寞的表情。但不会像现在这样,乍一流露,便慌忙怯懦地避开视线。

既没有消耗体力,也没有出版社盯稿,脸上还会时时露出极度疲劳的暗影。

看来真的是疲倦了,不像是休息两三天就能恢复的样子。那种疲劳像是积攒在身体内部,逐渐渗出来的。

"有什么心事吗?"

问过几次。高明只是笑笑说:"我看着像有什么心事吗?"

少有的笑容。但在圣子眼里,那笑容显得很不自然。

"你想多了。"

两人生活在一起,但高明不会将内心深处的东西完全袒露给圣子。他保留着某些只属于自己的隐私。

也就是说,身为作家,他保留着一丝冷峻的清醒。

也许比以前休息好了,高明眼睛泛黄的部分渐趋清澈,外人或许看不出来。

这样,看来再有半个来月就会痊愈的。

在台风过后晴朗的秋天里,圣子走向车站。

早晨的微风轻轻地吹拂着她的新衬衣,十分惬意。

圣子在微风中沿排水渠边的道路走去。突然想到高明寂寞的眼神,莫非是因自己和加仓井的关系?

那个念头只是跟着秋风闪过圣子的脑际。就好像风儿吹打着防雨套窗一样,只是在圣子的内心轻轻地一撞。

可是,一旦冒出了这样的想法,便越发觉得那是可能的。并且,那种可能性还在逐渐增大。

正是自己让高明忧虑,以致积郁成疾。

圣子边走边想,比平时的脚步慢了些。

右边有座桥。过了桥,穿过马路第一个红绿灯,便是车站。

到了那一带,车站的上班族人流一下子蜂拥而至。圣子向车站检票人员出示了定期票后,进站上了车。这些都是每天重复的过程。

虽说过了上班高峰时段,电车上依然人多。站在拥挤的车厢内,圣子继续想。

高明过劳的原因若是在己,圣子心想,那么意味着高明已经知道了自己跟加仓井的关系,知道却保持了沉默。

可圣子也无法确认高明知道了他俩的关系。这样的话题,高明从未提起。

两人之间并没有因此产生什么问题。可能是自己想多了,其实什么事也没有。

圣子舒了口气,望了一眼车窗外。电车穿过秋天阳光明媚的街道。街道两旁的绿荫树及楼房建筑都被雨水刷洗过,现出生机盎然的样子来。

电车九点四十分到达了"御茶之水"站。在这个站下车的人,大都是学生或在大学工作的职员。

混杂在这样的人群中,走在梧桐林荫道上,圣子顿觉精神焕发。跟着身旁学生们的脚步,她觉着自己的步伐也轻松了起来。

圣子此刻已不再去想高明的事了。作为一个女编辑,脑子里尽是工作。

此时此刻,圣子像是回到了自己一个人的世界,在这个世界里既没有高明,也没有加仓井。可惜这样的感觉仅仅是眼下步行在这条学生街的道路上。

在这条路上,圣子有种回到了从前大学时代的感觉。

到了公司,坐在桌子前稍稍休息一会儿,跟怜子闲聊了两句后,她开始接着昨天的工作,继续看校样。

稿件内容是《疾病百科全集》中的高血压篇,已经是校样的形态。

目前的工作进展还算顺利,照此下去,十二月预计可如期出版第一集。

圣子正在看校样,一同负责"全集"工作的上西省次走近前来问:"要帮忙吗?"

上西比圣子小三岁,今年二十六。大学多念了两年,一年前来此就职。

"你不是也很忙吗?"

"刚看完校样,有点儿时间。我只帮你看这部分吧。"

上西说着拿起放在圣子桌上的五十多页校样,返回到自己桌子那边去了。

不光是上西,其他职员对圣子也很好。圣子打算上午的时间都看校样,中午时分再休息。这么想着,刚要继续工作,电话铃响了。

圣子拿起电话,只听电话局的接线员说道:"山口来的电话。"

她觉得奇怪,注意听时,听筒里传来了母亲的声音。

"对不起,麻烦请日诘圣子接电话。"

"是我啊,怎么了,妈妈?"

乡下母亲打来的长途电话。

没错,圣子告诉过家里她"三鹰"公寓及现在公司的电话号码,但母亲几乎从没来过电话。

仅有一次年末,发货繁忙。母亲定做了和服寄出来后,打电话问是否收到。除此以外母亲每次都是写信。

母亲守旧,依她的性格,打电话不如写信的好。

"今天早晨,你外婆突然昏倒,不省人事了!"

"真的?!"

"九点来钟,在饭厅,突然倒下!医生说,明天醒不过来,就不行了。"

"那,现在还神志不清……"

"医生说,可能是'脑软化症'……"

外婆今年应该有七十八岁了。

在她的祖父那一辈,家里是有钱有势的富农,受允佩刀称姓。外婆虽是明治时代的女人,却思想进步,颇能接受新事物。

圣子在兄弟姐妹四人中是老小。所以,自小外婆就一直疼爱她。圣子曾经觉得外婆比母亲更亲。

跟大自己十九岁的高明同居时,只有外婆没反对。有一次,圣子跟外婆单独在一起的时候,外婆走近前来悄悄地问:"圣子,你真的喜欢那人吗?"

圣子点头。外婆叹息道:"你这孩子可真怪啊。"

外婆的态度是周围的人再怎么反对,本人喜欢的话,那就没有办法了。

当然也可以说,外婆跟父母不同,不用担责任。不过,外婆是从另一个角度看着圣子长大成人的。

她不会明确表示,实际上却总是站在圣子一边。

母亲说:"你会后悔的。"

外婆的态度则是:"由她去,什么时候后悔,什么时候再说。"

在老家,外婆最具威严,也总给圣子撑腰打气。

这样的外婆竟然倒下了。

"我马上回去!"

"马上可以离开吗?"

"现在出发,只能坐下午的新干线了。到家会很晚……"

"那,等你啊。"

母亲这么说着,像是突然想起来了似的。

"不用跟先生打个招呼吗?"

"什么?"

"你回乡下老家的事。"

"不用了。"

外婆病危,高明不会不让去的。操这份心,母亲太累了。

"不用管我的事。那,挂了啊。"

"你的睡衣什么的家里都有,快回来吧!"

放下电话,一抬脸,看到上西正担心地看着她。

"乡下老家的外婆病危了……"

"那,快点回去吧。剩下的校样,我都帮你看了。"

"麻烦你了。"

圣子将校样递给上西,走到出版部长高杉那儿。

当然,高杉准许她马上回去。

"社长那边我来转告,有什么需要汇报的吗?"

"下午有两个客人来。一个是三点钟,东日出版社的和泉先生;另一个是四点,临床新闻社的春日先生。"

"知道了。到了那边,如果要延长时间,就给公司来电话吧。"

"好的。我尽量早些回来。"

"根据病情决定吧,不用着急。"

圣子回到自己的办公桌前,跟怜子打了招呼后,开始做回去的准备。

已经十二点半。这会儿回三鹰,准备好行李出发,到东京车站就三点多了。那样的话,到山口老家就是晚上十点多。

若直接去东京车站,晚上八点没准儿就到了。外衣不用准备,只需在什么地方买点替换的内衣就行了。

圣子一出公司,就在门口找了个地方往三鹰打电话。

圣子告诉高明外婆病危的消息后说:"我这会儿直接去东京站。"

"对对,直接去吧。钱有吗?"

"去程够了。"

到乡下老家,回来的钱会有办法的。母亲知道自己是直接从公司赶回去,可以跟母亲要的。以前回家,圣子总是这么跟母亲要路费。

"一两天内,估计就会有结果。"

有结果即脱离病危或死亡。脱离病危就好了。外婆要是去世,说不定就得再延长两三天。

"现在出发,晚上可以到吧?"

"您吃饭就叫外卖吧。只好凑合一下……"

"我的事不用担心。"

"那,我走了。"

圣子放下电话,上了靖国街,在那儿招手叫了一辆出租车。

在去往东京车站的路上,圣子想到要给加仓井打个电话。加仓井说了,今天在家里写东西,下午一点去公司。

回乡下老家是得到总编许可的,应该没问题。但是想到会有两三天见不上面,便想听听他的声音。

告知外婆病危的消息时,高明只是说了声"是吗"。也许内心会有震动,电话里听到的声音却是淡然平静的。

这时放在加仓井,一定会表现出震惊的样子,并非常担心地询问病情,还会教自己这样那样做。

这个时候,加仓井比起高明来,更有依靠感。

圣子本想到车站后打个电话。转念一想,工作的事已托付高杉转达,再打电话便不自然。

正犹豫着,出租车到了东京车站八重洲口。圣子便直接奔向新干线售票处。

正好有下午一点整的"光号"列车。离发车时间仅有五分钟。

圣子买了一张不对号入座的自由席车票,决定不打电话了。她直接跑进站台,跳上了列车。

车开出后,才发现这趟列车小郡不停,只好等到了新大阪车站,再换乘其他列车了。

圣子回到山口老家是当晚八点多。

这儿是小城市。站前的商店街几乎都下了门板,秋风轻拂在人迹稀少的街巷。

圣子在站前搭上一辆出租车,回到了山口的娘家。

"这么快就赶回来了!"

母亲吃惊地说了句"路上辛苦了",便带着圣子径直走进外婆睡着的里屋。

外婆躺在那里,没有神志。傍晚开始发低烧,情况不妙。

几代农户,很多亲戚就住在附近,这会儿都聚集在饭厅里,忧心忡忡地观望着外婆的情况,也在商议外婆故去后的葬礼之事。

圣子跟大家打过招呼后,又返回到外婆躺着的里屋。这里只有她跟母亲两个人守着外婆。圣子问道:"那些人干什么来了?"

饭厅里也有母亲的兄妹。

"担心啊,就都赶来了。"

"外婆病危,他们却又喝酒又说葬礼,真不像话!"

"但外婆死了的话,得请他们来帮忙啊。"

"今晚他们住在这儿吗?"

"姨妈他们刚才说是要回去的。说你要回来,才等在这里。"

"已经跟他们打过招呼了。"

姨妈是母亲的妹妹,圣子娘家的重要人物。对圣子来说,她是最亲近的姨妈。但最近几年没有什么共同的话题。

圣子爱慕高明的时候,姨妈跟母亲一道表示反对,还为了说服圣子去过东京。心情可以理解,但却有点儿多管闲事。自那以后,圣子开始疏远她了。

其实圣子疏远的不仅是这个姨妈,在她看来,乡下的亲戚都挺麻烦的。

现在谁都嘴上不说,其实这些乡下人都曾好奇地觉得,圣子是个奇怪的女孩儿,竟跟一个比自己大十九岁还有家室的男人没有正式婚姻地一起生活。

圣子打了个招呼就逃离了饭厅,也是因为她感觉到了那些怪异的目光。

乡下人就是乡下人。在东京就不会有这样的麻烦事。

在这些乡下人眼里,圣子仍旧是个"不守规矩"的女孩儿。

"你怎么样?"

母亲给外婆整了整被子,对圣子说。

"妈妈看到的啊,很好。"

"那就好。你也不写信来,让人担心。"

"不写信,就是健康的证明嘛。"

"还是老样子,全是歪理。"

母亲拿起一把团扇,给外婆轻轻地扇着。外婆一直神志不清地昏睡,端正的鼻子在她那有点儿泛土色的脸上勾勒出清晰的影子。

听说外婆以前被称作山口美人。的确,日诘家继承了外婆的血统。

母亲比外婆的眼睛大一点儿,性格刚强,原本是鹅蛋形脸庞的美人。年过五十后脸部有了明显的皱纹,却还是看着年轻。

小时候,圣子以为家里父亲说了算,母亲总是克己忍耐。可是现在看来,实权其实掌握在母亲手上。

父亲把工作让给了圣子的哥哥荣一继承后,一下子变老了,没了精气神。这会儿也是把一屋的亲戚甩在一边儿,自己先去睡了。

圣子的哥嫂有两个孩子,家里的重心已经慢慢地转移到了年轻夫妇身上。但母亲作为婆婆,仍不肯撒手地监管着家里的大事小事。

以前母亲的表现是假的,她才不会一味顺着父亲的意愿。现在的母亲才是本色。

"公司里的工作怎么样啊?"

"很忙。"

"那,家务还是得做的吧?"

"当然了。"

"自己选择的嘛,没办法。"

母亲严厉地说道。这也是母亲的毛病。内心比谁都更加担心圣子,但却总是板着面孔说话硬邦邦的。圣子也不对,干吗明知母亲的苦心还要顶嘴?

"当然,我也没有叫苦啊。"

"真倔。"

"跟妈妈一样呐。"

"好了,说不过你。"

母亲看着圣子,"噗嗤"笑了出来。

圣子有时也想,自己的确跟母亲一样,表面柔弱内心却意外地刚烈。心中也想做个温柔顺从的女人,但顽固、倔强的性格已深入骨髓。

外柔内刚好像是日诘家女人的遗传基因。

"还是钱不够了,才外出工作的吧?"

母亲瞥了一眼圣子。

"哪里?总待在家里腻歪了。"

圣子逞强地说道。

"先生怎么样?"

"身体不太好。"

"唉,哪儿不好?"

母亲突然表露出担心的神情来。母亲不会喜欢那个让女儿执迷不悟的男人。但是听说他身体有恙,就又另当别论了。

"肝脏有点问题……"

"住院了吗?"

"没到那个地步。"

"怎么不早告诉家里啊?"

"告诉了又怎么样?"

"不是怎么样不怎么样的问题啊。"

母亲像是又有点儿发火,重新开始扇起扇子来。

外婆依旧昏睡。盯着外婆的面容看了一会儿,母亲说:"那,先生现在什么都没写吗?"

"也不是什么都没写。"

"妈妈总在看报纸、杂志的广告呢。没看到先生的名字啊。"

"他不是那种作品很多的人。"

"是不是写不了啦?"

"那怎么会啊。"

圣子否定。转念一想,没准儿跟文学毫无关联的母亲却一语中的了呢。

"年龄大了啊。"母亲说完,叹了口气,"你也真是的啊,到什么时候都让人操心。"

"我又没说要您操心啊。妈妈自己乱操心嘛。"

"你这孩子,怎么这么讲话?"

母亲真有点儿发火了,把头转向了一边。

这时,偶尔听见柳井姨夫大着嗓门说话的声音。

这边房间里,只有外婆氧气瓶吸气的声音和外婆单调的呼吸声。在仍旧昏睡的外婆跟前,母亲和女儿并排坐着。

圣子突然产生了一种错觉:外婆能听到她跟母亲的对话。

"那,你打算一直跟他在一起吗?"

"是啊,怎么了?"

"只是问问……"

圣子想起加仓井。

如果这样一直跟高明一起,就得放弃加仓井。像现在这样瞒着高明相处,怎么可能永远无事?

依圣子的性格,也不可能永远相安无事地同时攥着两个男人。

实际上,照现在的样子爱加仓井,不如舍弃的好。

圣子揣摩着,如果这会儿跟母亲提起加仓井,母亲会怎么说呢?

老派的母亲会目瞪口呆。可能会把母亲弄得背过气去。她万万不会想到,自己的女儿竟同时爱着并接受了两个男人。半年以前,圣子自己也无法料想。

同时爱着两个男人,以前认为那是搞外遇的轻浮女人所为。现在,自己竟也毫不在乎、毫无愧疚地如法炮制。

不可救药……

圣子叹了口气,看了眼天花板。

那里粗粗的梁柱都浸入了岁月的痕迹。隔扇门及壁龛,都有大都市见不到的某种厚重之感。

圣子想,自己的感觉已远离生养自己的娘家了。

"说起来你可能不高兴,还是不想回乡下来吗?"

"回来干什么啊?"

"找找有没有合适的人啊。"

"结婚?"

"一说结婚,你马上就胡说八道。可照现在这样下去,没法生孩子的啊。"

"孩子？我不想要。"

"又说傻话。"

母亲像是无计可施地看着圣子。

"你以为女人可以一直这么下去吗？"

"不是以为不以为，是别无选择。"

"你这副样子，很快上了年纪，一个人孤零零的怎么过呀？"

"变成老太太了，我就去养老院。"

"傻瓜，你啊……"

"有一个两个傻女人，也不坏嘛。"

母亲说一句，圣子就将错就错地顶一句。

这天晚上，圣子在外婆病房旁的和式榻榻米房间铺上被褥休息了。这个房间以前堆放着旧柜子等老家具。现在好像母亲睡在这里。

旧式老屋有很多房间，兄嫂休息的地方是围着庭院过廊的顶头的房间。

外婆一直昏睡着。十点过后，医生又来过一次，说是只能等她自行苏醒。看来没有什么特别的医疗手段了。

圣子本打算一直守在外婆身旁。可是一堆人守在昏迷不醒的病人身边毫无意义。于是十二点过后便去睡了。

睡衣是借母亲的。

迷迷糊糊睁开眼睛，是在凌晨五点。

房间里感受到清晨凉丝丝的空气。窗前洒下接近黎明的蒙蒙白光。

圣子起来后，来到外婆的房间。

母亲一个人在外婆身边拆缝和服。

"起来了?"

母亲从戴着的老花镜里看着圣子。

"妈妈去休息吧,我来守着外婆。"

"没事儿,妈妈也是刚来换了郁子。"

郁子是哥哥的媳妇。

"今天不醒过来,就危险了吧?"

外婆昏倒后,已经快二十四小时了。圣子来到外婆身边,用脱脂棉给她擦拭掉眼角的分泌物。

"外婆会难受的吧?"

圣子就那么穿着睡袍,坐在了母亲的身边。时节不过是十月初,可是清晨的凉气已有了丝丝寒意。

"那是什么啊?"

"想给你穿,怎么样?"

"啊?这是给我的啊?"

和服是"一越"小花绉绸质地。

"太好了,还是回老家来看看的好啊。"

圣子做了个鬼脸。

这几年,圣子没买过和服。购置和服要几十万日元,她没有富余的钱。

现在圣子柜子里的和服,几乎都是母亲给做的。

"最近大概没有穿和服的机会吧?"

"是啊……"

圣子念及自己在东京的生活。这些年哪儿有穿上和服、悠悠度日的机会?

"先不说和服了。姨妈要给你……"

"妈妈又去找她帮忙了?"

"没有啊……"

"我根本不打算回来的!"

圣子警觉到,母亲给和服的目的是让自己去相亲。

"大家都为你担心啊。"

"我早说过了。别为我操心!"

"你的事,其实外婆也非常担心呀。"

母亲把外婆搬了出来,这让圣子很为难。

"不要再乱来了,让妈妈放心好吧?"

"又说那样的话。"

"妈妈担心你啊……"

姐姐出嫁了,哥哥娶了媳妇,日诘家只有圣子还没着落。

对母亲来说,圣子的确是个麻烦的孩子。反过来说,正因有圣子这样给母亲添乱的孩子,母亲的生活才增添了意义。

如果无忧无虑,无所事事,母亲说不定早已未老先衰。

因此让母亲担忧未必是不孝。

圣子按照自己的逻辑来思考。

"说明白了啊。我可不见姨妈!"

女人也得有自己的主心骨。何况跟高明已经一起生活了四年,怎么可能再去跟旁人结婚?更重要的是,还有一个加仓井。

"先生还是没打算要正式结婚吗?"

"倒不是什么'没打算'。那样的事,跟爱情没关系嘛。"

"但是相爱的话,应该有个正式的说法。"

"为什么一定要在意那样的一个形式呢?"

"可是总得获得社会的承认啊。"

这一点,圣子也明白。知道那是一般的常识。

可是世上的许多事,并非都可以一概而论。

母亲倒是循规蹈矩,顺着大家的意愿结了婚并一直生活在乡下。但她无法了解或理解男女之间或婚姻中间的微妙之处。

其实在圣子看来,真正的男女之情多数不会一帆风顺。但她并不想把自己的想法对母亲和盘托出。

那天上午九点半,医生又来看外婆的情况并做了仔细的检查。外婆依旧神志不清地昏睡着。已经过去了整整一天。

"有点儿发烧。"

医生交叉抱着臂腕,在思考着。谁都明白,外婆的状况不好。

"再稍等等,看看情况吧。"

医生给外婆注射了一针后,继续输氧并输液。

午前,昨天的亲戚们又聚集过来。大家关注着外婆的病情,也好奇地打量着离家日久的圣子。

圣子根本不把那些目光放在眼里,只是守在外婆的身边。

临近中午,圣子给公司去了个电话。

告诉那边外婆仍神志不清,可能还要再请两三天假。

接电话的是高杉。他回答说:"不必着急,好好看护老人家。"

电话结束时,圣子像是想起来什么似的问道:"社长他……"

"社长也挺担心的。我会告诉他你来过电话。"

"麻烦您了。"

临近中午,阳光灿烂,微风习习。道路两旁是住家,有的已翻新重盖。但这一带的整体布局还是跟从前一样。

小时候觉得眼前的道路宽阔,现在看着却很窄。这条铺着柏油的道路直直的,通向城里。

站在路边看娘家的房屋,恰似耸立在田野上的城堡,地处松林的包围中。

圣子觉得娘家渐渐地已经跟自己无缘了。

圣子去东京前居住的房间,现在堆放着哥嫂不用的东西。

这个家,当家的正在逐步换代,由父母一辈换成了哥嫂。

唯独一个会帮自己说话的人——外婆,现在也即将辞世。心疼自己的只剩下母亲了。可母亲的脑瓜跟姨妈一样,就惦记着圣子结婚的事。

乡下人就这点心思,只要圣子结婚就完事大吉。他们不考虑具体情况,只是以结婚没结婚来区分人。

二十九岁还没有结婚的女人,便像是一个废物。

圣子微风中漫步在平坦的道路上,突然想要回东京。

听说外婆病危,便急急忙忙赶了回来。那时就想着越快越好,返回乡下见外婆,也见见分别已久的母亲和姨妈。

但是那种心情是短暂的,待了一天就腻烦了。

不,正确地说是无法再待下去了。

乡下的娘家已没有自己的落脚之处……

这么想着,就觉得东京真好。高明、加仓井以及公司的工作,都那样栩栩如生地呈现在眼前。

"妈妈,我得回去了。"

回到家里,圣子对母亲说道。

"怎么了? 突然?"

"不能待太长时间啊。"

"不是说,两三天可以的吗?"

圣子的突然变化,使母亲感到困惑。

"这么待着,外婆也醒不过来。苏醒过来没事儿了的话,我再回来嘛。"

"真拿你没办法啊。"

母亲叹了口气。

跟外婆说了声"再见",圣子离开了娘家。时间是下午两点稍过。

圣子突然返回东京,母亲跟亲戚们都大吃一惊,目瞪口呆。

他们你一句我一句地说:"外婆都这样了……"

可在圣子看来,外婆若是这样走了,待着也没有说话的机会;若是醒转过来,恢复恢复再回来好好聊呗。

不见得咽气时守在枕边就是尽孝心。跟那些人相比,自己最心疼外婆了。这种心情只有外婆能理解。

圣子心中这样想着。

"真是的,只要话一出口,谁劝也没用。"

"对不起。"

"还是没有回去的车票钱吧?"

"突然跑回来的嘛。"

"就算不是突然,也不会有。"

母亲发着牢骚,从柜子抽屉里掏出五万日元,递给了圣子。

"谢谢啦。"

圣子吐出舌头做了个鬼脸。

"问先生好啊。"

母亲说道。本来要跟圣子提相亲的事儿,这会儿像是忘记了。

"外婆的病,我在东京为她祈祷啊。"

瞬间,圣子感到对不住外婆。但事已至此,她没打算改变计划。

"那事儿,你得考虑哦。"

"什么事?"

"结婚的事。"

"妈妈,我的事您就别煞费苦心了。"

"可是,跟个差二十岁的人,打算混到什么时候啊……"

"妈妈,我和先生的生活形同夫妻。这样让我去跟别人结婚,我不在意,人家未必不在意啊。"

选择了高明,责任在自己。即便不是正式的妻子,也不想再去折腾了。这一点,圣子是下定了决心的。

"东京没有其他喜欢的人吗?"

"没有啊……"

说完后,圣子想到加仓井。说是过着形同夫妇的生活,其实却爱着其他男人。

这么一想,嘴巴硬不起来了。不理会乡下娘家的提亲,嘴上说是为高明,实际上或是为着加仓井。

圣子乘上下午两点半山口始发的电车。坐这趟车到小郡,再换乘新干线,晚上九点半应该可以到达东京车站。

昨天下午出发的,离开东京正好一整天。

就待了那么一天,便急急逃离了乡下的老家。

圣子眼望着车窗外明媚的田园风景,很惊讶自己如此心神不定。

从山口到小郡,电车大约花了十五分钟。到小郡以后,等了约莫五分钟,就乘上了新干线"光号"列车。

列车经过姬路后,天色渐暗;离开京都的时候,则已完全夜幕降临。

圣子眺望着京都东山的山丘,又想起了乡下老家。

外婆怎么样了?离开时,看着没有苏醒的迹象,抑或现在醒了过来?

若是已故去,明晚或是灵前守夜,后天则是葬礼。

乡下人善良,好管闲事。葬礼的时候一定会有很多人参加,十分热闹。

亲人也罢,平日无甚交往的人也罢,乡下的葬礼可谓是一个社交的场所。

那样的人群里,唯独没了圣子。圣子总是与众不同。

那么结婚的事,是否应该随大流呢?难道跟一个大十九岁的男人一起生活,就真的成了异类?

圣子觉得那是毫无情趣、恪守规矩的老观念,却又觉得不能一概地予以否定。

现实中,母亲他们是坚信那些老规矩的,是我的生活态度错了吗?

在东京的时候,从没怀疑过自己。现在却反复思考这个问题。大概是因为受了母亲一顿严厉的责难。

嘴上不示弱,强烈地反驳,内心深处,却认为母亲说的也有道理。

她现在也觉得母亲她们的主张是错误的,但却无法彻底地置之不理。

住在大都市里,环境发生了巨大的变化。但在圣子的脑袋瓜里,或许仍旧残留着乡下的一些旧有观念。

她呆呆地望着窗外的夜色,这么漫无边际地想着。不知不觉间,列车已驶过了名古屋车站。

这会儿,加仓井在哪儿呢?

七点多了,应该已离开了公司。在家里,还是参加什么聚会?去喝酒的话,时间似乎还早了些。

圣子突然想,试着给加仓井打个电话。

新干线列车上可通电话的区域,仅限于东京、大阪、名古屋这些大都市,其他城市的区域没有信号。

她来到五号车厢的电话间,询问可否打通山口老家,结果不行。

圣子稍稍犹豫了一下,翻了翻放在电话间旁边的周刊杂志,突然下决心将电话挂往了东京。

加仓井家里的电话号码,是不用看记事本的。

投进两百日元的硬币后,等了一会儿,传来了一个女性的声音。

"是加仓井府上吗?"

"对啊……"

像是加仓井的女儿,上次听到过一次。

"社长在家吗？我是日诘。"

圣子心想，商量工作的事应该没什么。

"请稍等一下。"

等了一会儿，传来拿起电话听筒的声音。

"喂，我是加仓井。"

"啊，我是圣子。"

圣子不由得报了自己的名字，内心里充满了思念。

"怎么样了？现在从哪儿打来的？"

"新干线上。刚过了名古屋……"

"不是在乡下吗？"

"回来了。"

"外婆好了吗？"

"还没有脱离危险……"

这时圣子才反应过来，自己在不应该打电话的时候打了电话。

"还在昏迷中。但一直待下去，好像也没有用处。"

"但你这么快就离开，行吗？"

"对不起。"

"你道歉干吗？那，几点到东京？"

"九点三十二分。"

"能见面吗？"

"好……"

圣子拿着电话，点了点头。

"那九点半在八重洲口正面检票口等你。九点三十二分的'光号'吧？"

"是的……"

没想到就这么简单地约定了。圣子有些彷徨。

起初不过只是想打电话联络一下。外婆病危着呢……

这时,圣子忽然觉得自己干了一件不好的事情。

放在从前,圣子绝不会这样的。不要说做了,就连想都不会想的。

回到座位上时,列车已经快到静冈了。再有一个来小时就到东京。

加仓井大概已经在做出门的准备了。从荻窪家中出发到东京车站,只需乘坐中央线电车,中途不用换车,但也要近一个小时。

他跟家里人找的借口是什么呢?突然有急事,还是说要见一个人?

接电话的好像是他女儿,大概他会找个适当的借口搪塞。

他妻子好像还没回东京。那么加仓井离开家,家里就只有孩子们?或是有佣人在家里相陪?

圣子看着车窗外的夜景这样想着。

刚才还觉得见加仓井对不住外婆。现在却满脑子里都是一个加仓井。

圣子像是在告诫自己:这会儿应该惦记的是外婆。

她再次将目光投向车窗外的夜色。打算到了东京,立即给娘家打个长途电话,问问外婆的情况。

如果外婆去世了,就不能去跟加仓井见面,而应即刻赶回三鹰并通知高明。

我有了一个高明,却……圣子这时才想起了三鹰的家。外婆病情,本应首先告诉高明。自己没与三鹰联系,却跟无甚关系的加仓井打了电话。

圣子轻声叹了口气,并将手轻轻地搭在了自己的额头上。

快到横滨的时候,圣子拿起手提包走进了盥洗间。她在那里往脸上稍稍施了些化妆香粉,又涂了点儿口红。也许是因昨晚没有睡好,不太上妆。

跟加仓井有三天没见面了。圣子回乡下老家的两天前,加仓井出差去了仙台。

最近一次跟加仓井亲热,也是十天以前的事情了。那次以后的一个星期里,彼此都有这样那样的事情,没能再有机会。

不知从什么时候开始,圣子脑子里塞满了加仓井。

这会儿,拼命往脸上施淡妆也是为了要见加仓井。

她再次回到自己座位上时,列车已穿过了品川。左边可以看到新建的饭店大楼,接着是电视塔,在无数的霓虹彩灯光亮中,东京充满了生息。

终于回到东京了。

仅仅离开了两天,圣子却有隔世之感。大楼、汽车、人群,离开东京时感到厌烦了的东西,现在都觉得异常生动、熟悉而亲切。

列车准时开进了第十八号站台。圣子没等列车停稳,便站起身,向车门口走去。她自己也能感觉到内心深处有个什么东西在雀跃。她心里想不必着急,但脚步还是迅速地向前移动。下了站台台阶,直奔检票口,奔向左边八重洲口的方向,她轻轻踮起脚尖越过前面的人头往前看时,看到了检票口外面的加仓井。他身穿黑灰色的西装,扎着带有棕色色彩的领带。

"哎！"加仓井扬起了手。

圣子举起手轻轻地摆了一下,算作回答。然后穿过检票口急步跑到了加仓井的面前。

"吓了一跳哦。"

"把您叫出来,真抱歉。"

圣子眼神里露出点撒娇的样子,看着加仓井。

"打电话联系很好啊。我来拿吧。"

圣子右手提着手提包和一个纸袋子。袋子里放着临出发前母亲给的大米和刚从地里摘下的茄子。

不管圣子怎么说"行李多、拿不下",母亲总要准备一大堆土特产,还唠唠叨叨地说东京的大米不好吃。

加仓井朝着八重洲口方向走去。

"唉,外婆怎么样了?"

"还是昏迷。对了,我想给家里打个电话。"

"电话？在那边。"

加仓井手指指道路尽头的公用电话。圣子走过去,放下行李,拿起了电话听筒。

加仓井站在两米开外的地方抽烟等她。

外婆到底怎么样了？……

一回来就找情人见面,老天爷不会开恩吧。

一时间,圣子感到了片刻恐惧,闭上了双眼。然后才慢慢地拨了电话号码。

城市区号、娘家的号码……圣子屏住了呼吸。

电话铃响了几下,来接电话的是嫂子。

"我是圣子,到东京了。"

"哎呀,是圣子啊!"

不知为什么,嫂子的声音有点儿兴奋的样子。

"外婆呢?"

"三个小时前,苏醒过来了。"

"那,就没事了吗?"

"可是很短暂,现在又昏睡过去了。医生说不是完全苏醒……"

"但是,会好起来对吗?"

"再苏醒过来,大概就不要紧了吧。"

"太好了。"

圣子回过头,看到加仓井侧着身子在吸烟。

"醒来的时候,外婆说什么了?"

"只是看了看四周,没说什么。"

"是吗……"

圣子点着头,后悔那时没在场。

"换妈妈来听电话吧。"

"不用了,知道大概情况,就可以了。"

"我会转告妈妈你打来电话了。"

郁子比圣子小两岁,或因是长媳,有孩子,看起来比圣子稳重。

"那,家里拜托了。"

圣子叮嘱似的说完后,挂掉了电话。

"怎么样?"

回头一看,见加仓井就站在背后。

"傍晚时苏醒了一次,接着又昏睡过去。说是再醒一次,大概就没问题了吧。"

"那太好了。"

加仓井点了点头,将吸着的香烟扔到柱子下面的烟灰筒里。

"硬要回来的。外婆真要故去了,可该怎么办呢?"

"是啊,你那么急急忙忙地赶回去,干吗又急急忙忙地赶回来呢?"

"回来给您添麻烦了对吗?"

"瞎说什么呀?!"

加仓井领先一步走在了前面。

刚才新干线列车上下来的人潮消失了。隔着车站大楼的玻璃窗,可以清楚地看到外面东京的夜景。

"肚子不饿吗?"

"不要紧。"

"那就先去酒店吧。"

在八重洲口出租车站,排着二三十人的队列。乘车时,加仓井先坐了上去,并跟司机说了要去的地点。圣子刚一上车,车便启动了。

"妈妈劝我结婚呢。"

汽车穿过站前拥挤的道路,上了八重洲大道时,圣子说道。

"结婚?"

加仓井反问道。圣子感觉到加仓井的视线,轻轻地点了点头。

"可是,现在你……"

"是啊。"

加仓井似乎想说,黄花菜都凉了。这不早跟高明泡在一起了吗。

"在乡下,不结婚就被别人说三道四的。"

"……"

加仓井也没说什么。

沉默中,圣子感觉自己涉及了不该提起的话题。

的确,对加仓井说这些没有任何意义。要说就该说给高明听。真是看错对象了。汽车穿过樱田门,像是驶向四谷方向。

又是四谷……

圣子不由得屏住了呼吸,又是"千驮谷"的旅馆。

外婆病危中,自己提前返回与男人幽会。自己到底是怎么回事啊?今晚怎么着也该回家,在家里祈盼外婆的康复。相反自己却让情人接自己来这宾馆。自己怎么会变成这样子了呢?

圣子觉察到自己无论精神上还是肉体上,都一下子变得淫荡了。

以前绝不会有这样的事情。那时也想见高明,却没有现在这样肆无忌惮。

其实当初脑子里也并没有想到:从老家一回来便跟这个男人去旅馆。

想到以前跟高明的爱,的确更加纯粹、纯真。说"纯真",或有夸大其词之嫌,毋宁说那时更加专一吧。

以前,心里只有高明的爱,从未超出此爱,从未期待过其他不同的愉悦。

这到底是怎么了呢?显然,高明的爱与加仓井的爱是不同的。

相爱的二者之间,尚独立存在着一种别样的感觉:"肉体的愉悦"。

当然跟高明在一起的时候,也曾有过这种愉悦。起初像是一种痛楚,渐渐化为似水温情乃至无以忘怀的愉悦。

圣子在书中读到过,女人依偎在心爱男人的怀抱里时才会有那般感觉。她也领会了那种极其正常的变化。

她不了解自己的变化节奏是快是慢。但在这个过程中,圣子的身体感受确实发生了变化。那种变化了的身体感受让圣子心满意足。

回想起来,幸福其实产生于身体愉悦与内心相爱的谐和同步中。仅有内心之爱而没有肉体愉悦或内心之爱跟不上肉体感觉,皆无完美幸福可言。精神与肉体,其实是水乳交融、密不可分的。

但现在似乎不是那么回事。

圣子自己也说不清楚,总觉得内心是内心,肉体归肉体,两条道上跑的车。这种感觉让圣子感到困惑不安。

圣子困惑地感觉自己变得淫荡起来,莫非是"肉体愉悦"独自活跃的结果?

以前即便有这样的感觉,也都可以自己控制住。但是最近,她突然发现自己内心里有种异质的、控制不了的东西。

无论大脑怎么抑制,身体都不听指挥。宛若自己体内,存在着另外一个圣子。

现在跟加仓井去旅馆,也是违背自己内心意愿的什么在作祟。

内心里想,应径直返回三鹰见高明,实际上却跟加仓井跑到了一起。内心与行动背道而驰。

不,也许不该说是背道而驰。说不定真正的内心原本就是想跟加仓井在一起,回三鹰则并非真心。跟加仓井去旅馆没准儿正是圣子真心的希望。

圣子这么想着,突然回过神来,汽车已快到"赤坂见附"了。左前方是闪光带子圈起的T型广场。

看着那璀璨的光亮,圣子凑近加仓井胸前问:"这是去哪儿啊?"

"N饭店啊。"

汽车通过弁庆桥,停在了N饭店前。

时过九点,宴会或是刚结束,有二三十人在出租车站排队等候。圣子跟在加仓井身后,推开旋转门走进了饭店。

"肚子真的不饿吗?"

"嗯。"

圣子点头称是,加仓井便径直走向了大堂服务台。

以前两人在这里见面,都是下午六点或六点半,公司的工作结束后不久。那时,也许正是来客住宿登记的时间,大厅里人来人往挺热闹的。可这会儿却零零散散没有几个人。

从服务台那儿返回来后,加仓井直接朝电梯那儿走去。

圣子跟在后面心想,莫非要去"空中楼阁"吃饭?

电梯开始运转后,加仓井按下了十二层楼的按键。楼层指示灯到十二时,电梯停了下来。门开了以后,前面的两个客人先下了电梯,加仓井跟在后面也走出了电梯。

"在这边。"

加仓井沿着电梯右边的走廊走去。周围都是客房。

"去哪儿啊?"

"房间啊。"

莫非圣子在新干线列车上打过电话后,加仓井便预定了房间?

事已至此,两人开房已属当然。不过,圣子还是对加仓井如此我行我素感觉到些许不悦。

走进房间后,圣子若无其事地走到窗前,坐在茶几边的椅子上。

"这房间,怎么回事?"

"你不是说回来了嘛。"

"我只是告诉你啊,也没想……"

"你还骗得了我啊?"

突然,加仓井从背后亲吻圣子的颈脖。

"今天,没想……"

刚要说"没想做爱",嘴巴便被加仓井的亲吻堵住了。

加仓井一把抱起圣子,一起倒在了靠窗的床上。

站着的时候不好说,躺下后,圣子的抵抗顿时变得若有若无。躺下后,身体即变成了主导者——不必扭捏抵抗了。

加仓井像是心知肚明,上床后,他又一次势如破竹般地紧拥圣子。大胆娴熟且充分体现了成熟男人的冷静。

他解开圣子的衣扣,松开胸罩的挂钩,亲吻乳头,圣子完全地成了俘虏。

起初内心的拿捏已无影无踪,这会儿反倒是圣子更加期待,期待更加果断有力的赤裸裸的做爱。

十一点过后,圣子在一种软绵绵的畅快感中回过神来。

看到圣子坐起身来,加仓井躺在床上问:"今晚回来,你跟那人说了？"

"那人……"圣子嘟哝道。

圣子自然没有告诉高明今晚回来。不仅如此，自从离开东京以后，一次也没跟高明联系过。

她给公司、娘家以及加仓井都打了电话，却与最最重要的高明无任何联系。

真是不可思议！圣子没想到自己会如此怠慢高明。

莫非因为反正马上回去，到了东京即回三鹰，所以才没给高明电话。

那么今日返抵东京，又为何不先通知高明而先通知了加仓井？关于外婆，无疑也是高明更想知晓内情。

"没有明说吧？"

"……"

"住一晚行吗？"

"可是……"

"就一晚上，喜欢跟你在一起。"

加仓井再次抱紧了圣子。

"可以吧？"

一种温柔的感触在身体里流淌，圣子渐渐觉着住一晚上也没关系了。

依偎在加仓井的怀抱，直到十二点，圣子还一直惦着要不要回去……

新干线列车最后一班到达东京的时间是十一点半。就说是坐最后一班车回来，时间不会对不上。

在这之前,也有两次是十二点过后到家。那两次皆因校稿晚了。第一次高明已经歇息,第二次躺着看书。

现在他在干什么呢?

圣子竟躺在加仓井的怀里想象着三鹰的家。

已经歇息,在看书,还是正伏案写作?几年来看熟的景象在圣子的脑海里走马灯一般。

但不知为何,无论哪一幕,浮现在她印象中的都是高明那略呈尖峭的后肩背影。

圣子回到家时一声:"我回来了。"

高明便会微微点头回应道:"嗯。"

圣子只是从他略微点头的样子判断的。说不准那一声"嗯"并没发声。

"在想什么呢?"

加仓井抱着圣子问道。

"家里的事吗?"

"……"

"外婆的情况吗?"

"什么呀……"

圣子靠在加仓井怀里摇了摇头。

这里跟外面大街隔着一个宽阔的庭院,听不到外面马路上的汽车声。饭店里的这个房间太过寂静。

不过静心倾听,还是听得到大都市的噪声,宛若低吟的海潮。

夜晚的东京仍在滚动着。

"我,还是得回去。"

圣子想要坐起身来。要回去,现在是最后的机会。再不走,就回不去了。

"可以吗?"

"一定要回去吗?"

"……"

"真那么想回去的话,那就回去吧。"

"别那样说嘛。"

圣子不明缘由地突然哀伤起来。

"不是想回去才回去的。"

看圣子那欲哭的模样,加仓井默默地又紧紧地一把将圣子搂进了怀里。就这样过了十二点,圣子终于放弃了回家的念头。

其实圣子一丝不挂地躺在床上,嘴上不住地说"回去、回去",身体却没有丝毫的反应。

现在起身淋浴、化妆,回到家也是凌晨一点以后了。就说是新干线列车晚点,也能糊弄。但玩弄这样的小花招有点儿过分。

恐怕还是翌日一大早回去的好。

"就住一晚上吧。"

圣子总算下了决心。

"好啊。那,去地下的'隅川'酒吧吃点儿东西吧。"

加仓井这么说着,开始穿衣服。

第二天圣子睁开眼睛时,已是早晨七点多。

窗户被窗帘遮住,只有下摆的地方透过来丁点亮光。

房间黑暗,也能醒来,可能是每天养成的习惯使然。

圣子看了眼窗帘的一角,又环视了整个房间。加仓井还在身边酣睡。

昨晚吃了点东西,又在房间里喝了些酒,恰到好处时,冲了淋浴便上床了。

入睡时,圣子是躺在加仓井的怀抱里,可现在两人却是分开了各睡各的。

不知是睡着后呼吸困难分开了,还是加仓井主动撒了手。反正加仓井露出上半身仰面酣睡的样子有点儿滑稽。

圣子盯着加仓井那张无忧无虑的面容看了一会儿,然后起了身。

她整了整和式睡袍的前襟,赤脚穿上了拖鞋,走进浴室。

浴室的荧光灯明亮,圣子觉着晃眼,旋即朝向了正面悬挂的镜子。

原本梳在脑后的头发披散着,脸上还挂着一副倦容。

眼神里透出的倦怠感,隐现出昨晚的陶醉。

到底还是住了一夜……

圣子对着镜子小声嘟哝了一句后,将止水栓堵在浴缸里的下水口上。

洗完澡,梳好头发,整理好面容,回到房间的时候已是七点半了。

加仓井还在酣睡中。

外面似乎天已大亮。透过窗帘下摆清清楚楚地照射进来一缕光亮。

圣子走到窗户前,她没有撩起窗帘让光线照亮房间,而是从下摆的那条缝隙处观望着窗外。

阳光并不特别刺眼,秋天的天空飘着白云,是个晴天。

绿色庭院的尽头有个池塘,池塘那边看得见高速公路。

还没到早晨的上班高峰时间,道路上已有大量的汽车川流不息。

大都市新的一天开始蠢动。

圣子将目光收回到眼皮底下的庭院,开始考虑昨晚的那些事情。

"高明在干什么?"

"外婆怎么样了?"

想到这里,圣子顿觉不安起来。

她离开了窗户。刚靠近床边,加仓井就像察觉了似的睁开眼睛。

"啊,你起来了啊?"

"三十分钟前……"

加仓井躺在床上望着圣子,然后爬了起来。

"晴天吧?"

"我先走了。"

"这么早?"

"先回一趟三鹰,想换换衣服。"

半道上已买了替换的内衣,可外衣一直没换。

"那没问题。不过一起吃了早点再走,不好吗?"

"但是,那个……"

看着清晨的阳光,突然惦记起两天未回的家来。

"不吃了,我先走了。"

"是吗?"

加仓井点燃香烟,点了点头。

"累了的话,今天别去上班了。"

"不,我会去的。"

圣子清楚表明后,拿起放在桌上的手提包,出了房间。

离开了清晨阳光沐浴下的饭店,圣子向四谷车站走去。

外面的天空格外晴朗。此时灿烂的阳光对圣子来说,反倒有些晃眼。

开往城市中心的电车上已经坐满了上班的人,车厢里的人都抓着吊环把手,眼睛望着车窗外。

很快,开往三鹰方向的电车进站了。跟对面开往都心地区的电车相反,去郊外边缘地区的电车空荡荡的。这个时间离开都市中心的人不多。

圣子上了乘客稀少的电车,意识到自己跟别人的行动相反,不安感油然而生。

没几个乘客的电车穿梭行驶过明亮的住宅区。

看着车窗外一排排晒着被子的公寓,圣子脑海里浮现出"彻夜未归"一词。

现在的圣子正处于这样的状态之中。做爱后的倦怠感和不得不回家的精神负担交织缠扰着她。

男人们外遇后回家,是不是也有同样的心理感觉呢?

不,现在不是说别人的时候,是圣子自身的问题。

这样子烦恼不堪,为什么还非要回家不可呢?

既然这样,索性自己一个人过不是更好吗?

忽然圣子脑子里冒出了一个大胆的想法。

电车八点四十分到达了三鹰。

圣子快步走下了站台的台阶。来到阳光灿烂的道路上,看到很多人正朝着车站方向走来,圣子跟那些人擦肩而过,向着相反的方向走去。

公寓里静悄悄的,送走了上学的孩子、上班的丈夫,这里一片寂静。

圣子走上楼梯台阶,站在自家的门前吸了一口气,然后掏出钥匙开了门。

房间里也许还拉着窗帘吧,有些阴暗。

"我回来了。"

圣子把行李放在进门脱鞋处高出地面的地板上,往屋子里面探视。

高明坐在支起的桌子前,回头往这边看了一眼。

被褥已经收了起来,房间也整理过了。

"回来晚了,对不起。"

"嗯……"

高明像是点了下头。

圣子径直走到衣柜前,打开柜门,解开了衣扣。

"坐的夜行列车,早晨才到。"

圣子对着柜门里面的镜子说道。

高明这么一早起来坐在桌子前倒是少见。而且桌子上没有稿纸也没有书本,只是呆呆地对着桌子,像是在沉思。

他在想什么呢?

圣子的注意力集中在了背后的高明身上,一边取出了新内衣和连衣裙。

她关上衣柜门,走到客厅兼厨房的外屋,随手将里外屋的隔扇门合上一半,在门背后换上了内衣。

"你娘家来电话了。"

"啊……"

圣子隔着隔扇门,朝里屋看了一眼。看不见高明的脸部,只能看到桌子一角。

"说外婆还是走了啊。"

圣子倒抽了一口气。

怎么会呢?怎么可能呢?!昨晚不是说有了好转吗?

"真的吗?"

"你不知道吗?"

隔着隔扇门,高明说道。

怎么回答好呢?的确是不知道啊。

但是若说"不知道",如何解释昨晚的情况呢?

圣子没有吭声。明知不回答不好,却又不知该怎么回答。

"说是昨晚十二点去世的。"

十二点?正是放弃了回三鹰之念,跟加仓井在隅川吃夜宵的时间。在那个时间外婆停止了呼吸。

圣子感到有点晕眩,浑身无力。她按住额头,坐在了沙发上。

她感觉自己是个不孝逆子,对不住外婆。昨晚应该回家的。回到三鹰的家,多少还说得过去。

想着想着,圣子的两眼充满了泪水。

"今天早晨,你妈妈又打来了电话。"

突然感觉高明说话的声音很近,一抬头,高明站在面前。

"说今晚守夜,明天举行葬礼。可能的话,想让你回去。"

母亲还说什么了?说圣子昨天下午两点半就乘电车出发了吗?莫非打来电话女儿没到,便在今天早晨再次打来了电话?

高明通过母亲的电话,一定知道了圣子昨天下午就已离开山口。高明心知肚明,却不追问。

"你母亲在担心呢。"

高明又返回到桌子那边。

"不知你能否回去?"

圣子想"不对"。

母亲担心的不是自己能否回去,而是到了第二天早晨圣子还没到家。

"马上回去的好。"

"不去。"

圣子突然对高明感到了愤怒。

为何不问自己昨晚去了哪儿?为何不追究自己到底是否今晨到的东京?

有疑问的话,直截了当地问好了,没必要兜着圈子说"你母亲在担心"。

要打要骂都行啊。骂我偷情,骂我是淫荡的女人也行啊。

与其莫名其妙地体贴自己,不如那样更痛快啊。

"刚回来,怎么可能去啊?"

"但是,外婆不是最心疼你吗?"

高明到底想干什么啊?圣子背叛了他,他怎么反而变得更加温柔。

莫非明知圣子最感痛苦的,就是此时的温柔态度,他偏要那么做吗?

"人已经走了,回去也没用。"

"倒也是。可明明病危了,你怎么半途跑了回来呢?"

"昨晚说是已经脱离危险……"

说着,圣子的泪水又涌了上来。真是的,为什么跑了回来呀?

当然是有原因的。在老家,母亲跟姨妈重提婚姻大事,亲戚们也都带着诡秘的好奇目光。还有嫂子在娘家成了当家人。那里已没有圣子的立足之地。

那一切都让她不舒服,但仍旧没有撇下危笃的外婆半途跑回东京的道理。再多待一天,为何不可以?

这一想,圣子懊悔不已。不用别人说,自己十分清楚自己犯了错误。

因为已心知肚明,她不希望别人来点透。做了坏事,圣子自己比谁都清楚。

"我去公司。"

圣子像要斩断这种懊悔,站起身来。

"累了的话,今天休息的好。"

"为什么?"

"没,不为什么……"

高明含糊其词。圣子坚决地摇了摇头,走进大门边的浴室里。

正面墙上的镜子里映出她哭肿了的脸。

脸上疲惫不堪。但那不是夜行列车造成的,没准儿是因加仓井的勉强留宿。

高明知道这些,所以才说让自己"休息"的吧?

她用凉毛巾敷了敷眼睛,拢好头发后,走出了浴室。

高明已经返回到桌前,双手交织在一起,呆呆地坐在那里。圣子站在隔扇门后换上了连衣裙,然后坐在了梳妆镜前。

远处传来了回收旧报纸、旧杂志的吆喝声。上午的公寓中一室静寂无声。

室内的两人各揣心思。彼此不作声,各自怀着各自的鬼胎。

这会儿要是有一方突然发难,就会发生不可收拾的局面。保持沉默,或许尚可勉强维持两人的平衡状态。

圣子施了浓妆,掩饰哭泣过的面部。平时淡描的细眉,今日也格外浓重。

化完妆,九点半了。圣子先到外面买回牛奶、面包放在桌子上,然后又做了火腿夹黄瓜及生菜色拉,摆放在了盘子里。

"午饭,给您放在这里了。"

高明回过头来,不知为什么,双臂交叉抱在胸前的高明脸上露出了一丝笑容。

"还是要去吗?"

"嗯。"

圣子点头后,没回头看高明,便开门出去了。

秋天明晃晃的阳光,使圣子一时间感觉晃眼。

出了家门,走到通往大路的小巷尽头,那儿有部公用电话。

圣子从手提包里拿出零钱来,拨通了娘家的电话。

电话里传来接线的机器声,微弱的铃声响了几下,突然传来一个男人的声音。

圣子听着有点儿陌生,大概是来奔丧的亲戚吧。

"我是圣子,能请我妈妈来听电话吗?"

圣子像是对外人讲话那样,客气地说道。

"请稍等。"

几分钟后,母亲过来接了电话。

"啊,圣子,你在哪儿啊?"

母亲张口便像是带有责备的口吻。

"东京啊。"

"外婆去世了。"

"知道了。"

圣子粗声粗气地说。

"从昨晚开始,打过两个电话了,你上哪儿去了?"

"半道电车晚点了,没赶上新干线。今天早上到的。"

本来担心母亲问起不好回答。可真逼到那儿,谎话竟脱口而出。

"昨天晚上的电话,不是在东京打的吗?"

"不是啊,在大阪呀。"

"那,可真辛苦啦。"

善良的母亲,很容易就信了女儿的谎言。

"回去晚了就晚了,但是要跟'三鹰'家里联系一下啊。"

"你跟先生说了我中午过后就出发了吗?"

187

"是啊,以为你早就到了呢。"

高明显然知道圣子下午就离开了山口,却什么都不说。

"那,昨晚一直在电车上吗?"

"是啊。"

母亲做梦也不会想到:女儿竟跟外面的男人在饭店里过了一夜。

"你马上能过来吗?"

"不行,去不了啊。"

"所以呀,走那么急干吗? 真蠢……"

"但是……"

圣子想说"没办法啊"。其实她也对早回东京懊恼不已。

"昨晚我打电话,不是说稍好了些吗?"

圣子除了跟母亲发牢骚,别无宣泄的出口。

"没错啊。可后来又突然被痰卡住了。"

"吐不出来吗?"

"外婆身体很弱,加之昏迷无意识,自己是吐不出来的啊。马上喊来了医生,好像嗓子里卡了浓痰。"

"真可怜……"

"最后很难受的。"

可以听到母亲那边的哽塞。或因是其母亲,才比圣子更加伤心。

"最后咽气是几点?"

"十二点过后。"

还是在跟加仓井吃夜宵的时候。

"外婆最后睁开眼睛,看了看大家。"

"真的?"

"也可能没有恢复神志,只是因为难受才睁开了眼睛吧。"

圣子不想知道更多情况。知之越多,后悔愈甚。

"你还是不回来吗?"

"我独自在东京祈祷外婆的冥福吧。"

"你也太倔了,妈妈不想再跟你说什么了。"

"怎么会……"

母亲绝情的话,让圣子忽然觉得很寂寞。

"和服,妈妈寄给我吧?"

"寄?但要举行葬礼什么的,会晚一些。"

"没关系。"

母亲说了不再理她的气话,但母女俩很快又拉近了距离。

"那,电话钱快用完了,挂电话了。"

"今天不去上班了吧?"

"去,去上班的。"

"不要让先生担心啊。"

"没让他担心啊。他说什么了吗?"

"没有,什么也没说。"

"那,我挂电话了啊。"

圣子小声说了句"再见",放下电话听筒。外婆走了,这件事已经结束。但是跟高明的事才刚刚开始。

表面上风平浪静,背后却已有了动静。圣子仰望着明亮晃眼的秋空暗自想:两人之间会留下怎样的阴影呢?

白月光

十一月三号周六是"文化节",翌日是周日。两个连休日的前一天是二号,健康社拟为公司职员举行一次慰劳旅行,去了伊豆半岛的伊东地区。

有的职员不以为然。现如今去什么伊东地区呀?但多数职员却持赞同态度,认为那个温泉街不错,晚上可以热闹地逛街游玩。

二号出发那天,大家提前结束了工作,下午三点,约定在八重洲口附近的百货店门前集合。

下午一点多,圣子跟怜子一起离开公司,在"御茶之水"车站上了电车直奔"东京车站"。

从"御茶之水"车站前延伸到学生街的道路两旁,七叶树的树叶已染了秋色,道路上有掉落下来的黄澄澄的大叶子。

风不大,秋阳西斜,不穿风衣会感到有些凉了。

大楼林立,人头攒动时,也能确切地感觉到季节的转换。

"你明天几点回去?"

来到镶着绿色玻璃的咖啡茶座前时，怜子问圣子道。

"还没决定。"

"如果没什么安排的话，一起去'石廊崎'那边看看，怎么样？"

石廊崎在伊豆半岛最南端，圣子还没去过那儿。去那儿需从伊东乘电车到下田，然后继续乘车南下。

"去那儿，回来会很晚的吧。"

"明天一大早就出发，不会很晚。海角到西伊豆一带人不多，很清静哦。"

圣子读大学时，穿过天城山去了一次西伊豆地区的土肥。再往南，没去过。

"后天也是休息日，明天用不着急忙赶回去吧？"

"可是……"

圣子有点儿语塞。明天傍晚，约好在东京跟加仓井见面的。

"有约会就没办法了。若不是什么了不起的事，糊弄过去得了。"

美丽的风景很有吸引力，但还是加仓井更有诱惑力。

"不行啊。"

"是吗？"

怜子旋即放弃了自己的建议。

新干线列车是下午三点半发车的"回声号"。

圣子跟怜子并排坐在靠通道的座位上。公司职员都在这趟车上，座位却是分散的。

"偶尔离开东京，也挺不错的啊。"

从工作状态中解放出来，怜子一行神采奕奕。

"慰劳旅行,都有什么呀?"

圣子这是第一次参加公司的集体旅行。

"有什么呢?有旅馆榻榻米大厅的宴会,然后在街上转转,喝喝酒什么的。无非就是这些喽……"

"房间呢?"

"那由干事来决定。你跟我大概是一个房间。"

以前曾跟大学研究室的朋友结伴儿旅行,但没这样大的规模。

"圣子会喝酒吧?"

"喝一点儿就脸红,不行啊。"

"你喝醉的话,会很有姿色哦。"

"哪儿的话。"

圣子两手按在脸上。加仓井也说她喝醉的时候,妩媚动人。她自己没意识到,可能是皮肤的特点吧。

"小心点哦,有人瞄着你呢。"

"怎么会呢?"

"哎,不知道啊?上西君可危险啊。"

"他只是……有时来帮帮我的忙罢了。"

"帮忙就有嫌疑了哦。有想法才会帮忙呢。"

"他不是那样的人,而且比我年龄小。"

"跟年龄大小没关系的。"

怜子瞪了一眼圣子。

"还有一个大家伙呢,社长!"

"……"

霎时,圣子噎了一下。

"已经察觉了吧?"

"没有……"

"看你,脸都红了哦。"

怜子看着圣子,恶作剧般地笑了。

他们在热海换车,下午五点前到达伊东。

大家住宿在名叫"观海庄"的饭店。这家饭店是伊东地区数一数二的大饭店,从房间里看"相模湾"全景可以一览无余。

房间是圣子跟怜子,还有池边久代和野田启子四个人一间。

担任干事的饭村过来告诉她们:"先去泡温泉吧。宴会在二楼的中央大厅,六点开始。"

"圣子,走吧。"

"我,等会儿……"

"那,先去了哦。"

怜子她们走了,圣子一个人留在房间里。

她重新坐在了靠窗户的椅子上,望着渐进暮色的海面。

加仓井乘坐的电车比大家晚一班,六点前可以到。干事像是打算等他到了后开始晚宴。五点已过,按理加仓井已在路上了。

圣子期待加仓井快点儿到来。

其实就算到了,两人也不可能单独在一起。

尽管这样,圣子还是一个劲儿地盼望着加仓井的到来。

海面迅速接近黄昏。左边那个在夕阳照射下的礁石是"真鹤岬",正前方是"小田原"到"茅之崎"的海面。再往前,面对的一块陆地可能是"三浦半岛"。

看着那雾色朦胧中的陆地,圣子此刻想起了高明。

三个星期前,高明应该是察觉到了圣子在外留宿。但那以后,他的态度竟没有任何变化,依旧是淡然置之。

十年如一日的生活在重复着。

告知今天的"伊豆旅行",他也照旧只是点点头而已。

"连休顺道跟朋友去'西伊豆'一带,可能要在外面住两晚。"

圣子撒谎的时候,高明也没有现出特别怀疑的表情来。

上次母亲告诉他,晚上应该到家的;圣子却托词乘了夜行列车,凌晨才到。

高明听了两人截然不同的说法,并未要求圣子解释清楚。高明没要求,圣子也就不再提起。可是,高明给自己的解释是什么呢?

起初,圣子当然觉得他会追问,所以一直盘算着被追问的话该怎么糊弄。

结果高明并不追问,于是松了口气,放松了紧绷的心情,甚至觉得自己是有点儿自寻烦恼。

没准儿高明并没有怀疑什么。以为他已看破了自己的谎言,实际上,看来……自己神经过敏了。

圣子的胆子大了起来,把自己内心的希望逐渐地转化为事实。

实际上,高明的态度的确没有一丝一毫的变化。

照旧上午去散步,然后读书,开始写作。夜晚有时看看电视,两人间也会有简短的对话,连他那自斟自饮冷酒的习惯也和从前一模一样。

如果硬要说出有什么不同,便是不论是坐在桌子前还是倚在沙发上,时不时地在那里发愣。

有时从一侧窥测其端正的面容,会看出某种寂然的阴影。

其实高明原本就会时不时发呆,陷入思绪缥缈的状态。只是以前工作休息时,他会时常遥望着窗外发愣,像是要调养疲惫的大脑。

因此他的状态并不反常,只是木然发呆的次数增加了一些罢了。

此外说到脸上流露的阴郁神情,不过是圣子的自我感觉罢了,没法跟高明直接去确认。一句话,只是圣子单方面的猜测。

这样一想,似乎并不需要特别在意。那些微妙的变化说不定只是圣子的多虑,缘于某种负疚的心理。

总之表面上看,两人之间并未发生什么变化。

圣子希望,已经过了三个星期,无甚变化,应该也就完事大吉了。

高明如何解释母亲跟圣子的说法不同不得而知,况且现在也没必要老话重提。事实上,老话重提也于事无补。

或许那恰恰是高明的贤明之处?佯作不知,为自己也为他俩。

曾经对爱情专一纯真的圣子,现在认为有必要根据情况编织谎言或隐藏点什么。

她知道那样不好。但是同时,也变得不像开始时有着强烈的罪恶感。

六点稍过,宴会开始了。

男职员大都穿着饭店的和式浴衣,圣子跟怜子等则穿着来时的便装。

宴会的会场在二楼的中央大厅。二十多个职员面对前方的中央舞台,围坐成了一个凹字型。

干事立于入口处,给每个人发编号牌子。拿到牌子的人,必须按照牌子上的号码坐在指定的位子上。

圣子拿到了"十一号",凹字拐角的第四个位置,旁边坐着的是营业部的职员辻村和编辑井川。

唯有加仓井跟牧村、高杉,并排坐在正对舞台的位置上。

加仓井也跟其他男职员一样换上了和式浴衣。不知是什么时候到的。

每个职员面前的小饭桌上都摆放着饭菜和酒壶。

干事饭村主持宴会,加仓井首先起身致辞。

加仓井在这种场合的致辞总是简明、扼要:

下个月终将刊行《疾病丛书全集》,请各位加油。当然,今天理应莫谈工作。希望大家无拘无束地度过一个轻松、愉快的夜晚。

他的致辞不到一分钟,接着是高喊:"干杯!"

圣子轻轻地抿了一小口已经斟上的酒,然后将酒杯又放回到了小桌子上。

随之跟身旁的职员轻松闲聊了一会儿,开始吃饭。

大家一般是最后吃米饭,先喝啤酒或日本酒。

"请吧。"

旁边的辻村不断地给圣子斟酒。

"抱歉,喝不了酒。"

"不会吧,一杯两杯没事的。"

辻村在营业部工作,跟他只说过一两句话。年龄三十过半,看起来是个老实正直的上班族。

加仓井坐在中央正面,正跟高杉交头接耳商量着什么工作上的事。

过了一会儿,干事饭村站上舞台一侧,像是要活跃气氛,唱了一首《三百六十五步进行曲》。

紧接着相川唱了一首《留在心头》。高杉又含情脉脉地唱了一首《浪漫》,获得了满场喝彩。

编辑主任杉江像是特意做了准备,搬个桌子放在台上,表演了一段魔术。

渐渐地醉意醺醺,舞台上的气氛也愈发热烈。

宴会进行了两个来小时结束了。部分职员去大厅跳舞,另一部分则去夜幕下的温泉道逛街。

圣子跟怜子她们一道,去大厅跟上西他们跳了一会儿舞。

又是跳舞,又是喝酒,等圣子她们离开大厅时,已经十一点了。

"去街上逛逛吧。"

怜子说道。但圣子不想出去。

"已经累了。"

"是吗?那,回房间吧。"

大厅顶端走廊往右拐有电梯。乘电梯来到四楼,下电梯走廊尽头往左拐,这个角落的几个房间被健康社包租了下来。

每个房间门上都贴着名单。年龄相仿、对脾气的住在一起。只有加仓井是单间。

圣子瞥了一眼门上加仓井先生的名牌,走进了自己的房间。

房间的榻榻米草席地板上已铺好了被褥。

"怎么觉着现在就睡觉,有点儿太可惜了。"

怜子坐在阳台的椅子上,俯瞰着夜幕下的大海。

久代跟启子还在大厅里玩儿,房间里只有她跟圣子两个人。

"口渴了。"

怜子已经醉醺醺的样子,可她又从冰箱里拿出一瓶啤酒。

圣子在阳台上跟怜子面对面地坐下。

"喝那么多,没事吗?"

"没事儿,你也来一杯吧。"

怜子倒了两杯酒,拿起其中一杯,咕咚地喝了一大口。

"啊,真好喝。"

怜子对着夜晚的微风,眯起双眼,极其舒服的样子。

"我在想,要不要结婚啊。"

怜子突然说道。

"真的?"

"还没有结婚的对象呢。"

"不过,已有目标了吧?"

"没呢,现在开始正经找……"

虽然喝醉了,这话却像是真的。怜子处事干练,一门心思扑在工作上。忽然说到想要结婚,出乎意料。

"本来嘛,一个带着孩子的三十岁的半老徐娘,很难找到结婚对象的。但女人也不能总是一个人过下去啊。"

怜子叹息道。或许酒已将醒,她露出不同于往日的淡淡的忧郁。

"跟丈夫离婚时曾想,再也不理任何男人。这下可是清静了。

可是一旦真的只有自己一个人时,还是觉得无依无靠。"

怜子又开始喝啤酒。

"不过,为什么突然这么想?"

"不是突然。其实老早就这样想了啊。"

"没想到……"

"起初也是嘴巴硬。但一个人,还是感觉寂寞啊。倒不是生理方面的问题,其实更多是精神方面的渴求。想到有那么一个男人是自己的,会是多大的慰藉啊。"

的确,明明白白有个男人做丈夫,心里多踏实呀。当然也会有很多麻烦。

"找个相好的,不行吗?"

"恋人当然也不赖。不过,还是结婚在一起更加踏实啊。"

圣子点点头,脑子里出现了高明和加仓井的面容。

"女人不会永远漂亮,对不?年轻的时候没问题啊。恋人也罢,情人也罢,都不错哦。但是年龄大了是要有安定感的哦。"

"听怜子这么说,我也觉得挺寂寞的啊。"

"我自己也不明白怎么会变得这么懦弱了……"

怜子苦笑了一下,又喝了口啤酒。

"女人嘴巴上不饶人,但任何时候都是需要男人的啊。"

"就算是那么回事吧。但是,难道女人一辈子唯有结婚才行吗?"

"是啊,的确……那也是个问题啊。"

怜子点点头,"唉"地小声叹了口气。

"你不打算结婚吗?"

"倒也不是不打算……"

"还是有了喜欢的人,已经住在了一起呢?"

"哪里会呢……"

圣子摇了下头,但没坚决地否认。

"像你这样的漂亮女人,世上男人是不会放过的。哎,是不是跟谁同居着呢?"

圣子看着盛着啤酒的杯子,低垂着头。好像怕抬起头来,立刻就会被怜子那锐利的目光看穿。

"你绝不会主动地敞露心扉。为什么要那样躲躲藏藏的啊?"

"……"

"有喜欢的人,就一定要隐藏起来吗?"

被怜子这么不停地追问,渐渐地……圣子心想坦白也好。

加仓井的事暂且不谈。高明的事,让怜子知道了也无妨。将高明的事告诉她,没准儿倒可藏住加仓井。

"相信我吧,会保密的。快说吧。"

圣子将目光转向了大海。

漆黑的海面上会有船只航行吗?远处看得见一盏渔灯在海面上漂动起伏。

"正像怜子猜测的那样,我有一个人……"

"还是吧……"怜子瞪大了双眼,"没结婚吗?"

"没打算跟那人结婚。他也不希望……"

"是吗?"

听到这意想不到的坦白,怜子像是酒醒了……

"那人……是干什么的?上班族吗?"

"不是。"

"那是……什么自由职业吗?"

"是。"

"画家?或者是教练、艺术指导什么的?"

说出高明的名字,怜子或许也是知道的。

但如果告诉了她,她一定会更加好奇地继续追问下去。

这样的场合,圣子没心情一五一十交代。更多的话题还是放放为好。

"类似那样的工作吧……"

"那,基本上是待在家里的啊?"

"嗯……"

圣子的回答变得暧昧起来。

"到底是做那种工作的人,思想一定与众不同啊。"

"……"

"不过你俩想要结婚的话,就可以结婚对吧?"

"但是男人、女人住在一起,未必一定要结婚嘛。"

"那倒也是……是那么回事。"

怜子点点头,点燃了一支烟,然后深深地吸了一大口。

"你真行啊。我只是嘴硬,没想到这么不争气。没出息。"

"我也不是……"

"不过,你不结婚不在乎,你还年轻啊。那人多大年龄?"

圣子一时语塞。

"稍比我大一些。"

"五岁?六岁?"

"还大些……"

"所以,你明天不能去西伊豆吧。"

"啊……"

"不要勉强。没关系,明天你解放了。"

圣子点点头后,觉得自己很对不起怜子。

"回到家,有他在家里等着你。多好啊。"

"嗯……"

"回到家里一个人都没有,很寂寞的哦。"

"一个人悠闲自得呀。"

"你可真是身在福中不知福哦。"

三鹰家里有高明。对圣子来说,有时会觉得是一个沉重的心理负担。自己的这种感觉,莫非就是"身在福中不知福"?

望着夜幕下的大海,圣子在脑子里勾勒出高明伏案的背影来。

第二天晴空万里,真可谓秋高气爽。

站在阳台放眼望去,大海风平浪静,从湘南海岸线至三浦半岛一览无余。

圣子九点在大餐厅跟大家一起吃了早餐,又到外面的温泉街走了走,十一点便离开了饭店。

怜子跟久代她们一起离开饭店,准备搭乘男职员的汽车去西伊豆。临分别时,怜子向圣子挤了挤眼:"那……跟家里等着的人问好哦。"

这天是连休头一天,开往东京方向的电车车厢里乘客不多。

还有两三个公司职员也乘坐了同一趟电车。但因彼此分散行动,所以上车后就不知坐在什么地方了。

圣子乘坐"伊豆急"电车到了"热海",在这儿换乘新干线。

新干线上人很多,到了"热海"站,呼啦啦下来好多人,圣子运气不错,坐在了靠窗的座位上。

列车行驶的左边是连绵不断的山丘,右边则时时望得到大海。

夏天,不少人在这一带玩游艇,很热闹,现在已完全恢复了寂静。

圣子眺望着晴朗天空下静静的大海,脑子里想着到了东京以后的事情。

加仓井约好中午跟人见面,已乘坐早晨九点的电车返回东京了。

下午他还要见另一个客户。跟圣子约的是下午五点在 N 饭店见面。

这个男人总是那么忙。

圣子按照现在的走法,下午两点就可以到东京了。

五点跟加仓井见面之前,还有很长的富余时间,好久没去百货店了,她决定去百货店买点东西。

正好想要买件冬天穿的毛衣。

列车一点四十五分正点到达东京车站。

今天是连休第一天,站台上人头攒动。圣子迅速通过了检票口,换乘山手线电车到了有乐町。

下午两点刚过,银座一带正好是人潮的高峰时段。

圣子走进 M 百货店,先看了看围巾和鞋子柜台,然后去了卖毛衣的柜台。

商店的橱窗里基本上已换上了冬天的时装。

选来选去,看中了一件绿色、白色斜纹格子的高领,适合圣子细细的脖子。

家里有条墨绿色的喇叭裤,跟这件毛衣配着穿,好像挺合适。

决定买这件毛衣后,圣子突然想给加仓井也买一件。

这段时间,加仓井总是领带西装衬衣装束。

他不太穿纯色的衬衣,领带的图案有时也扎眼。圣子觉得,偶尔在西装里面穿件毛衣,这样随便的装束也不错。

工作时,装束也不能太随便。但加仓井已年过四十,西装衬衣领带以外的装束,也挺潇洒的。

圣子来到男性服饰柜台,找寻适合加仓井的毛衣。

加仓井身材魁梧,要大号的。穿在西装里面,还是高领的好。

圣子找到一件跟自己的绿白颜色组合相似的。

两人穿着这样的毛衣走在一起,就像一对夫妻或情人。

这么一想,圣子越看越觉得就那件毛衣最最合适。

提了装着两件毛衣的纸袋子,圣子又在百货店里转了转。

秋天日照时短,走出商店,户外的光线已趋暗。大楼的背阴处冷飕飕的。

下午四点,圣子走在步行街上,一股雀跃般的兴奋笼罩心头。

每次跟加仓井见面都有这样的感觉。买了毛衣,又更增添了几分。

由银座大街往新桥方向走,到了七丁目的拐角处,她上了一辆出租车。

在约好的五点整,圣子准时到达了N饭店,她径直向进门左边的咖啡茶座走去。

这里来过多次,对她来说已是轻车熟路。

不料,加仓井已在那儿等候。跟在伊东见到时一样,他穿着深蓝色的西装。

"这么准时。"

加仓井看看手表,笑了笑。

"今天本想去远点儿的地方,但这个时间有点儿困难了。去横滨吧。从那儿的大饭店可以看到山下的公园,景色很美。如果肚子可以再忍耐一下的话,我们可以去那边的中华街吃饭。"

"坚持到横滨,没问题。"

"那就这么定了。"

离开饭店,两人搭乘了出租车。

"今天时间富余,买了点儿东西。"

圣子从纸袋子里拿出纸包来。

"不知是否合你的意?"

加仓井露出惊讶的表情看了看纸包。

"毛衣,跟我的图案一样……"

"嗬!"

"到饭店后,再拿出来看吧。"

圣子按住了加仓井的手。

"手好凉。"

加仓井反过来握住了她的手。

车到横滨的时候,刚刚过六点。

饭店是五层建筑,不大,但是很有派头,像是大正时期建的,楼梯台阶以及大厅里处处显露出古雅风韵。

他们的房间在四楼,面朝大海。已经夜幕降临了,却可看到窗外的山下公园及横滨的港湾。

十一月了,许是这个时间已经有了一丝寒意,公园里人影稀少,港湾里有几只船亮着灯火。

在紧靠公园的不远处看得见灯火通明的船形宾馆,原来是一条客船"冰川丸"。

"好漂亮啊!"

离开东京仅一个小时的路程,可圣子觉得好像来到了一个非常遥远的地方。

"合适吗?"

回过头来一看,只见加仓井穿上了圣子买的毛衣。色彩明朗的图案,穿在身上看着比平时年轻。

"夸我自己选的有点儿炫耀,但这件毛衣非常适合你哦。"

"颜色会不会太鲜艳点儿了?"

"哪儿啊,一点儿都不……"

"那,再在外面套上西装看看……"

加仓井套上西装后,又照镜子看了看。

"以后就穿成这样的随便装束,挺好的。"

"你来给我配衣服吧。"

圣子点点头,刹那间,她有一种已是加仓井妻子的感觉。

紧接着,两人离开饭店去了中华街。

正值假日的晚饭时间,餐饮店里携家带口的客人很多。两人走进了一家店门口刷成朱红色的餐馆,各要了一份套餐。饭菜量很大,根本吃不完。

吃了一半,圣子就饱了。

"套餐啦自助餐之类的,不适合你哦。"

加仓井嘟哝着,把她剩下的那一半吃掉了。

离开中华街,两人爬上坡道,那儿是洋人的墓地。

"加把劲儿。"

加仓井伸手拉住圣子,可是爬到一半,加仓井反倒落在了后面。

墓地上的十字架在黑暗中耸立着,背后稍稍高出来的地方,还有一个陈旧了的西洋馆建筑,现在这里是小餐馆。

两人进去喝了点咖啡,又顺着坡道往回走。在坡道下面坐出租车回到了饭店。

"怎么样,累了吧?"

"有点儿,不过,很愉快。"

加仓井点点头,在圣子的脸上轻轻地吻了一下。

"一起洗澡吧?"

"不……"

"没关系的。"

加仓井麻利地脱去衣服。

"不过来吗?"

"等会儿再洗……"

圣子再一次凭依着窗户眺望黑夜里的港湾。

这次是第二次在外面过夜了。

第一次还觉得自己干了坏事,坐立不安。决定留宿后,脑子里不断地闪现出高明的身影,怎么都睡不安稳。

但是今天晚上,看来可放心地睡个好觉。

跟高明一开始就说过了,这次旅行得在外面住两晚。

不过,万一这个饭店发生了什么事件呢……

不管怎么说,比较第一次,心理负担显然小得多了。

同样的事情做第二次,罪恶感就会减轻许多。这到底是怎么回事呢?

并且胆子越来越大。圣子这么想着,对逐渐习以为常的自己感到恐惧。

"怎么不进来啊?"

加仓井裹着浴巾,从浴室里走了出来。

"我已经洗好了,你可以放心洗了。"

看来,加仓井放弃了跟圣子一同洗澡的欲望。

圣子点点头,进了浴室,然后从里面插上了门。她脱下连衣裙和内衣,卷好放在镜前的架子上,然后将头发梳在脑后,进了热水浴缸。

泡在温暖的热水里,感觉到些许疲劳的身体好舒服。她完全放松地在浴缸里伸展着手脚。这个身体又将投入加仓井的怀抱。她已记不得到底有多少次了。

不知从何时开始,自己的身体已经完全适应了加仓井。

圣子在浴缸里躺得更深一点,使双肩也能浸泡在热水里。

水滴顺着她那白白的肌肤流下去。身体瘦小,皮肤却显得圆润。

对于自己娇嫩甜美的肉体,圣子是颇有自信的。

加仓井也说那是"女人情欲旺盛的肉体"。那种说法听起来刺耳,不过也真是那么回事。

第二天,也是晴空万里。

跟加仓井第二次在外面过夜。这一次,圣子睡得很香。九点,两人去五楼的餐厅吃早餐。

五楼餐厅亦可望得见下面的公园和港湾。昨晚看到的、光环中的白色"冰川丸"船体,正在秋日的阳光下熠熠生辉。

"今天傍晚前回去,可以吧?"

加仓井把咖啡杯放回杯座,说道。

圣子点点头,脑子里又浮现出高明的身影来。

他在干什么呢?大概起来外出散步呢吧,或在冰箱里踅摸吃的东西?

想到自己自顾自地在外面享乐,圣子有些许内疚。

圣子觉着高明是爱自己的。毫无疑问,车祸以后的身体状况,也使之无法主动地离家出走。

莫非正因如此,自己才这样为所欲为呢?

圣子眼瞅着咖啡杯陷入沉思,只听加仓井说道:"去港湾看看吧?"

于是两人起身,走出了餐厅。

外面天气晴朗,但还是有了一丝寒意。圣子在连衣裙上又披了一件开口毛衣。

港湾最大的码头边,停靠着英国和中国的船只。英国的是客船,二层舷梯上有乘客上上下下。

"去过外国吗?"

"一次都没有。"

"那,找个机会一起去吧。"

在大学念书时,很想去欧洲看看,但这个愿望没能实现。真的能跟加仓井一起出国旅行吗?

有高明在,不可能这样随意行事的。

"可能的话,明年元旦新年时,怎么样?"

"不过……"

就算圣子愿意,加仓井是有妻室的人啊。如何摆平?……

圣子在秋天灿烂的阳光中,回过头来又望了一眼加仓井。

十点半,他们从港湾返回饭店。饭店的退房时间是十一点。

两人开始做离开饭店的准备。

当然也没什么需要特别准备的。圣子重新梳整了头发,加仓井脱掉毛衣,换上了西装衬衣。

圣子的行李只是买毛衣给的纸袋子外加手提包,加仓井则什么都没带。

拿个旅行包什么的,看着才像是旅行。空着手晃进晃出,很不像样子。别人一看就知道是恋爱男女来幽会。

其实客人如何使用酒店,宾馆才不管呢。只是圣子自己在暗忖。

"到傍晚还有些时间。本牧那里有个三溪园,去那儿看看怎么样?"

"带我去吧。"

圣子对庭院并无特别的兴趣。但跟熙熙攘攘的街道比,还是庭院好。当然不去那儿也无妨。

反正,只要跟加仓井在一起,去哪儿都可以。

饭店前的法国梧桐树叶黄了,落叶飘到道路边,堆成了一堆儿。

说是已近午时,秋天的阳光却软绵绵的。

出了饭店门,慢悠悠地往前走,后面过来一辆出租车。

加仓井招手示意停下,自己先坐了上去。

汽车经过美军基地,穿过幽静的住宅区,来到了三溪园入口处。

门口介绍庭院的牌子上写着:明治末期,一个名叫原富太郎的生丝商人,将全国各地有名的茶室以及江户时代大名的别墅,移植到了这个十九万平方米大的庭院里。

一进庭院,正面便是一个池塘。池塘前方的树丛中,隐约可见江户幕府时代纪州侯的别墅。

日本传统房屋建筑古老的优美格局与背靠小山的红叶极其相配。

两人沿着池塘的右边慢慢走去。

星期天,游客比平日多些,但步入沿山小道,就几乎看不到游客了。

大都市里居然会有这样四周幽静、树木茂密的地方,很是不可思议。

圣子跟加仓井并排走在四周都是红叶的山道上。

翻过一座小山,又出现一个池塘。沿池塘左边走去,穿过瀑布倾泻的路口,里面是横笛草庵。

草庵前的紫藤架下面设有长凳,两人在长凳上坐下,观赏了一会儿庭院。

下午,明灿灿的阳光时而被白云遮住,蔚蓝的天空上,朵朵白云格外炫目。

秋色正浓。圣子望着那耀眼的白云,意识到今天即将结束。

太阳还高高地悬在天空,时间是下午一点。

但跟加仓井一起的时间正在缩短。要想傍晚回到家里,三点就得离开横滨。

还有两个小时。

前天晚上、昨晚到今天,跟加仓井这次较长时间的幽会就要结束了。

旅行之前,想到要跟加仓井开始两个人的秘密时间,内心曾充满了激动和紧张的情绪。但这场幽会即将结束,涌上心头的只有一种空落落的感觉。

明知见面了,必然要分别。可总是重复这样的过程,很不好受。

尽管圣子不愿承认,但实际上,她已逐渐开始希望独自占有加仓井。

"想什么呢?"

"没有……"

圣子摇摇头,微微一笑。秋天的阳光晒得后背暖洋洋的。

"走吧,再转转。"

加仓井率先走出了紫藤架。

下午,游客似乎多了一些。

两人离开三溪园的时候,下午两点了。

正好有辆出租车拉客人过来,空返。两人便坐上出租车来到樱木町。

"今天破例吃顿烤肉,怎么样?"

在车站附近的餐馆吃完饭,三点离开。

秋天的太阳这时渐近橘黄色,大楼的背阴处有些风寒。

车站前,他们再次搭乘了出租车。

"去东京。"

车子开出后,加仓井双臂抱在胸前,侧脸露出了一丝倦容。

这以后的时间里,两人几乎没有对话。

或许是幽会接近尾声,使得两人缄口不语。

车到东京时,街上已是黄昏时分。

圣子在新宿下了车……

"再见。很愉快啊。"

"啊……"

加仓井点了点头。

圣子下了车没有回头,直接走进车站大楼,坐上了中央线电车。

站在拥挤的电车一角,她意识到自己又是一个人了。

车窗外的暮色,正在结束这一天。

越是愉快地偷情,结束时,越是会感到沉重和空虚。

电车到达三鹰是下午五点半。白昼变短的秋日里,夜色即将降临。

圣子提着纸袋子和手提包,沿着排水渠道路,急急往家赶。

跟两天前离开家时一样,她没有什么变化,唯一不同的是右手多了一个装有毛衣的纸袋子。

不一会儿,看到了光叶榉树旁边的公寓。

一看到屹立在夜色中的树影,圣子总算意识到回家了。

看着那棵树,圣子开始做跟高明见面的心理准备。

公寓楼梯爬到一半的时候,传来了孩子们的声音。可能是节假日的晚饭前,孩子们在喧闹吧。

圣子爬完楼梯……最顶头的宅门里有高明。圣子毫不怀疑。

大门旁边是洗碗池,这个时间,那里总是亮着灯的。可现在却没有灯亮。

莫非高明关上了隔开这边厨房的隔扇门?

圣子从手提包里取出钥匙,打开了门。

进门右手洗碗池的水龙头、正面桌上的餐具都静静地各就各位在暮色灰暗中。

"我回来了。"

圣子朝着里屋方向说了一声。

隔开餐室与里屋的隔扇门是半掩着的,里屋也没有亮灯。睡了?

圣子走进屋里,按下了开关,餐室的荧光灯短促地闪了闪,亮了。

她直接走进里屋的榻榻米和式房间。

桌前端端地摆放着矮脚座椅,高明却不在,也没有铺上被褥睡觉的迹象。

去哪儿了?

圣子再次回到餐室,敲了敲旁边厕所的门。

"先生……"

她试着叫了两声,没有回音。

为了确认,她打开厕所门看了看,高明不在。

再次回到高明的桌子前……

约莫两米的细长桌子上放着空白的稿纸和两支笔，没有留言之类的字条。

圣子又在桌子周围找了找。

左方墙边有本杂志，反面朝上。拿起来看看封面，最近的小说杂志，没有什么特别的异常。

右边的纸篓里有个揉成一团儿的稿纸，展开一看，上面写着：

浅野川河水与鸭川一样，曾被用来制作友禅染。那儿的缤纷色彩，曾令河岸边过客大饱眼福……

大概是给旅游杂志写的随笔吧，像是在写金泽一带。

可能是写了一半，觉得不满意，便扔在了纸篓里。

除此以外，纸篓里只有手巾纸和书籍的包装纸，再没什么不同于往常的了。

圣子再次看了一遍房间的各处角落。

高明换了衣服外出时，总是把在家里穿的衣服挂在书架旁边的衣架上，可现在那里什么都没有。

像是平时的蓝地绸男式和服装束出门，鞋子也像是草屐。高明右脚是假肢，恐半道脱落，所以右脚的草屐带总是勒得更紧一些。

许是外出散步，顺路去了旧书店了吧。

往日高明去井之头公园散步，常会顺道去逛旧书店。

那家旧书店叫大正堂，高明跟店主对脾气，有时会在一起聊天。这一带，可以跟高明轻松聊天的唯此一人。

一定是去了那家旧书店。这么想定后，圣子换上了平时在家穿的衣服。

离开横滨时吃了烤肉,还不觉得饿。

接下来的时间,她洗了高明用过的碗筷,又打开窗户打扫房间。

没有孩子,房间里倒也不乱,但三天不打扫,房间里还是布满了灰尘。

她先用吸尘器吸尘,然后用抹布擦了榻榻米的布边。

沉郁昏暗的房间里,终于变得清爽整洁、井然有序。

圣子收起吸尘器,关上了窗户。

七点了,高明还没有回来。

两天前,圣子说过"傍晚前回来"的。可能高明寻思,反正圣子回来得晚,走远点儿无妨。没准儿上市里溜达去了吧。

圣子烧了开水,冲了杯咖啡。

喝完咖啡后,在浴缸里放满了水,打开煤气烧洗澡水。

然后打开电视,看看报纸。洗完澡后,圣子一看表,八点了。

高明还是没有回来。

莫非今晚高明也夜不归宿了?

圣子生出这个念头,是在九点看电视新闻的时候。

以前,高明常常上街喝酒,喝到很晚才回来。腿受伤后,就没这个情况了。

偶尔外出,也不过是去那家旧书店或去看看庙会,八点前准会回来。

也许是腿脚受伤后,心气不足了吧,无论是去哪儿,都会告诉圣子地点,以及几点会回来。

以前也曾喝得酩酊大醉,天快亮了,才跌跌撞撞地总算摸到家。

现在已没有那副满不在乎的无赖劲头儿了。

圣子觉得高明写不出作品的理由之一,或许正是缺了那份狂放无羁的劲头儿。

狂饮、愤怒、吼叫,创作需要这种跌宕起伏的激情。

圣子初识高明时,他已过了曾有的高峰期,但还残留着愤怒、焦躁的气力。

可是现在,却好像看破了红尘一般,变得淡漠而平静。

醉如烂泥时,圣子虽然觉得麻烦,却又认为那是一个作家倔强性格的体现。狂放不羁中流露出一种自我陶醉式的高傲。

但是这一两年,圣子再也看不见高明那么豪放的醉酒了。

最近只在家里看书或呆呆地望着窗外。一旁看去,他的脸上表露出悟透了一切的神情,时不时还掺杂了虚无的影子。

说起来似乎有点儿像狡辩,这种天马行空的气魄从高明身上逐渐消失,或许正是圣子内心发生变化的起因之一。

圣子一方面觉得高明任性倔强,另一方面又为他的这种性格所吸引。那种凡人不具的孤高孤傲感动了圣子。

遗憾的是,现在的高明已今非昔比。

疾病似乎使他的内心变得柔弱。这一两年,他急速地衰老下去。

那些暂且不说,今天高明这是去了哪儿?快十点了。

圣子打开窗户,仔细观望外面,在秋夜的凉气中四周静悄悄的。

穿着平日在家穿的衣服,不可能走得很远。那个旧书店也该关门了呀。

到底是怎么回事儿呀?

圣子又套了件开口毛衣,走出了家门。

一过十点,这一带的住宅区便寂静无声。沿着笔直的路灯往前走,出路口便是车来车往的大道。

时而可以听到远处闹市区那边的嘈杂声如低低的潮涌传来。

圣子停住脚步看了看四周,见没有什么人影,便朝大道方向走去。

云海在翻滚,月亮被遮在了它的背后,在广阔的夜空里,滚动的云海边缘像是深海里的海岩。

凉气袭人的夜晚里,圣子两手交替摩挲着衣袖,急急赶路。

大道上还能看到行人,时而车来车往,旧书店在往左拐第二个路口上。

圣子在大道路口往左拐,然后沿着这条路往前走。

从闹市区方向回来的话,必定通过这条道路。

高明那瘦削的、穿着和服、有点儿跛行的身影是不会看不见的。

圣子走到了第二个路口,旧书店已打烊。星期天晚上,不可能过十点还在营业。于是商店街也比平时静寂了许多。

圣子在街口站了一会儿,看了看四周。

风吹动着残叶扫过街道,月亮又从云海中钻了出来。

莫非去了新宿一带?

说不定有以前熟悉的编辑来约他一起去了呢。

如果去了新宿,腿脚不便,回来就不会乘电车,搭出租车的可能性大一些。

那样的话,站在这儿等就没有意义了。

圣子再次环顾、确认四周,而后转身往回家的方向走去。

看见光叶榉树了,公寓就在眼前。

说不定自己外出寻找的时间里,高明已经回来了呢。

圣子抱有一丝侥幸打开了家门。

门口,只有自己的一双方口皮鞋摆放在那里。

餐室、里屋都跟她出去时一样,没有变化。

圣子直愣愣地坐在了沙发上。

已经十一点多了。

这几年来,高明从未这样不打招呼,夜不归宿。

自己从外面回来,一定有高明在家里的,圣子曾觉得那是理所当然。

现在圣子忐忑不安的是,那自以为是理所当然的事情,无疑正在崩溃。

一直等到了十二点。圣子再次打开窗户,察看窗外。

越过茂密的松枝,看到路口有汽车灯光正在渐渐驶近。

圣子将头探出窗外,看着那束灯光。汽车减速后,慢慢地停在了公寓前。传来几句简短的对话后,车上下来一个人。

圣子紧盯住那个人看,像是一个男人,轻轻地咳嗽了一下后,拐进左边的小巷子里去了,没穿和服。

圣子有点儿失望地关上了窗户。

十二点了,再不睡觉,第二天早晨起来会很困难。

圣子打开榻榻米房间的壁橱。上面放着高明的被褥,圣子盯着瞅了一会儿,然后将高明和自己的被褥并排铺好。

夜晚像是刮起了风,防雨套窗微微晃动着。

圣子听了会儿外面的雨声,钻进了被子里。

平日总能看到高明那端正的鼻梁,现在只有一床白色的被褥。

外面又传来低沉的发动机声,一会儿又慢慢远去了,留下更加静谧的时空。

圣子翻了个身。一点了,高明还是没有回来。

圣子望着黑暗中的天花板,回想着两天来发生的事。

星期五早晨去公司上班,下午去了伊豆。在伊东结束了宴会,翌日在东京跟加仓井会合后去了横滨。

在横滨的酒店里跟加仓井做爱,次日由横滨港湾去了三溪园。

从伊豆到横滨,跟加仓井在一起的时候,圣子完全忘记了高明的存在。直到今晚回家之前,脑子里只有与加仓井一起旅游的快乐。

但是现在,高明不知去向后,脑海中的旅途快乐,跟加仓井一起时的美妙回忆,都在瞬间消失殆尽。

这会儿她的脑子里,唯有一个高明。

两天来忘得干干净净,这会儿却牢牢占据了她的心。

此时此刻,圣子只是一个劲儿地盼望高明快点儿回来。

白天与夜晚,她的思绪里竟然是完全不同的两个男人。

"真奇怪啊!"

又是一辆汽车的声音,渐渐趋近又远去。

"都这个时间了,到底去了哪儿啊?"

圣子忘记了白天的游玩,没完没了地想象着跛脚高明街市夜行的模样。

就这样不断想着这样那样的事情,圣子迷迷糊糊地开始有些睡意了。此时已近凌晨四点。

不过她并没有睡熟,只是半睡半醒地合了合眼。睁眼看表时,七点多了。

外面照旧刮着秋风,同时阳光灿烂。圣子睁着眼睛在被子里躺了一会儿。旁边高明的被褥依旧整整齐齐的。

"他到底没有回来。"

昨晚虽感觉他不会回来了,却又期望着,他再晚也会回来。

现在天亮了,圣子清楚地意识到那样的期望是多么虚幻无着。

到底去了哪儿呢?

她已试想过所有高明能去的地方。

附近能去的地方只有旧书店及商业繁华区,再远一点顶多是新宿。可目前来看,似乎并不在那些地方。

更远一点儿,有老朋友月田或大学教授浦上先生。可如果是这些地方,理应跟自己联系的呀。此外还有两三个朋友,却都没到可以留宿的份儿上呀。

再就是住在府上的姐姐家或已分居的妻子那儿。

怎么会去那儿呢?

他不相信。如今高明是不会去妻子那儿的。他跟分居的妻子应该有三四年没见面了。他从未提及妻子,也毫无接触的迹象。

实际上,高明现在没有任何必然的理由再去找妻子。

"不会的啊。"

圣子一个人嘀咕了一句。

没去闹市区又没去旁人家,会不会出去旅行了呢?

以前高明就有心血来潮、突然外出的嗜好,或可称之为流浪漂泊的习性吧。没什么特别的理由,就会坐上火车或搭乘汽车离开都市。

起初跟圣子在式根岛相遇,听高明自己说便是信步而至。

如果那样,说不定这次也是忽然想起,心血来潮去了远方。

自从腿部截肢后,高明没有外出过。这次可能是一种强烈的压抑心情,促使他外出旅行。

并且有可能是不假思索就出了门,所以也没打来电话联系。

反正一两天内就会回来……仅仅一天没回家,也用不着大惊小怪的。

这么一想,圣子开始化妆,开始做去公司上班的准备。

她等到了十点,高明还是没有回来。

昨晚一直非常担心。因连休假期刚结束,不能请假。

我去公司了。回家后立即往公司打个电话。

圣子把这个留言字条放在他的桌子上,出了门。

在去车站的路上,她还是东张西望地留意四周。没有看到高明的身影。

连休刚刚结束,公司里挺忙。加仓井也和往常不同,上午就赶来公司,商议杂志新年号或会客洽谈。

下午,圣子向他汇报了翌日的日程安排。加仓井说:"怎么看你脸色不好啊?"

"是吗?"

"哪里不舒服吗?"

"没有。"

加仓井仍旧盯着圣子的脸看。

"累了就休息吧。"

"不要紧。"

明明是昨晚没有休息好,却难以说出口。

到傍晚,圣子又接了几个电话。仍无高明的消息。

五点,圣子往家里打了个电话。高明回来了会接电话,但电话里只有忙音。

没人接电话。圣子盯着窗外望了一会儿。她在想要不要回家。

独自在没有高明的家里等待,会很难受并胡思乱想。这会儿回去,高明也不在,早早回去没有意义。

圣子昨晚没睡好。这会儿,站着就觉得有点儿晕眩。

索性回家睡觉吧。圣子整理好桌上的物品,站起身来。

这时,电话铃响了。圣子刚要过去接电话,上西率先拿起了听筒。

上西像是在跟电话里的对方确认什么。

圣子正要去柜子那儿,听见上西招呼道:"日诘,你的电话。"

"哪儿来的?"

"说是'式根',是个什么小岛……"

圣子拿起电话听筒,立即传来一个女人的声音。

"是日诘圣子吗?"

"是的。"

那女人说话时,尾音很重,夹杂有方言。

"喂。"

过了片刻,传来高明的声音,跟往日一样声音低哑。

"您怎么了?"

圣子不由得对着听筒大声问道:

"现在在哪儿?"

"在小岛上。"

"在小岛……"

两人说的"小岛",一定是"式根岛"。

"为什么?"

"没什么理由。"

"什么时候去的?"

"昨天的夜船……"

去式根岛在"竹芝栈桥"乘船。晚上十点开船,在"大岛"换一次船,第二天八点来钟到达。

"那,今天到的吧?"

"嗯,到旅馆里睡了一觉。刚醒来……"

别人这么担心,可他……圣子忽然觉着很生气。

"那现在是从旅馆打来的电话吗?"

"佐合旅馆……"

五年前圣子跟高明初逢,高明吻了她……就在那家旅馆。最近乘着观光热,旅馆改造成了外墙抹灰浆的雅致建筑。

"那,准备在那儿住到什么时候?"

"一个星期或十天左右吧,还没最后决定。"

"住那么长时间,替换衣服呢?"

"内衣在这边买。"

"钱呢……"

"有办法凑合。"

高明似乎又找回了放浪形骸的嗜好。

"那,您一直在那个旅馆吧?"

"没错。"

"去那么远,怎么也不留个字条什么的?让人着急……"

"……"

"太随心所欲了吧。"

圣子生气了,但高明没有吭声。

放下电话的同时,圣子感到有些疲劳。

知道平安无事,一直紧绷着的那根弦一下子松弛下来。竟然逍遥自在地跑到了岛上的旅馆睡大觉。顿时,圣子觉得自己像是被嘲弄了一番。

高明到底想要干什么?我这么担心,他却全不在乎地扬长而去。

虽说本来他就喜欢居无定所、放浪形骸的生活,但也未免太过分了。

这也太随心所欲了,丝毫不考虑一起生活的人。让人家白白担心了一场。

圣子坐在那里呆呆地望着窗外。这时,上西走近前来。

"出什么事了吗?"

"没有。"

圣子轻轻地摇了下头。

"式根岛不就是伊豆七岛吗?谁去了那里了?"

"啊,一个熟人。"

圣子不想继续烦心高明的事,站起身来。

再次想起高明,是在"御茶之水"站上了电车,独自一人的时候。

她站在车厢内一角,手抓着吊环把手,想到了此刻正在岛上的高明。

他干吗跑那么远去呢?

问他的时候,他回答说没什么特别的理由。

圣子也没有继续追问,高明也不想过多解释。

高明从来就是那样回答问题的,那样的表达方式跟他很相配。

实际上长年一起生活,圣子也能接受那样的回答方式了,有些时候还挺欣赏那样的表达习惯。

可是现在回味一下,刚才的高明其实什么也没有回答。

至少,他没有告诉自己出走的原因。

就算他有放浪形骸的嗜好,就算他喜欢我行我素地信步而行,这次花费半天工夫远出旅行,一定是有其缘由的。

退一步说,即便是突然心血来潮,为什么非要选择那个小岛呢?

绝不会是漫无目的地跑到那里去的。没有说清楚理由,反过来说,其实是有很大缘由的。

岛上有两人的共同回忆,在那里初逢、接吻。两人的爱情也是在那儿开始。

高明直奔那儿,为了什么呢?重返最初的原点,莫非是要寻找曾经的回忆?回到那里,想必便可以重温曾经的日日夜夜……

也许在自己尚未觉察的日常生活中,高明已在怀念岛上度过的时光。

沉思中,电车到了荻窪车站。旁边的人下了车,车厢里人更少了。

那么,高明为何要刻意追寻岛上的回忆呢?只因念旧或怀念过去吗?

高明会不会是……为了逃避两人现在的状态才去了岛上?

想到这里,往相反方向的电车与她乘坐的电车交错而过。

"还是……"圣子望着对面车窗箭矢一般闪过的灯光,不由得小声嘀咕道,"他还是在怀疑吧?"

莫非是因为怀疑,想从痛苦中逃脱出来,才去了那个小岛?

高明少言寡语,思维却是敏锐的。从初逢时起,他对圣子就温和温存,凡事由着圣子。可实际上,也许一直冷静、用心地注视着圣子。

从乡下老家回来的时候,高明没有盯着追问,圣子便顺水推舟地搪塞了他。也许那是圣子的自作聪明。

何止未被搪塞过去,高明其实心如明镜,只是不说出来罢了。

不仅是乡下老家回来的那次,第一次跟加仓井做爱,还有以后的数次做爱,也许每一次高明都是心知肚明的吧。

这样的思绪一旦有了出口,种种不安便串联起来,圣子的想象继续扩展。

昨天,高明没打招呼就去了岛上,起因或许也是明白了圣子的谎言。

"跟朋友去西伊豆转转……"

圣子说的这句话,高明表面上点了点头,实际上难道不是已经看穿了语言背后的实在内容吗？所以第一天且不论,第二天他明白了圣子要跟别的男人幽会,便在她回来的那天出了门。

两天在家里那样等待,只会产生寂寞的感触。没必要在圣子回来的那天外出。那天出门,也许就是一种报复。

"可怕的人……"

圣子对着夜幕下的车窗,小声嘀咕了一句。

看穿了所有的事情却沉默不语,既无训斥也不盘问,只是冷冷地注视。

无论发生什么事,他表面上都是纹丝不乱的模样。或许在他看来,纠缠那些显得污秽不堪。于是不管怎样,都是一副漠不关心的神态。

高明绝不会丢掉自己的清高、孤傲。这些年来,这种品格似乎一直支撑着高明,体现着他的人生准则或价值。

话说回来,高明察觉了圣子的横滨一夜,所以去了岛上。这说明圣子的行为已在高明心中投下了巨大的阴影。

高明以这种行动惩罚圣子。也许可以说,回到两人爱的原点维护了自尊,同时表达了对于圣子行为的抗议。

圣子想到这里时,电车到达了三鹰车站。

冬雨

高明去了岛上以后过了三天,开始连续下起了雨。雨不大,但持续不断。

按季节来讲,是秋雨。但从历法上说,已经立冬,或许应该说是冬雨吧。

连续下了三天,阴湿晦郁。红叶期已过,冬日渐近。一想到这场雨将带来严寒,不由得心生忧郁。

为了提升房间里面的温度,圣子拿出了被炉,接上了煤气取暖器。

高明不在,房间里自然只有她一个人。顿时觉得空间变得大了许多。

其实高明总坐在桌子跟前,没占多大地方。可一旦人不在,感觉真是大不一样。

首先是空间,桌子、书架……都立即空闲起来,像是没有了存在的意义。

除了房间里的空间和家具,就连圣子都觉得好像忽然多出来了很多时间。

以前每天要为高明准备一顿早中餐合并的饭菜,下班回来后,还要做晚饭。

若不是什么特别好吃的饭菜,高明是不会在外面吃饭的,他喜欢吃家人亲手做的饭菜。腿脚受伤后,这种习性更加自然。

圣子从公司下班回来一直到吃完晚饭,都在忙个不停。

这会儿一个人了,晚饭基本都在外面吃。一个人什么都懒得做,而且不经济。

圣子重新领略了独身的轻松自在。她没想到,一个人独自生活竟然这么舒畅。

跟高明同居之前,圣子理应是习惯了自己一个人生活的,可这次竟然有种投入到全新生活中的感觉。

从早上睁开眼睛到进入漫长黑夜,每一种体会都是新鲜的。

可见,高明的存在对圣子的生活有多么大的影响。不知不觉中,高明像是规定了自己的生活形态。

"真不可思议啊。"

圣子消磨打发漫长夜晚时,脑子里不时浮现岛上高明的影像。

岛上在下雨还是晴天?气温应该比东京高两三度。高明今天也会装上假肢,在岛上慢悠悠地散步吧。

一个星期过去了,高明还没有回来。

这一个星期里只有两个晴天,几乎都是阴冷的雨天。阴雨天往返于公司、家里的路途上,她也会想起高明。

电话上说要在岛上逗留个把星期。当然,到了时间也可能不回来。

莫名其妙地突然离家,说不定……回来时也让人意想不到。

他手上的现金应该有两三万日元,出版社说不定还预支过一点稿费。这个时节岛上的游客少,旅馆的房租一定也很便宜。

这个随便出门、不知何时回来的人,总惦记他也没有意义。

不如尽情享受这段自由的时间。

这一个星期里,圣子跟加仓井见过两次面。一次是得知高明去了岛上的第三天,第二次是初次见面后的两天以后。两次都是在饭店见面后去吃饭。加仓井说:"住一晚吧。"

"可是……"

"没事啦。"

这样说,肯定就得住一晚的。

也不知从何时开始,跟加仓井见面理所当然就得过夜。

一点一点地加仓井在圣子内心中的分量越来越重。

不过,加仓井是怎么处理家里关系的呢?听说他妻子去蓼科避暑以后,回来又住进了茅野医院,十月份回到东京。

怜子她们说,现在住在家里疗养,但从没接过电话。

圣子除了必须的事情外,不给加仓井家里打电话。偶尔打电话过去,来接电话的都是佣人或他的女儿,从未听到过他妻子的声音。

大概还是因为身体状况不好,躺在里面的房间吧。这种时候,丈夫一个星期有两次夜不归宿,怎么说得过去?

加仓井会以什么理由搪塞过去呢?还是病弱的妻子某种程度上,默许了丈夫的外遇呢?有一次曾想问问有关他妻子的情况,可一见加仓井,又没了那种愿望。

问了未必就心情畅快,加仓井或也不想说起。不要为了这样的话题,破坏了两人好不容易的一夜幽会。

夫人是夫人,我是我。

圣子这样对自己说着,一次一次地投入加仓井的怀抱。

但是,对于加仓井,圣子感到不能理解的不仅仅是这一点。

这几次幽会过夜,加仓井是怎么为圣子着想的呢?

他完全没有考虑圣子在外过夜,如何处理跟高明的关系?

加仓井不愿谈论高明是明明白白的。但这些行动,也未免过分堂而皇之,简直是无视高明的存在。

可能加仓井不谈及妻子的事,同样也希望圣子不要有高明的话题吧。

两人背后彼此彼此,各有一个女人、一个男人的影子。

但是,莫非他希望,两人见面时都完全彻底地忘却那两个影子?

加仓井是男人,自然有办法糊弄过去;圣子怎么可能永远躲躲藏藏的啊。

现在高明不在还好,回来的话,马上就会面临不可收拾的局面。无论高明有多么宽容,都不可能容许圣子随随便便地在外过夜。

像现在这样一次又一次持续地夜不归宿,跟高明的关系是维持不下去的。

圣子有时想:加仓井真是一个极端自私的男人。

他大概想,在一起时疯狂地享用圣子就可以了,以外的事与己无关。

圣子也知道,加仓井并非一开始就无视高明的存在。想必他是有意为之,表面上不在意高明的存在,实际上心里还是极其别扭的。

加仓井看起来大大咧咧,其实是个极其周到的男人。表面上干脆爽快,有时颇具戏剧性;实际上,有时又表现出惊人的细腻。

加仓井与高明并非素不相识,原先对高明似乎还抱有某种好感。他当然没有明确地表示。说到底是圣子的感觉或猜测。

高明曾是显现了卓越才能的作家,出版界寄予厚望。加仓井则是大力推崇者。他曾经说过:"有的作家其实非常优秀……虽然未被现今的编辑出版界看好。"

这当然不是仅仅指称高明一人,可能是泛指一些尚未打开市场的作家吧。

但是他的话里肯定是包括了高明的。既然是跟圣子说,那就会意识到,圣子肯定是要联想到高明的。

当然那番话不是出于怜悯或同情,也未必盘算好了圣子会传话给高明。

不知为什么,圣子从那番话里感觉到加仓井内心的善良温和。他不过是说起原先任职的文英社时,顺便提及罢了。

但这冷不丁冒出的一句话,却可让人感觉到加仓井对高明的态度。

奇怪的是,听了这句话,圣子松了口气。似乎这句话表明,对方能够理解她与高明的关系,从而使她放下了一颗不安的心。

加仓井提及高明仅有一次,以后再没提起过。仅此一句里并没有明确提及高明的名字,但话里无疑包含了某种善意。

高明却从未提及加仓井,尽管他是知道加仓井的。得知圣子在健康社谋得了一份工作,他也不过点了点头说"是吗"。既没有说

"向加仓井问好",也没有说"知道这个人"。

高明什么都没说。但圣子从高明点头的神态上看,显然是知道对方的。当然,这也没有确凿的理由根据,也是圣子的主观感觉。

就那么一个点头,圣子相信,至少可以肯定高明并不厌烦加仓井。

男人有男人之间的友情。高明跟加仓井是否拥有这种友情?要画问号。

他们曾是作家与编辑的关系,即便曾彼此认可对方的才能,也未必称得上所谓的亲密朋友。

况且那也是十多年前的事了。就算当时谈得来,那股热乎劲儿未必能保持至今。

更何况两人中间有了圣子的存在,成为竞争对手的关系。即便早先谈话投机,也不可能永远地相互谦让。

圣子越想越觉得男人间的关系不可思议。如果反过来,两个知道对方底细的女人中间存在一个男人而相互对立,事情就不会这样简单。

两个女人一定会妒火中烧,对那个男人去说对方的坏话。

即便是不得已非要说些好听的,也一定会采取含沙射影的方式。

但是,高明也好加仓井也好,至今却完全没有那般迹象。漠然置之,仿佛根本没有意识到对方的存在。

为什么能够那样冷静呢?圣子到底还是想不明白。

看到两人沉静漠然的态度,圣子怀疑两人并不是真正地爱自己。

但是回过头来一想,又觉得那种冷漠的态度或许才真正是一种男人的表现。彼此看似漠不关心,内心深处没准儿正在纠结或烦恼。

有时,圣子突然意识到并感到吃惊,高明和加仓井都有某种细腻的感情,作为女人的圣子都自叹弗如。那份细腻是女人根本无法企及的。

高明接近圣子,不会让圣子感觉到妻儿的存在;同样,加仓井也绝不会让圣子感觉到他的家庭。为了爱情,两人都干净利索地扯断了背后的影子。

女人不管怎样热恋丈夫以外的男人,都无法做到那样的程度,终究会露出已为人妻的面容。当然情况是不同的。但某种意义上,男人或许是更为杰出的表演者。

有女人认为,男人狡猾。可圣子并不完全认同,她觉得与其说是狡猾,不如说是男人的善意及体贴。因为撒谎的本意与狡猾无涉,乃是出于某种善意。

不过,高明与加仓井两个男人间完全彻底的沉默令人恐惧,两人的言行好像都在竭力回避一个彼此不能触及的神圣部分。

高明走了约一个月。某日,圣子跟加仓井约好见面。仍在N饭店的咖啡茶座。

圣子比约定时间六点晚到了十分钟,但是加仓井还没有来。圣子觉得这种情况挺稀罕,他们的约会,加仓井从没迟到过。她要了杯咖啡坐下来等候。

今天见面,也是加仓井提出来的。

加仓井下午出席了编辑会议后,出了门。过了一个小时又来电话说,今天有事不回公司了,想下午六点在N饭店见面。

跟以往一样,圣子以办理公事的口吻答道。

"好的。"

电话上只说有急事要办,但不知加仓井在哪儿。

圣子喝了一口有点儿凉了的咖啡,看了眼窗外。

初冬的夜晚,夜幕正降临。寒气中,高速公路的霓虹灯在增光添彩。

大都市的夜晚又将拉开帷幕。

圣子看了会儿窗外的夜景,抬手看了看腕上的手表,六点半了。

加仓井迟到了三十分钟,这可真是太少见了。

该不会是弄错地方了吧。没有特意指定地点时,两人见面的地点一定是在N饭店。时间也的确说的是六点。

莫非为见什么人,说话说晚了些?还是正在写稿,再写两页便可截稿,打算稍迟一点儿?

圣子环顾了一圈大厅四周,目光转向了窗外。

在树木枯萎了的庭院里,水银灯冷冷地泛出白色光芒。一年又快过完了。

就在圣子呆呆地看着窗外时,服务生穿过包厢座席招呼道:"日诘小姐!在吗?日诘小姐!"

圣子朝服务生那边瞅了一眼,的确是在招呼自己,便站起了身。

"我是日诘。"

"您的电话。"

圣子拿起手提包,走到付款台旁边的电话旁,拿起了电话听筒。

"等急了吧?"

电话的另一头传来了加仓井的声音。

"是。"

"对不住。"不知是从什么地方打来的,听筒里隐隐传来说话声,"突然…… 去不了啦。"

圣子拿着电话听筒,没有说话。一种不祥的预感掠过她脑际。

"我太太去世了。"

"夫人?"

"两个小时前。"

"……"

两个小时前,正是圣子准备离开公司的时候。

"怎么回事……"

"这一个月,病情恶化,住进了信浓町医院。最近时时发作,今天下午开始越来越严重……"

听怜子说,加仓井妻子患有严重的心脏病。

而且,夏天去蓼科以后心脏病又发作了,便直接住进了那边的医院。

这几年来一直抱病,公司的职员几乎都没见过她。

"医生们也想尽了办法,还是不行。"

圣子想象着电话另一端加仓井此时的表情。

"现在从哪儿打来电话?"

"医院。这会儿得回家。"

"公司职员那边呢?"

"我会去通知的。"

"那…… 要我帮什么忙吗?"

"不,今晚不用。"

加仓井的声调很冷静,但圣子听起来声音里透着悲哀。

"所以,今天不能去了。"

"噢。"

那是当然的了。加仓井应该受到了极大的震动。在这样手忙脚乱的时候还打电话过来,圣子觉得心里挺感激的。

"那,我明天也……"

"嗯。"

"请多当心。"

加仓井像是应了一声,但声音很低,没听清楚。

放下电话后,圣子轻轻用手拢了下耳边的头发,回到了方才的座位上。

接电话前,旁边的位子是空着的,现在那里正面对面坐着两个年轻的女性,像是刚参加了什么人的结婚典礼。

圣子看着她们色彩艳丽的长袖和服,暗自思忖:加仓井的妻子真的死了吗?太突然了!难以置信。

圣子觉得加仓井很快又会打来电话说刚才那是开玩笑。

但是刚才加仓井电话里的声音十分平静。也许早就有了思想准备,这个时刻早晚会到来。尽管是死亡消息,加仓井的声音却沉着、平静,圣子觉得,这证明他事先是有心理准备的。

当然电话里没有平日的爽朗。可是仅从声音判断,也没有慌乱的感觉。

虽说作为亡妻的丈夫、丧主,惊慌失措、万分悲痛会让人感觉失态,但加仓井也未免太过平静了。

想着想着,圣子逐渐觉得加仓井很可怜。

不用说,他要抚慰、鼓励两个孩子,还要一一应对那些前来吊唁的人,同时还要做灵前守夜的一应安排。

本来应该沉浸于悲痛中,守护在遗体旁,可现在却要东奔西走安排各种事情。

圣子的眼前,瞬间呈现出加仓井安排灵前守夜的情景。旋即又消失了。

第二天,圣子来到公司,职员们已知道了加仓井妻子死亡的消息。

总编牧村及出版部长高杉,昨晚似已去过府上吊唁。听他们说,加仓井的妻子昨天下午三点来钟突然心脏病发作。起先控制住了,可一个小时后再次发作,就那样心脏停止了跳动。

加仓井的妻子患有心脏瓣膜症,苦于心脏哮喘。今春开始病症恶化,好像医生也说不会拖得太久。

听说加仓井的妻子时常心脏病发作,为防万一,他总是将自己的去处告诉医生,以期紧要的时刻能够联系上。

这次说是下午突然病情恶化,医生直接跟在外工作的加仓井取得了联系,加仓井便直奔医院,幸好赶上了妻子的临终时刻。

"社长很少谈及妻子。可社长的细心周到令人感佩。"

高杉感慨地说道。

圣子听着他们的言谈,想起了昨天的事。

昨天下午,加仓井是从外面打来电话,说道:

"有点儿急事,回不了公司了。"

现在想来,那件急事可能正是其妻发病。像是直接去了医院。

然后五点来钟,病情得到控制。他大概心想,六点钟的约会还来得及。

每次都是这样,加仓井大概在某种程度上已经习惯了妻子发病。当然,他也小心周到地应对妻子随时可能的死亡。

这么一想,加仓井跟圣子在饭店过夜,没准儿也将地点告知了医院或家里。

圣子不知实情,以前以为他全不顾家,堂而皇之地跟自己过夜。看来她想错了。

"正式的灵前守夜是在今晚,明天十一点出殡。公司里,有工作安排的人留下,其余的明天中午都到社长家里帮忙去。"

高杉安排停顿后,又对圣子说:

"你是社长的秘书,就待在公司里,下班以后再过来吧。"

清早的天气晴朗无云,可到了下午却阴沉沉的,寒风凛冽。

行走在外面的人,除了年轻人之外,大都已穿上了风衣。

下午有一半社员都去了加仓井家,公司里显得有些冷清。

留在公司的除了圣子,还有编辑主任怜子和两个年轻的男编辑。

下午四点,圣子跟怜子一起离开了公司。参加六点半灵前守夜要回去换丧服,所以圣子要先回一趟三鹰。

外面照旧呼啸着寒风,人行道上奔波着被风吹赶着的枯叶。

"那,回头见。"

怜子在"御茶之水"站乘坐地铁回家。圣子跟她告别后,坐上了中央线电车。

还没到傍晚下班时的高峰时间,电车上挺空的。

经过新宿,快到荻窪时,圣子从座席上回头张望车窗外。

看着车窗外家家户户掌灯时分的灯火,圣子想,这下永远没有见到加仓井妻子的机会了。以前曾想见见加仓井的妻子,哪怕只有一次呢。

倒也不是不见会怎么样,只是觉得见一面自己才会信服。

但是已经晚了。说后悔,不恰当,可总有种阴差阳错的感觉。

事到如今,只能见见他妻子的照片了。无论加仓井情愿不情愿,在灵前守夜时不可能将妻子的照片藏起。

今天,过一会儿去他家,肯定能见到他妻子的相片。就在这么左思右想时,电车到了三鹰车站。圣子站起身,跟在人群的最后下了站台。

穿过地下通道,走出车站,迎面寒风吹来。也许是因这一带高楼大厦不多,所以觉着风刮得大。

走过排水渠,来到了公寓前的光叶榉树附近。

回到公寓跟前,圣子才想起了高明。不过也只是一瞬之间。圣子看了一眼没有亮灯的窗户,自己打开了门。

房间里跟她早晨离开时一样静悄悄的。既然她不在时没人来过,不用说,房间里冷清静寂。

圣子打开灯,来到了衣柜前。衣柜里挂着几件衣服,最里面是一件黑色连衣裙。

四年前,心想着或许会有什么时候派上用场,便找人定做了一件。

圣子脱掉身上穿的粗花呢西装,换上了那件黑色的连衣裙。然后戴上白色的珍珠项链。

一年没穿,肩头、腰围仍旧合适。

这一年里,圣子的身体似乎既没消瘦,也没发胖。

换好衣服,她来到梳妆镜前,梳整了一下蓬起来的头发,然后在耳垂上戴上了配套的珍珠耳坠。

圣子化淡妆,唇膏也选择相对质朴的。尽管这样,在黑色连衣裙的陪衬下,圣子的面部鲜亮夺目。

准备完毕后,看了看表,五点半了。

赶六点半开始的灵前守夜,时间还早。圣子看着自己身着黑色衣服的面容,又想起了加仓井的妻子。

现在去灵前守夜,要面对正前方悬挂着的她的相片。那曾是加仓井心爱的女人,一定会十分美貌。

"怎么办好呢?"

想到这里,圣子渐渐失去了去参加灵前守夜的自信。

说是去吊唁,可哪怕一次看到了对方的面容,心里就不易保持平静了。

以后想起那人的容貌,便会踌躇与加仓井的约会。更何况若是看到其妻美貌温文的面容,心情就会变得更加复杂。

面对镜子,圣子的内心犹豫不决。

都已经整理好装束,怎么会有这样的心情变化呢?就在刚才,还准备去参加灵前守夜,去见加仓井,去面对其妻子的相片。

接受人们对于亡妻的吊唁,加仓井会是怎样的表情呢?圣子抱有多少近似冷酷的好奇,想看看她在对方家族以及亲戚们面前问候加仓井时,加仓井会是什么态度。

面对着镜子圣子想来想去,渐渐地没了勇气。这是没有自信的表征吗?

加仓井的妻子即便是比自己漂亮,也已是那个世界的人了。话这么说,可主要使圣子感到畏惧的是看到了她的相片后,她的容貌将永远留在自己的脑海里。

一个念头将在自己的内心里循环往复,亦即加仓井跟这样一个人结婚生活,并有了孩子。一旦有了这样的念头,会很恐怖的。

圣子摘下耳坠,然后又取下了项链。身上的装饰全都拿掉后,只剩下一件黑色的连衣裙衬托着一副孤零零的白面孔。

圣子一个人不去,大家一定觉得奇怪。翌日怜子也许会来盘问。

事后申辩感冒啦有急事啦,都不自然。没去的事实会让大家想入非非。

不过怜子还好办,怎么的都可以糊弄过去,但跟加仓井怎么解释呢?

所有的职员都来参加,就圣子一个人不参加,不合逻辑。

"还是应该去的吧?"

圣子再次问镜中的自己。觉得还是去的好。

但加仓井实际上会怎么想呢?

"他其实……会不会不希望我去参加呢?"

圣子又一次对着镜子嘟哝道。

她不知道加仓井真实的想法。说到底都是在推测。

圣子从相反的立场上考虑,某种程度上可以想象得出。

如果高明死了的话……

她自然不希望加仓井前来吊唁。过上一段时间,只要一句"打起精神来",就足够了。

在大家面前,加仓井无论说什么安慰的话,都会使自己的情绪更加紊乱,像用刀子割剜伤口。

"还是不该去。他其实是不愿意我去的。"

圣子拉开连衣裙背后的拉链,开始脱裙子。

下午六点了。加仓井家里正络绎不绝地出现前来吊唁的客人。

圣子将脱下来的连衣裙挂回到衣架上去,换上平时在家里穿的毛衣和裙子,来到了灶台边。

好久没做饭了,做顿热饭吃吧。

圣子简单地打扫了一下房间,外出购物。商店街已过了准备晚餐的时间,这会儿很清闲。她在肉店买了涮锅用的鸡肉,又买了相应的蔬菜。

一个人也好,两个人也好,做饭费的工夫是一样的。饭菜一旦开始做,就一直要守在炉灶前了。火锅也是一样,开始了就不能半途停下。

圣子说不定是为了忘记灵前守夜,才开始准备晚餐。

饭烧好了,锅里的汤也煮沸了,圣子一个人坐在了餐桌前。

揭开锅盖,刚开始吃,突然觉得缺点儿什么,于是将高明喝剩下的一升瓶装的酒倒入了玻璃杯。

饮酒最早是高明教的,渐渐地圣子也有点儿会品酒了。

"你其实很能喝酒。"

高明那么说过,也许是那么回事儿吧。拿起酒杯正要喝,电话铃响了。

拿起电话一听,是怜子。

"灵前守夜,刚结束呢。"

一看表,八点了。

"你怎么了?"

"突然头疼起来。"

"怎么这么突然呢?"听声音,就知道她在怀疑,"那,现在怎么样?"

"谢谢,不打紧了。"

"灵前守夜的场面真够盛大的。从路口到家门口,一路上放满了花圈。"

健康社社长夫人的灵前守夜,自然会有多方人士参加。

"社长还是第一次向我致谢哦。"

怜子说完,扑哧笑了。

"社长向我鞠躬,怎么就觉着怪怪的。"

看来,加仓井给前来吊唁的来宾一一鞠躬,礼节周到地表示了感谢。

"夫人的相片,好漂亮哦,可能是一年前拍的,面颊还挺丰满的。"

幸亏没去。圣子独自点了点头。

"那……明天的告别仪式,能去吗?"

"大概……能去吧。"

"那,你多保重哦。"

"不好意思。"

圣子冲着电话听筒点了下头,然后放下了电话。

全公司的职员中,想必只有圣子没去参加亡灵守夜。虽说加仓井那时很忙,但不用说,一定也能察觉到圣子没来。

跟公司方面倒也不难找到借口。可对加仓井,圣子觉着有些歉疚。

没准儿还是应该去吧……

圣子像是要驱散懊悔,将杯子里的酒一饮而尽。

为什么这个时候还会胡思乱想呢?

圣子很生自己的气。

第二天,前天夜里的降雨云散了,大晴天。天高云淡,更让人感到切肤的寒意。

一早起来,圣子收拾被褥时,想起上午十点将要开始的加仓井妻子的告别仪式。

圣子望着蓝蓝的天空,跟昨晚一样,又在考虑去还是不去。

突然因故不能参加灵前守夜,但告别仪式应该去的。只要参加了送殡,昨晚没能参加灵前守夜也就说得过去了。

可又一想,事到如今,这会儿去参加告别仪式,似乎挺滑稽的。既然昨晚已经告诉怜子了,自己身体不舒服,今天不去也算是合乎逻辑。

说实话,圣子现在想去又不想去,各占一半。

加仓井的妻子长什么样?哪怕只是相片,也想看看。但又感到不安的是,看了以后会不会就难以忘怀呢?与其以后独自烦恼,不如不看的好。

犹豫到最后,九点多了,告别仪式自不必说,圣子还决定请假不去上班了。

公司里的人好像都是先去参加告别仪式,然后去公司上班。十一点出殡,完了以后去公司的话,下午的工作可以接着做。

请假的事,可以等公司的人下午去上班以后联系。

圣子这么决定了以后,就又躺在沙发上呆呆地看电视。

初冬的上午时分,阳光明媚。

圣子将目光从电视上移开,又在想象着葬礼的情景。

加仓井作为丧主,在前来送葬的人群里何等装束?两个女儿多大了?听说一个初中二年级,一个小学六年级,失去了母亲,不用说哀痛不已。今后两个孩子跟父亲一起三个人如何生活下去呢?家里没了女人,加仓井怎么过日子啊?

想到这里,圣子突然很不自在地意识到,自己在设想成为加仓井的妻子。

我在胡思乱想什么啊?加仓井的妻子两天前才刚去世,连葬礼还没结束呢,就开始幻想那些极不礼貌。

加仓井跟公司的人尚沉浸在悲哀之中,圣子却在独自想着续弦之事。

虽然只是一闪之念,那也太过自私自利。圣子像要拂去那奇怪的念头,站起身来看着窗外初冬的景色。

在枝叶枯萎的光叶榉树树梢上,冬季的天空一望无边。阳光灿烂,无一丝云彩,但从蔚蓝的天空传递过来寂静的寒冷。

圣子来到灶台前,冲了杯咖啡。她喝着咖啡,似乎想要自己在香喷喷的咖啡热气中镇定下来。

十点半了。

告别仪式已经开始。伴着诵经,人们在祈祷死者的冥福。

圣子端着咖啡杯,望着窗外。灿烂的阳光透过窗户照射进来,圣子目光的焦距并没有定格在哪一点上,只是睁开双眼,在空间恍惚迷离。

几分钟后,走廊里传来脚步声。回头看时,洗碗池上方的窗户边儿上有个人影,大门有动静。

像是要用钥匙开门,但随即发现门没上锁,便拉开了门。

进来的是高明。

"啊呀!"

圣子站起身来,高明微微一点头,说道:"回来了。"

跟去岛上时一样,结城和服夹衣外套着件和式外褂,左手拿着个小纸袋子。

"今天早晨吗?"

"九点到的竹芝栈桥……"

"太突然了,吓我一跳啊。"

"本想联系来着,但又没什么特别的事情发生。"

高明把那个小纸袋子往桌上一放,立即脱下和服外褂,像是很累的样子,一下子坐在了沙发上。

"去了好长时间啊。"

从他出门到今天,正好一个月了。那副瘦骨嶙峋的样子跟以前一样无甚变化。夹杂着白发的头发稍稍长了,面部也晒黑了一些。

圣子像是很怀念的样子,盯视着那张疲倦的面容。

"这是旅馆老掌柜给的,飞鱼做的咸鱼干。"

高明递给圣子那个小纸袋子后,从和服的袖兜里掏出香烟,点上了火。

"今天没去公司?"

"请假了。"

"怎么了?"

圣子没有回答,走到了洗碗池边。

可能是坐夜船累了吧,高明仰面躺在了沙发上。

"不换衣服吗?"

"等会儿。倒是想洗个澡啊。"

圣子进到浴室里,拧开了水龙头,然后又烧开水,沏了茶。

高明再次坐起身来喝茶。

"你真是悠闲自得啊。"

"是啊。"

圣子的话里带有讽刺的意味,但高明看着茶杯伴装不知。

"岛上怎么样?"

"变化……说有则有,说没也没什么。"

"最近像是去那儿的人很多,旅馆增加了吧。"

"简易建筑增加了不少。"

高明跟圣子相遇那会儿,说到游客,几乎都是学生。这几年观光热,岛上想必也有一些变化。圣子多少能理解高明话里包含的不满情绪。

"吉川家的老太太像是死了。"

吉川是圣子在岛上时借宿的人家。那时,那个老太太帮助过圣子。

"什么时候?"

"像是今年夏天。"

岛子上难以忘怀的人和事都在一个个消失。

"怎么没通知我呀?"

"大概他们考虑,通知的话你要给他们送奠仪什么的,倒会给你添麻烦。"

高明用双手触摸着茶杯,像是确认茶水的热度,又喝了口茶。

"今天为什么不去公司啊?"

"前天,社长的太太去世了。"

"加仓井君的?"

"好像一直心脏有病,前天突然发作。"

"是吗?"

"昨天晚上是灵前守夜,今天十点开始告别仪式。"

"十点的话,已经来不及了。对吧?"

"想去来着,但有点儿身体不舒服。"

高明看了一眼圣子。

"感冒了?"

"昨天晚上有点儿风寒,今天差不多好了。"

"这么说,灵前守夜也没去吗?"

"嗯。"

圣子避开高明的目光,将脸转向一边。高明默不作声像是考虑了一会儿说:"还是应该去的,不是吗?"

"是啊,可是……"

"你不去的话,那我去吧?"

"先生,你……"圣子慌忙转过头来。

"今晚去的好。"

"可是,先生不必去的。"

"你能去的话最好。"

"好吧。"

圣子点点头,站起身来,走进浴室。浴缸里的水已经放满了。圣子关上水龙头,点燃了煤气烧热水。然后,她站在镜子前观察自己的面容。

高明为什么提出来要去吊唁?想想不可思议。自腿脚受伤后,他基本上不去人多的场合。

他这是抽的什么风呢?对加仓井有好感吗?

但是即便那样,专门提出来要去吊唁,还是让人感到不寻常。

也许只是为了敦促圣子前往,或者是想……那样表示以后看看圣子的反应。

圣子确认了自己脸上没有再露出什么不自然的神情后,回到了房间里。

高明躺在沙发上,正在看报纸。

"最近,熟人死了。"

"另外还有人去世了吗?"

"前段时间,上坂死了。我去岛上那天来的通知。"

上坂是评论家,跟高明同一时期在文坛上崭露头角。圣子没见过面,但对方来过几封信,所以知道此人名字。几年前因肾脏疾患,回了金泽老家,以后就不太来信了。

"也许人死的时候,会有什么连贯性?"

"不吉利的话,不要再说了。"

"但还真就是这么回事呢。"

高明说完后,又嘀咕道:"想休息会儿。"

能理解他舟车劳顿后想去休息的意思。但高明似乎并非只是想着躺到被子里。从那声嘀咕中,圣子明白他还有身体的需求。

"洗澡水,已经烧好了。"

高明脱掉衣服,进了浴室。圣子铺好被褥,拉上了窗帘。

三十分钟不到,高明就从浴室里出来了,他换上和式睡袍,钻进了被子里。

"休息吧……"

"可……"

"没关系啊。"

圣子稍稍犹豫后,将梳起来的头发解开了。

在岛上,高明想必没有碰过女人。圣子知道岛上没有陪男人做爱的女人。回来后立刻想要,也许正是一个明证。

不过高明跟什么女人有过那样的事,圣子也没有权利指责他。高明不在期间,自己曾跟加仓井做爱三次。因而没道理对他说东道西。

圣子脱掉了毛衣,她穿着衬裙,又照了照镜子,然后慢慢地从被子的一边钻了进去。

凉冰冰的,高明的脚摩挲了过来。

高明没有什么体臭。第一次跟他拥抱时,那种清洁感留在了圣子的印象中。这一点至今未变。

透过窗帘泄入室内的阳光,打出点点亮圈儿浮游在房屋的顶棚上。

大白天被抱在男人怀里,想到这儿,圣子感到身体发热。

"没变化吧?"

高明转过身子来面向圣子,手搭在了她的肩膀上。

"嗯……"

在朦胧的亮光中,圣子闭上了眼睛。高明不在的时候,说没变化则无甚变化,至少家里、工作都跟以前一样没有变化。但是,圣子的身体和内心都有了变化。

高明现在问的是什么呢?明知不是家里和工作的事儿,圣子却要往这儿想。因为这样,自己才可以心安。

"在岛子上,三次梦到过你。"

"梦到我?"

"在什么地方不知道,你一个人走着。"

让圣子在意的不是梦的内容,而是三次这个数字。

"奇怪啊。"

"我不在时,想什么来着?"

"没想什么……"

"是吗?"

高明叹了口气,然后像是想起来了似的,抱紧了圣子。

曾经的感觉又一次在圣子的身体内扩展。

气味还是呼吸,抑或是肌肤的感触,总之,不可以一言概之,也许可以说是各种感觉交织、融化在一起的一种温柔和亲密。

高明的欲求跟以往不同,这次性急猛烈。或许是近四十天的禁欲生活,使高明的欲望近乎疯狂。

午前灿烂的阳光泄入到公寓一角,在这里,圣子几次招架不住,不断求饶,哀求的同时,她又沉醉在愉悦的波浪中。

正好是中午时分。

高明好像用尽了全部精力,闭着眼睛仰面躺着。

这时,传来了年幼不去学校的孩子在家门外呼叫母亲的声音。窗外卖竹竿的吆喝声渐渐近了,又远去了。

圣子慢慢地坐起身来,用大毛巾裹住身体,进到了浴室里。

刚才浴室的镜子里清楚地照出了她神情不定的样子。可这会儿,镜子里映出的则是满足倦怠的面容。

一早起来,脑子里一直在左思右想加仓井的事儿,可现在精疲力尽的大脑变得空空的了。

脑子里想着一个男人,身体却接受了另一个男人。此刻身心没了什么悬念,很平稳并充满了幸福感。

摇摆于两个男人之间,身体大胆而毫不羞涩。

圣子一个人浸泡在浴缸里,她又一次对自己无法理解。

第二天,圣子直接去了公司。清早,本想顺道去凭吊的,但又觉得那样实在是慌慌张张。十点钟到公司后,只来了四五个人。

前天和昨天,大家帮忙办丧事,大概都累了。

"怎么样了?身体好了吗?"

中午,怜子来到了公司。

"托你的福……昨天没能去,很抱歉。"

"公司里的人都去了,没事。社长这星期休息,说是下周来上班。"

这星期？只剩下一个星期六。就算把星期天也加进去，仅五天休息。

"社长辛苦啊。"

"社长嘛，没办法。"

怜子的表达方式，听起来有些不冷不热。

"死去的且不说，两个女儿可怜哦。"

"很可爱吧？"

"大的像社长，小的跟夫人一模一样。"

圣子点点头，想象着加仓井身边带着两个女儿的样子。

"今后会很寂寞的啊。"

"不过，不说孩子了，社长倒是了了一桩心事。不是吗？"

"什么……"

"还用说吗？这四五年，夫人几乎都是住在医院里，偶尔好些回到家，也是卧床不起呀。"

"可他们是夫妻呀。"

"正因为是夫妻，才会有厌倦的时候。"

"那样……"

圣子本来想说，"话不能那么说"。但话到嘴边又咽了回去。实话实说，圣子是希望加仓井失去了妻子以后，也跟现在一样不要有什么变化。马上提起精神未必容易，但不管怎么说，圣子不希望加仓井意志消沉或一蹶不振。

"你今天去吊唁吗？"

"嗯……去不去呢？"

"能去的话，还是去的好啊。不是吗？"

当然怜子说得对。圣子点点头,回到了自己的座位上。

下午,来了几个电话。

有的涉及工作。大部分是对加仓井妻子之死表示哀悼或询问相关事项。有些电话原本要说事,可一听说公司正奔丧,便慌里慌张地挂掉了电话。

还有很多发到公司来的唁电,圣子整理好了放到袋子里。

她本想凭吊时带去家里的,但去不去还没最后下定决心。

晴朗的天空,到了下午却云出风起了。隔着窗户看,外面非常寒冷,还能感觉到接近年末的繁忙。

五点一过,她便离开了公司,可还是没有下定最后的决心。

有高明和怜子的敦促,当然是要去的。可真说要去,她又觉得迈不开腿脚。

就这么一路犹豫着,到了"御茶之水"站。

直接坐上电车的话,六点钟就到三鹰。

到了新宿站,她不由自主地下了车,去逛站前的妇女洋货服饰商店。

圣子想,该买一件新大衣了。

现在穿的,也是在新宿……四年前跟高明相爱后买的。

圣子不爱买流行中的色彩式样,她讲究质地好、不易厌倦的。

现在穿的这身有腰带的黑色大衣,就是按照那样的选购标准买的。可是,说实话已经有点儿厌倦了。这次可能的话,想买一件羊毛乔其纱质地轻一些的。

从车站东口到三越一带,她转悠了近一个小时。

在离车站中央出入口很近的商店里,她看到了一件挺时髦的西装式样大衣,裙子部分打着褶,上半身挺合体的。但买还是不买,她下不了决心。

圣子先打听清楚了价钱,然后返回车站,乘坐了中央线电车。

七点了,她并没有特别地盘算时间。但花去的时间,跟到加仓井家吊唁所需的时间是一样的。

圣子直接返回了三鹰。八点钟到公寓时,高明正在桌子前伏案撰稿。

两人间的状况跟以前没有丝毫改变。高明坐在桌子前,圣子回到家里来。

这种情景,几年来已是老风景了。就好像空气与水的存在一样,极其自然。

这个景象,瞬间觉着新鲜,必定是因为高明一段时间的离家出走。

"我马上准备晚饭。"

"啊。"

高明轻轻地答道。那声调也跟从前一样。

圣子从柜子里拿出平时穿的裙子,站在隔扇门的角落里换上。换好后,刚要去灶台边,听到高明问道:"去吊唁了吗?"

"嗯……"

"怎么样?"

"精神状态比想象的好。"

"是吗。"

高明凝视了一会儿桌子前面的墙壁,又将目光收回到了稿件上。

圣子走到灶台边,开始准备晚饭。时间已不早了。

冰花

加仓井来公司上班是在妻子去世后的第六天——周一午后。

他一进屋,职员们都停止了手上的工作,视线一齐集中到了社长身上。

加仓井停顿了片刻,微微点了下头,然后直接走到里面靠窗户的位置上,又环视了一圈后说道:

这次给诸位添麻烦了。多亏大家帮忙,葬礼顺利结束,家里也总算安顿好了。非常感谢大家的多方协助。

加仓井刚一向大家低头致谢,职员们也跟着低下头来致敬。

圣子的位置在编辑室后面。从那儿望去,没觉着加仓井有什么特别的疲劳。

跟大家打完招呼,加仓井在用隔板跟大家隔开的社长办公桌前刚一落坐,高杉跟牧村便像早已等候着似的,立即开始跟他谈工作。

休息了近一个星期,好像积攒了很多需要加仓井审批的工作。

圣子也要汇报各种来电以及今后的日程安排。她在自己的位子上等了约十分钟,听到加仓井招呼她。

"没什么变化吧?"

加仓井两手放在桌子上,看着圣子。

"身体有点儿不适,灵前守夜和葬礼都没能去,非常失礼。"

"哪儿的话,那些都没事儿。今天的预定呢?"

"三点钟,明正书店的社长将来访,但因我们这边的时间不确定,所以要我们打电话再跟对方确定。"

"你转告吧。星期四过后,什么时间都可以的。"

"另外您不在期间,福冈的田边先生和堀先生来过电话……"

圣子以办公室的口吻汇报了工作情况,加仓井一边听着,一边对照自己的记事本做出指示。

"好,就这些了吧。"

"是的。"

"我去谈业务,完了后到M医科大学见萩原教授。如果'爱路木'公司的人拿来稿件,把这个交给他。"

加仓井从皮包里掏出一个牛皮纸袋子。

"递交对方就可以了对吧?"

"告诉他想看校样。"

"明天您的日程怎么安排?"

"家里还没完全安顿下来,明后天都在家里。有什么事的话,给我打电话。"

"明白了。"

圣子鞠躬后正欲离开……

"身体没事了吧?"

圣子目光低垂着点了点头:

"不要紧了。"

"小心点儿为好。"

加仓井只说了这么一句,便拿起包起身走了。

六点钟回到三鹰,高明已铺了被褥在休息。

高明在圣子回来前想要休息时,一般是在沙发上躺躺,很少这样铺开被褥。

"怎么了?"

圣子边脱大衣边观察着高明的面容。

"脚有点儿疼。可能在岛上走多了。"

"右边吗?"

"截肢的部位。"

刚装上假肢时,高明常常抱怨截肢的部位疼痛。医生说,可能是截肢部位的皮肤没长好,不适应新装的假肢。并告诉他,刚开始或会有些疼痛,渐渐就会习惯的。

"没去医院吗?"

"还没去。休息一下会好的。起来的话得走动,就躺下了。"

"那么,冷敷一下比较好吧?"

"没关系,别管我……给我把桌子右边放着的书拿过来。"

圣子照他说的,将桌子上放着的 A 出版社定期寄来的小册子拿给了他。

"明天还是去医院看看的好。有拐杖嘛。"

装假肢前用过的拐杖还在家里，一直放在壁柜里呢。

"不用担心。"

高明依旧很要强。

第二天，脚上的浮肿稍稍退了些。看来还是不用假肢的好。

"还是去医院看看吧。"

"休息两三天就没事了。"

高明依然是不喜欢去医院。

圣子没再劝说。她早饭只喝了杯咖啡，吃了片烤面包，然后出门。

十点半到了公司。快到年末发奖金的时候了。

今年物价上涨，好像大出版社发放的数额是五六十万。H公司那样的地方，男职员发放的金额说是近百万。

工会希望健康社发放的数额相当于三个半月的工资。

其实健康社工会组织仅十余人，即作为管理人员的社长、高杉和牧村以及临时雇佣的人员。说到底不足以成立那样的一个组织，但是，哪怕一种形式也好吧，两年前终于成立了健康社工会。

工会主席是《疾病丛刊》的主编杉江，包括此人，工会里没有一个激进派。因此无论怎么折腾，在不到二十个人的小公司里都难有作为。

加仓井好像并不反对组织工会，作为企业，奖金也是尽可能兑现。

总之，劳资双方是在明智的前提下周旋。

但是今年的《身体》杂志勉强达到收支平衡。却又因为出版

《疾病百科全集》,投资很多,加上纸张供应不足以及金融紧缩等原因,公司的情况有些勉强。

以前出版的医学方面专业书籍的销售,没出现大的波动,所以靠着这方面盈利,好歹维持着公司的运作。

但职员们每天面临着物价上涨,不可能只是期待社长的明智决定。

不管是否可能,反正有要求的话先提出来为好。

"社长这种状况,太太刚去世,不好紧催啊。"午休时,杉江在大家面前搔着头说。

"可是已十一号了,得快点儿决定才行。"年轻职员不满地说道。

工会在十二月三号已经提出了奖金发放数额的要求。

可是第二天,社长的夫人去世了。金额方面的交涉就因此中断。

"明天头七刚完,太早了啊。"

"不能把自家的私事跟公司的事混为一谈哦。工作是工作。"

怜子也在给往后退缩的工会主席打气。

两天后的中午,加仓井在公司里露面了。

过了头七,大概情绪稳定些了吧,面部表情比三天前看着明快了许多。

一到公司,便有大量文件、票据得审批,还有关乎"全集"的商谈,加仓井果断利索地处理着各项工作。

很快,四点多了。加仓井跟杉江走进了会议室。

知道他们是在为年终奖金交涉,大家表面上却装作若无其事,等着二人回来。

"不知道交涉是否顺利……"

怜子交叉抱着双臂,来到圣子边上。

"那杉江弄不好,又做了缩头乌龟呢。"

"不过,没办法嘛。"

"为什么……"

"没什么……"

圣子慌忙收口,怜子有点不高兴地瞪了她一眼。

"你是社长一派的哦。"

"哪儿的话……"

"哎,喜欢就说喜欢,对不对?"

"什么呀……"

"唉,算了,因为是你,不计较。"

"没那么回事儿,请不要乱说。"

对于圣子意想不到的抗议,怜子似乎吃了一惊:"失礼,失礼了。收回好吧。"

随意道歉之后,怜子点起了一支细长的外国香烟。

差不多三十分钟过去,加仓井走出了会议室,紧跟着杉江也走了出来。

加仓井回到位子上,立即开始整理桌子上的文件。准备回去……

"要回去了吗?"

圣子拿着翌日的日程安排,来到加仓井面前。

"现在去跟代销店的朋友吃饭,明天中午来公司。"

加仓井说完,又问:"你今天八点有空吗?"

"八点吗?……"

圣子看了看周围,加仓井则显出并不在意的样子。

"有点事情托付你,来一下。"

加仓井这么说完后,泰然地接着做回家的准备。

六点开始,还有工会召集的会议。

首先是杉江把跟社长交涉的结果转告给了大家。

"社长说,工资三个半月上下的金额是非常困难的,按照现在的情况,三个月已经到头了。"

不等杉江说完,中冈举起了手。

"我反对。"

与此同时,其他职员也一个接一个地议论起来。

"现在物价这样死涨,怎么维持生活呀。"

"应该还能拿出来的。"

"基本工资不高,奖金也不加把劲儿,怎么行呢?"

怜子照旧面红耳赤,义愤填膺。

"丛书的销售,不也不错吗?"

"什么不景气?出版市场还是不错的呀。"

其他职员齐声赞同。三个月的奖金,似乎大家都难以接受。

圣子在大家议论的当间离开了公司。对不住了!工会。

此时此刻的圣子,顾不上考虑什么奖金不奖金的。

离开公司后,她来到骏河台下的餐馆,吃了份意大利面,喝了杯咖啡。而后慢悠悠地向车站方向走去。

她在车站的公用电话亭里给高明挂了个电话,告诉他要晚一些回去。

高明跟以前一样只是"噢"地答应一声,并不问理由。

"脚怎么样了?"

"好多了。"

就这么一个回答,到底是否好了不知道。圣子放下了电话。

她直接上了电车,在四谷站下了车。

上次跟加仓井见面后,已经过了近半个月。本来八天前要见面的,却因加仓井的妻子突然去世泡汤了。

那天跟现在一样刮着寒风,天气寒冷。

圣子看着墨黑的夜空,突然意识到马上要见的是妻子过世才七天的男人。

他妻子的骨灰还在家里呢,这时见面合适吗?

圣子意识到自己在做一件邪恶的事情。

可是比较自己,更重要的是加仓井怎么想。莫非在他的意识中,妻子之死使之获得了自由?

圣子觉得,这样的话,两人都会被加仓井之妻的亡灵诅咒的。

到达饭店时,已经八点过了。

圣子跟以前一样,穿过大厅,来到左边的咖啡茶座。

在右边靠里的座位上,加仓井在那里等着。圣子径直走到他面前,微微地低下头:"对不起,等久了吗?"

"哪里,刚到。晚饭呢?"

"吃过了。"

服务员过来,圣子要了杯咖啡。

这么面对面坐下后,圣子总算涌起来一股重逢的实感。

"久违了。"

"嗯。"

"已经有半个月了啊。"

"十四天。"

圣子准确地记着两人没有见面的天数。

"是吗?"

加仓井像是想起了那些手忙脚乱的日子,点点头。

"已经平静下来了吗?"

"嗯。"

"突然感觉寂寞了吧?"

加仓井没有回答,点起了一支香烟。寂寞了?不寂寞?他不回答。也许这种沉默是一种心地善良的表现吧。

"家里怎么安顿的?"

"以前家里就有佣人,没有变化。"

加仓井极其自然地说。圣子对他的"没有变化"挺在意的。

"可是,孩子们会觉得很孤单的吧。"

加仓井头转向了窗外。可能是心理作用吧,怎么觉着就这几天工夫,他鬓角的白发明显地增加了。

圣子顿时涌起想要安慰眼前这个男人的冲动。

"真是难为您了啊。"

"大家都这么说,其实也没什么。只不过是对前来吊唁的人点头致谢罢了。"

加仓井苦笑着说。

"可是,你为什么没有来参加葬礼?"

"有点儿感冒了。"

"听说了。就只有这个理由吗?"

"是啊……"

"那,走吧。"

加仓井将两份账单拿在手上。

"今天就到此了,我回去了。"

"有什么事吗?"

"没有事,可……"

"那,急着回去干吗?"

"但是,今天不要了吧。"

"别那么别扭……"

离开饭店,加仓井先坐上了出租车。

"怎么了?"

"我不去。"

"哎呀,先上来……"

没办法,圣子上了车。

车门关上后,汽车绕过饭店前面,向四谷方向驶去。

还是去那个旅馆。圣子两手插进人衣的口袋里,身体绷得紧紧的。

刚过头七,就要去旅馆,这是什么事儿啊?以前虽一直卧床不起,但……毕竟是长年相伴的妻子啊。

难道不应彼此心情平静下来,再好好相爱吗?头七刚过,就迫不及待……

今天能在那里等候,令人高兴。但实在让人觉得他是受欲望的驱动。也许男人可以这样,女人不行。身体重要,情绪也重要。必须在极其放松的情况下才能接受。像加仓井这样的男人,应该明白这一点的。

汽车穿过外苑,驶向千驮之谷的那家旅馆,不言自明。

不一会儿,汽车在落叶飘散的法国梧桐林荫道前停了下来。

"下去吧。"

加仓井低声说道。

"不。"

圣子坚定的态度,似乎使加仓井也有点儿吃惊。

"先下来再说。"

加仓井又说了一声。

"拜托,快点儿决定……到底怎么样啊?"

被司机这一催促,圣子无奈,下了车。

汽车像是发怒了一般,猛地发动,瞬间消失在法国梧桐林荫道的一端。

"怎么了?"

现在只有两个人了,加仓井又一次问道。

"不愿意。"

今天一开始就说过了"不行"。虽已亲密无间,但是,女人是有不愿意的时候的。不论多么喜欢对方,总会有这天不想亲密的时候。

"我直接走到千驮之谷车站,坐电车回去。"

"还在生气吗?"

"根本不是生气的事儿。"

如果不是要做爱的话,圣子可以陪他。说实话,圣子今天真想见加仓井来着,也很想一起说说话。

但让圣子现在不情愿的是,头七刚完,就迫不及待地要见面要去旅馆。她讨厌这种赤裸裸的做法。

"那,到那边去喝了茶再回去吧。"

"不了,今天这就回去了。"

这会儿去喝什么茶？刚刚别扭了一场,那份窘迫不悦尚未散去呢。

"是吗……"

加仓井像是自言自语地嘟囔了一句后,开始迈步向车站走去。

"下次什么时候可以……"

两人并排走着,他问道。

"什么时候？……"

这不是圣子回答的问题。加仓井邀请,圣子不去多想……顺从愿意的话,什么时候都可以。

"今天很可惜。"

"……"

"说实话,今天想要来着。"

加仓井说这些话的时候,两人已到了车站的售票口前。

"那……"

圣子回头望时,加仓井正目送着圣子,脸上露出了寂寞的神情。

坐上电车后,圣子觉得有点儿魂不守舍,好像忘记了一件重要的东西。

为什么那样坚定地拒绝他呢？连她自己也不明白。

奇怪的是,当加仓井放弃去旅馆、改道去车站时,圣子却又希望加仓井再次提出去旅馆。对方刚决定不去,圣子倒开始后悔了。

进则退,退则进。这或许就是恋爱的策略手腕吧。跟加仓井分手后,现在又是一个人了,她开始觉得自己干了件很无情的事。

即便是刚刚过了头七,加仓井那么想要的话,也许应该给他的。

圣子曾经在什么书上读到过:男人的生理条件跟女人不同。男人一旦想要的话,是迫不及待的。

特别是加仓井,一个四十三岁的健康男子。想要的话,目前只有圣子。不对,如果男人只想要解决性欲问题的话,也许会有其他各种各样的女人。

可是,圣子觉得加仓井最爱自己。虽然他有些害羞,不曾明言,但是可以实际感受到的呀。

疲倦了的时候,感到烦恼的时候,当然一定想跟自己心爱的人在一起的。

从这个角度考虑,今天难道不该接受加仓井,温柔地听听他要说些什么吗? 今天加仓井最想要得到的就是圣子的这片柔情吧?

可是⋯⋯自己干吗要冷冰冰地将他拒之千里呢?

真是一个不懂事的女人。圣子对自己的行为摇头叹息。

不过,加仓井跟自己分别以后,干什么去了呢? 直接到什么地方去喝酒了呢,还是去找什么女人了呢?

她想:"怎么会呢?"

他如果去了别的女人那儿做爱,固然是无法忍受的。

无论如何,这一点绝非她所希望的——就那么直接回家。

这会儿已分别了也没办法,明天⋯⋯如果他再度提出想要的话,就乖乖接受吧。绝不再那么任性了。

圣子暗忖。闹了别扭以后,她反倒更爱加仓井了,真是不可思议。

在以后的几天里,加仓井、圣子几乎没说话。

不过两人是社长与秘书的关系,所以并非缄口不语。

传达电话内容、商量面见客户等,还是有些事务性的交谈。这种时候,加仓井也跟以往一样,点头或做口头指示。可这只是出于工作上的需要,没有过多内容,只是最小限度上的应答。

同样是商量日程安排,以前他会加上一句"今天好像精神不错啊",商量完了也会关切地说一声"做事慢慢来啊",诸如此类。并且,同样是谈论工作,加仓井有时还会递给圣子一个温柔的眼神。

但是这几天里,加仓井的那份温柔不见了踪影,仅仅是态度生硬地重复那些格式化的对话。

圣子明白,毫无疑问是在生那天晚上的气。

不过,好像不仅仅对于圣子的态度有了变化。这些日子,加仓井还无精打采的。即便是来到了公司,也长时间地陷入沉思之中。

加仓井与平时不同的样了,令圣子感到心里沉甸甸的。可是看来,他又未必完全是在因了圣子的态度而生气。

好像也是因为至今尚没谈妥的奖金斗争之影响。

这一个星期来,社长跟杉江总共谈判过两次,依然是双方各持己见,无法达成一致的协议。

工会方面要求的奖金数额相当于三个半月的工资,社长则坚持三个月。双方的差额为半个月,据说目前的交涉举步维艰。

职员们都认为:不就是半个月嘛,别抠门,发给大家得了。可是从发放奖金的一方来看,可能的确不容易。到了这种局面,加仓井仍坚持三个月的金额,说明公司确实很困难。

一条道跑到现在,公司总算是第一次要碰壁了。

工会成员们议论纷纷。再交涉一次,如果还没有进展的话,就罢工吧。

因为是出版社,即便罢工,对外界也几乎没有什么影响。

不过是约取作者稿件或书籍的发货稍稍迟些,给公司外部添点麻烦而已。这亦属可理解的范围。

第二天,杉江再次跟社长见面交涉,结果照旧。

这样一来,职员们于周五晚上再次聚集,多数人主张罢工。

"下星期一,准备罢工一天。"

杉江有些兴奋地征询大家的意见。

"赞成!"

职员们都举手表示同意。

实话讲,圣子反对罢工。但在此场合,如果不举手赞成,大家会产生反感的。

跟加仓井的事,按道理没人知道内情,但背后似乎已一点点地开始有了流言蜚语。因为是当事者,没有直接的耳闻,但不可掉以轻心。

圣子慢慢腾腾地举起手。

"日诘,你到底是赞成还是反对?"

"噢。"

圣子慌忙举高了手。

"好,绝大多数通过。决定星期一罢工。"

"好!"

大家一齐鼓掌。

即使只是罢工一天,也是自健康社成立,有史以来的第一次。

有的公司年复一年,雇员对罢工已习以为常,但这里从未有过。大家心里,总有些心神不定的紧张。

星期天整整一天,圣子都在犹豫:翌日去公司,跟大家步调一致的好呢,还是不参与的好?

作为工会成员,若是跟大家采取统一行动,当然是不能工作了。硬要工作的话,则破坏了工会成员集体行动的规矩,更何况圣子是举手表示赞成了的。

可是参加罢工,实在心情沉重。可能的话,哪怕自己一个人工作也行,想尽可能地帮助加仓井。自己一个人工作,不会有什么了不起的工作成效,但她很想让加仓井知道,自己并非跟其他人一模一样。

话说回来,加仓井打算怎么办呢?

杉江已经通知,他理应知道了周一罢工的事。但他没有任何表态,星期六整整一天都没有去公司。

就这样开始罢工的话,这个行业规模不大,很快就会传出去的。

获知健康社罢工,银行、书店等会对公司怀有戒心。罢工一天,对公司的利益没有实质性影响,但从名誉上讲,该公司有过罢工的事实则会成为一个负面的影响。这一点似乎更加可怕。

聪明的加仓井应该明白这一点的。

圣子想,要不要给加仓井家里挂个电话? 或许还是告诉他的好——明天的罢工不仅只是威胁一下或是什么交涉的策略,大家是动真格的了。

这么犹豫不决中,眼看到了傍晚。

高明突然想到要吃河豚,他好久没吃了。圣子便到车站后面的鱼店里买来了河豚生鱼片。高明喜欢吃河豚的鱼白,那样的东西,现在即便是高级餐馆也很少见。

六点过后,高明自己开始喝起冷酒来。可能是截肢部位的疼痛好了些,今天的情绪不错。

"怎么了……不喝吗?"

"喝啊。"

圣子稍一愣神,端起了酒杯。

"明天公司罢工。"

"罢工?"

高明停下夹着河豚的筷子,看着圣子。

"因为年末奖金只发三个月的工资……"

"能发这些,不挺好的嘛。"

"但是,现在物价上涨,大家希望至少能给三个半月的。"

好久没跟高明谈起公司的事了。

"可是,公司也很难办吧?"

"是啊。"

圣子像是等着高明的这个意见似的,点点头。

"那,你打算怎么办?"

"工会决定的事啊。能怎么办?"

"不去上班? 不行。即便是一个人,也要去工作。"没想到,高明的语气很坚决,"半个月的钱,算什么啊。"

"可是……"

高明不知道面对现实的苦衷,他没有自己含辛茹苦地赚过钱。所以,才那么信口说道。圣子刚想到这儿,高明又对她命令道:"总而言之,你不该参加罢工。"

涉及公司,高明还是头一次颐指气使。以前回家早了晚了,工作带回家来做,高明都是一言不发。他从来都是一个态度,即圣子公司的事与己无关。

但是这一次,他却开口明确表态了。

"但是,大家都参加罢工,我一个人不参加,不合适啊。"

"不合适也不在乎。"

刚才是想过,哪怕自己一个人,也要去工作的。可现在被高明这么一说,倒不由自主地反驳起来。

"那样一来,对不住大家啊。"

"总之,应该去工作。"

高明这么说完后,将酒杯里的冷酒一饮而下。

"好喝。不喝吗?"

"喝……"

圣子稍显娇媚的样子,胡乱将酒咕嘟了下去。

"真不好办。"

圣子嘴上这么嘟囔着,内心里却松了口气。

既然这样,没什么可犹豫的了。高明既然说了,自己就不参加罢工了吧。不管别人说什么,明天去上班。

摇摆不定的心情,被高明的一句话敲定了。

不过,高明为什么非要让自己去工作呢?

她没问。反正即便再问,高明也不会有更多的表示了。

可是不参加罢工,等于站在了加仓井一方。尽管不了解上班族的事,高明也应该明白这一点的。

明白,却要圣子那样做,为什么呢?

如果高明怀疑自己跟加仓井有暧昧关系,想必是不会那么表态的。理应期待罢工不断,让加仓井倒霉才是。

高明或是没有察觉?至少……可能不知道圣子在外过夜的对象是加仓井吧。

他坚决主张不要参加罢工这一点,还是让圣子心里打鼓。如果对加仓井没兴趣,应该是默不作声的嘛。可他却那么斩钉截铁地表示……

莫非还是起了疑心?

突然,完全相反的结论涌现在圣子的脑海里。

因为怀疑,反倒使这个不同寻常的人站在对方的立场上说话,而后看反应。

如果这样,那真太可怕了。现在圣子一个又一个的反应,高明已尽收眼底。

但此刻的高明,完全是一副漠不关心的样子,在那里默默地喝着冷酒,一边吃蘸上醋的河豚生鱼片。

高明不作声时,有时难以捉摸。他不会赤裸裸地表达自己的情感。

不过高明不是那种坏男人。他感受敏锐,难以估摸,但人很好,所以交往至今。

可能高明还是喜欢加仓井的吧。虽未直接用语言表达出来,内心或是有好感的。

以前,圣子曾觉得加仓井可能对高明持有好感。加仓井也未曾明确言表,只是圣子觉得他是在乎高明的。

有时圣子想,两人都不直接表述出来,会不会总是透过圣子这扇窗户,彼此表达着善意呢?

高明不让圣子参加罢工,也许是这种善意的一个表现。虽然是间接的,但是觉着是在帮加仓井一把。

第二天,圣子九点离开了家。

说是罢工,工会的成员都先到了公司,然后在营业部的房间里集合待命。大家在那里等待杉江跟社长谈判交涉的结果。

圣子十点到达公司,见二楼的门上、墙壁上到处贴着标语口号:

开始罢工!坚决要求三个半月奖金!

在同一大楼办公的其他公司职员,脸上露出赞许的神情——嚆,真行哪!看着那些标语口号和与己无关的斗争,不用说越热闹越有看头。

"早上好。"杉江站在门口,摊开双臂,"请到营业部的房间去。"

圣子点了下头。先走到衣柜处脱掉了大衣,而后直接走到编辑室自己的位子上。

平时总是电话铃响,职员们忙东忙西奔走着的房间,这会儿显得空荡荡的。

十点钟了,没有一个人出现。好像大家都去了营业部。

不一会儿,房门开了,牧村走了进来。

"唉?!你今天不参加罢工吗?"

牧村是总编,跟杉江一样,属于公司的管理人员。今天像是因为罢工,才提早来了社里的。

"我不参加了。"

"大家都参加,你不去,不好吧。以后会被欺负的哦。"

"但是,没关系。"

"哦……"

牧村奇怪地看着圣子。

"对我们来说,你来工作很好。不参加罢工,有什么理由吗?"

"没有什么理由。我刚刚来公司工作,又是社长的秘书。"

"哎,当然,秘书嘛,特殊点儿。不过,我们这儿场子不大。"

"社长什么时候来上班?"

"说是十点半来。"

牧村看表时,门被推开了,怜子走了进来。

刹那间,圣子想躲避一下。但怜子毫无顾忌地大步走到圣子面前。

"你,干什么呢?快过去!该不是要破坏罢工吧?"

被怜子那单眼皮的眼睛盯视着,圣子反倒镇定了下来。

"我今天就在这儿。"

"说什么?!你上次不是赞成罢工的嘛!"

"是赞成来着,但是主意变了。"

"为什么变了?说说理由!"

眼前的怜子跟平日判若两人,目光锋利。

"说不出来吗?"

圣子没想回答。说实话,一开始就没打算参加罢工。说是改变了主意,其实是有些夸大其词。

"好了,你等着。"

不知道怜子打算怎样,她粗暴地关上门,走出了房间。

不一会儿,杉江跟怜子一起进来了。杉江看见房间靠后的地方有牧村在,露出了些许为难的神色。他径直走到圣子身边。

"日诘,你反对罢工吗?"

因为是男人,杉江的问询,语调多少平稳一些。

"在我们看来,全体人员参加,才更有利于斗争。"

"对不起。"

对于这样平静的提问,圣子只好表示歉意。

"我才刚刚开始工作就参加罢工,有点儿太狂妄了。"

"不是的!不是那样的理由!"

怜子从一旁插嘴道。

"你是喜欢社长吧?"

"你说什么啊……"

"喜欢的话,是你的自由。但是公事、私事混同一起,不行!"

圣子低垂下了眼帘。正是怜子说的那样。被别人指责也没办法,圣子确有这样的问题。但是在牧村和杉江面前被点破,令人难堪。

"哎,没什么了。"

看着圣子默不作声,杉江像是要调解似的说道:

"反正我们都在营业部的房间里,你要是改变主意了,就过来吧。"

杉江说完后,冲牧村那边点了下头,走出了房门。

不过是罢工,没必要争吵。小公司里,个人相互之间争斗没有意义。也许杉江考虑到了这一层吧。

两人出去后,编辑室里又只剩下了牧村跟圣子。

"说话真刻薄啊。"牧村向圣子搭话道,"她有点歇斯底里,别在意。"

受到安慰,圣子反倒觉着委屈了。

这样的斗争,从一开始就跟圣子无关。工会若不提出那个数额的要求,也不会发展到这一步。反过来,加仓井如果顺顺当当接受工会的要求,也就不成问题了。本来是社长跟工会之间的争执,不知不觉中,竟把圣子也卷了进去。

我遭受了这样的委屈,他会知道吗?

圣子忽然对加仓井感到了一丝愤恨。

一点儿都不理解我的心情。这么一想,眼泪都要涌上来了。

"给你泡杯茶吧?"

牧村安慰道。

"不,我去泡茶。"

圣子正要去茶水间,加仓井进屋来了。

"怎么回事?"

加仓井站在门前,看着圣子。

圣子没有回答,走过他的身边,直接去了洗手间。

一看镜子,发现自己的眼睛红红的,含着泪水。圣子用手绢冷敷了一会儿,才又回到了房间里。

在用隔板隔开的社长办公桌那边,加仓井跟牧村正在商量着什么。大概是在做与工会谈判的准备。

圣子泡了茶,端过去后,加仓井转过头来。

"你今天照常上班?"

"嗯……"

"是吗?谢谢。"

加仓井说完,有滋有味地品了口茶。

社长跟工会的交涉谈判十一点开始,地点在会议室。

社长跟牧村代表公司方面,工会方面则由杉江跟营业部的山川出面。

已经接近中午,编辑室里打进来许多电话,圣子独自一人在处理。

问询电话姑且不论,约取稿件、发送书籍等,所有一切无法即刻处理的,都得找借口搪塞过去。

正午了,谈判交涉仍在继续。

圣子惦记起加仓井他们的午饭,可就为这个,去会议室又不妥当。她只好那么等待着,或许会来人吩咐她做些什么。

代销店来过电话后不久,门开了,加仓井和牧村返回房间来。

加仓井看到圣子,点了下头,跟牧村直接往社长办公桌那边走去。两人在社长办公桌前接待来客的一角商量着什么。加仓井在说,牧村点着头。

谈判结果怎么样了?圣子很想尽快知道,可又不好意思马上过去打听。

一会儿,牧村离开了那儿。

"结果怎么样?"

圣子回过头来,小声问牧村。

"下午开始再一轮交涉,基本上可以谈妥吧。"

牧村说完后,立刻出了门。

编辑室里只剩下了加仓井跟圣子。

加仓井在干什么?有隔板隔着,看不见。圣子又泡了茶,端过去。

加仓井正呆呆地望着外面,听到动静,马上回过头来。

"谢谢。"

"谈判有结果了吧?"

"嗯……"

"那,罢工只今天一天就可以结束了吧?"

"大概是吧。"

加仓井微微一笑,抬脸看了眼圣子。

"也让你担心了。"

"没有。"

"完了以后,想跟你好好待会儿。"

"好的。"

这次圣子顺从地答应了。

"午饭呢?"

"现在,要去原上饭店见一个人。你今天一直在这儿吗?"

"打算这样。"

加仓井点点头后,站起身来。

"那,出去一趟。"

他把香烟装进口袋里,然后穿上了大衣。

声音听起来还算有精神。但是,也许是这些日子来劳心劳力,加仓井的背影看上去有些倦怠。

罢工,正如加仓井说的,只进行了一天就结束了。

傍晚时分达成了协议,聚集在营业部的职员们,蜂拥着回到了编辑室。

协议金额仍为三个月工资,外加统一的三万日元。工资高的人不说,对于工资低的人,基本也相当于三个半月的金额了。

工会方面,算是维持了面子,公司方面则尽量使三个半月金额的要求没有成立。结果双方似乎在说得过去的条件下达成了协议。

"啊呀,辛苦了。"

返回到编辑室,怜子最先跟圣子打招呼。脸上露出笑容,语气中却含有"没参加罢工"的讽刺。

"对不起。"

"没什么要道歉的啊。你嘛,可以按照你自己的想法做呀。"

"好了,没什么了嘛。"

看到气氛不对,杉江插了进来。

"多亏日诘,电话好歹对付了过去。"

"罢工要全体人员参加,不是你说的吗?"

这次,怜子又冲着杉江去了。

"唉,是啊。日诘又没有什么恶意。"

"知道!"

怜子气冲冲地走了。

"她有点儿歇斯底里,别在意啊。"

杉江说着笑了笑。

大部分职员都知道圣子罢工的时候在工作,没人去追究。

刚参加工作不久,又是社长的秘书,所以,可能在某种程度上,大家都采取了宽容的态度。

"喂,祝贺我们达成了协议,干杯吧。"

不知是谁,准备得那么周到,从哪儿订来了整整一箱子啤酒。

"日诘,过来啊。"

杉江招呼道。

"可是……"

"可是什么,没关系呀。"

大家嚷嚷着"干杯",举起了杯子。圣子也被感染,举起了酒杯。

喝了一口以后,大家一齐鼓掌庆贺。

"社长这次可是大吃了一惊。"

"结果还算可以啊。"

"明年搞得再热火些。"

大家谈笑着今天的罢工。大约过去了十分钟,电话铃响了。圣子拿起电话,传来了加仓井的声音。

"我在六本木一家叫'里昂'的酒吧。红绿灯处往麻布方向,左边的白色建筑,一看就明白的。能来吗?"

"明白了。"

圣子放下电话,径直走向衣柜。

罢工结束后,职员们喝着啤酒,相互干杯庆贺。加仓井可没那样的心情。经营管理者的结局好像总是孤独的。现在加仓井能够不加提防谈话的,似乎只有圣子了。

　衣柜那边的门正好不在大家的视线范围,圣子穿上大衣,从那边的门出去了。

　她从电梯上下来,走到了外边,周围的霓虹灯已在闪烁。在刺骨的寒冷中,夜晚正在拉开帷幕。

　来到大街上,她拦住一辆出租车,去往六本木。

　跟加仓井,圣子有种分别日久的感觉。今晚一定要不顾一切地尽情相拥。圣子的身体已经扑向了加仓井。

　六本木的"里昂"酒吧,很容易就找到了。

　推开黑色的木门进去,在灯光最里边的角落里,加仓井一个人坐在那儿。

　像在沉思,圣子走到了跟前,他才察觉抬起头来。

　"工作已经结束了吗?"

　"啊,完了。"

　加仓井点点头,喝掉了杯子里剩下的白兰地。

　"很难办吧?"

　"嗯,说难办,也的确不太好办。大家都在公司里吗?"

　"是。"

　圣子不好告诉他,大家在喝啤酒祝贺呢。

　"你喝什么?"

　"我也来杯那个。"

　圣子喝烈酒,还很少见。加仓井不禁惊讶地看了她一眼,遂向酒吧侍者要了杯白兰地。"里昂"店面不大,木材质地的整个氛围显得沉静典雅,感觉很不错。

加仓井像是经常来这儿。酒吧里只有一个魁梧的男性侍者跟一个穿着白色套头毛衣的女性,两个人在照应来客。他们好像都跟加仓井很熟。

"喝那样的酒,不要紧吗?"

"今天想喝点儿。"

从刚才接到加仓井的电话开始,圣子就产生了一醉方休的心情。好像喝醉了,就可以忘掉怜子指责的不愉快。

"那……"

加仓井像是在等着圣子拿起酒杯,做了个干杯的手势。

"今天,麻烦你了。"

"什么话……"

圣子后半句的"理所当然"没有说出,便将酒水灌入口中。顿时,一团火焰顺着喉咙落了下去,那种热辣辣的感觉真畅快。

约一个小时后,两人走出了"里昂"酒吧。圣子忽然起了醉意,惩罚自己似的猛喝下肚的白兰地,酒劲儿上来了。

"要紧吗?"

"没事。"

嘴巴上要强答应着,脚底却不争气。登上台阶来到外面,冷风拂在醉酒微热的面颊上爽快极了。

六本木的红绿灯一带,到了夜晚更加热闹。快到年末了,来往人群的脚步显得匆匆忙忙。

临街有家玻璃窗透出店内光景的咖啡店。在拐过那家夜店的拐角上,加仓井拦住了一辆出租车。

"千驮之谷。"

圣子跟在加仓井的后面上了车,清楚地听到他跟司机说的地点。

两人自上次在那里的旅馆前发生口角,已经过去十天了。

今天圣子没有拒绝的意思,一切听从加仓井的安排。

"你今天为什么来工作啊?"

汽车驶过乃木坡,加仓井问道。

"也没什么理由。"

"为了我才来上班的?"

"想工作,就来上班了嘛。"

不知为什么,圣子脱口而出的并不是她内心所想的。

不一会儿,汽车穿过神宫的绿林,在旅馆的前面停了下来。这里是十天前,她跟加仓井闹别扭后分手的地方。

那天刮着冷风。不过,今天的寒冷有些缓和。

圣子默默地跟在加仓井身后,进了旅馆。身着和服的女服务员带他们踩着庭院里的踏脚石,来到边角的那间房屋。一个月前来这里时,庭院里铺满了落叶,现在已经打扫干净,地面上露出浅褐色的冬天土壤。

"请慢慢用。"

进入房间,泡好茶,女服务员退了出去。来过几次了,彼此面熟,但女服务员什么都没说,表现出对客人不闻不问的态度。

"久违了。"

女服务员出去后,加仓井盯着圣子。的确,两个人面对面单独在这样一个房间里,时隔很久了。上次在这儿幽会,还是加仓井妻子去世前一个星期的事。大概快有一个月了吧。

"想要你。"

加仓井隔着桌子握住了圣子的手,那只大大的手很是厚实。

圣子低垂着眼睛,感觉到了那只手传递过来的温暖。

"你可真是捉弄人啊。"

"怎么了?"

"知道人家想要,却故意让人着急上火。"

"没有的事。"

别扭、拒绝事出有因。过后觉得没有意义,但是当时,并非为了耍弄对方。

"您洗澡吗?"

"等会儿再洗。"

加仓井就那么一把抱起圣子进了寝室。

对圣子来说,稍有矜持、感到羞耻的是被拥抱前的那段时间。一旦被接吻并拥抱在怀中,她的身体也就渐渐地放松下来,任其摆布了。

高明也好,加仓井的亡妻也好,内心的纠葛、芥蒂、犹豫都在做爱的过程中消隐无踪,只有一个完全恢复了自我的圣子存在着。

圣子在加仓井的怀抱里回转过神来,是在一个小时以后了。

她头靠在加仓井那宽厚的肩膀上,呆呆地望着天花板。在柔和的和式吊灯下,可以辨明天花板的木纹。圣子望着那缓缓的斜面,轻轻地叹了口气。

她觉得自己变化好大啊。

到底为什么,她自己也不清楚。总觉得被爱抚之前与之后,从身体到思想,仿佛完全判若两人。

现在这样被拥在加仓井的怀抱,以前反复思考、无尽烦恼的那些事,都已远离自己不复存在了。

曾经的苦思冥想是否参加加仓井妻子的葬礼,以及拒绝加仓井头七一过要做爱,一切都已变得毫无意义了。

真不可思议啊。

以前跟现在,中间只隔了一个事实——跟加仓井做爱,仅仅得到了一次爱抚,为什么想法和态度都发生了天翻地覆的变化呢?

圣子悄悄地抬抬头,观察着加仓井的面容。

跟以往一样,此时的加仓井闭着眼睛,一动不动。看着他呼吸均匀的样子,可能是在睡眠中。

被爱抚时不用说,那以后,两人这样相拥而眠的感觉,圣子也很陶醉。

经历了无数次,每次尽情地做爱后,圣子的内心都会得到无限的抚慰。似乎觉着这样以后,无论发生什么事情都可以不在乎了。加仓井让自己一起赴死,可以去死;让自己活着,也便能好好地活下去。

现在,圣子没考虑任何其他的事情。

高明、加仓井家里、公司,所有的都忘却了,唯有尽情地享受这种满足。

流云

年末，健康社的工作到二十九号结束。十二月中旬有过罢工，但"全集"丛书的出版基本上了正轨，《身体》杂志也在书店大量发行。这一年，公司的运营基本还算是顺利的。

工作结束的最后一天二十九号，圣子下班后又跟加仓井见面。地点在老地方——N饭店的咖啡茶座。

"从年末到元旦新年，打算怎么过？"

加仓井喝着咖啡问道。

"没什么安排。"

新年假期是三十号开始，七号上班，大约连休十天。

以前也是，暑假里会去什么地方度度假。但是过年期间，基本上都是待在家里，哪儿都不去。从前一定要回老家的，跟高明住到一起后，大多留在东京过年。

说到新年里外出，不过是跟高明去参拜而已。

什么都不信的高明，只有元旦时不忘去明治神宫参拜。

今年打算怎么过呢？还没有详细问过。腿脚不便，可能外出有些困难。

"您要去哪儿吗？"

"哪都不去，在东京。"

对加仓井来说，这是妻子死后的第一个元旦。虽说妻子一直身体不佳，但今年的元旦，可能他会备感寂寞的吧。

"过年的准备，谁来做啊？"

"我母亲从乡下来。"

"您母亲多大年龄了？"

"七十三，还很健康。"

圣子想象着加仓井身边围坐着母亲跟孩子们。

"有母亲亲手做饭菜，很好啊。"

"回去晚了，现在还会被她唠叨埋怨呢。"

加仓井苦笑道。

"正月来玩玩吧。"

"到您家里吗？"

"正月，通常有公司的人来家中做客。今年是服丧期间，他们都不会来了。你正月里穿和服吗？"

元旦跟高明外出参拜时，总是穿和服的。

"很想看看你穿和服的样子。"

"可是……"

一个人去加仓井他家，在他母亲跟孩子们面前，怎么表现才好呢？弄不好，被看出两人的这层关系，怎么办？

圣子猜不透加仓井的真实想法。

"二号有个地方要去,三号怎么样?"

"可是,正在服丧期间,我去的话……"

"没关系。高杉跟牧村大概也会来的。不过,你一个人来的话,可以放松些,不是吗?想把你介绍给孩子们呢。"

"您的孩子们?"

"认识了,会更方便些嘛。"

圣子再次看了一眼加仓井。

这人想什么呢?该不会向孩子们介绍说,这是跟自己有关系的女人吧。

"三号有事吗?"

"倒没什么事。"

"那,或者元旦时给我来个电话吧。"

到元旦还有几天的时间。这期间可以考虑去还是不去。

"五号开始,去伊豆打高尔夫,跟望月一起。"

"住那儿吗?"

"住一个晚上回来。你可以的话,一起去吧?"

"……"

"望月你不必在意。那家伙知道咱俩的事。"

"您说了?"

"他问起了。"

"讨厌。"

"不要紧。"

为什么会说出去呢?说是"不要紧",没准儿什么时候望月会一时心血来潮,告诉了高明的。

"我们打高尔夫时,你可以在饭店里休息。"

"可……"

圣子也有自己的生活啊。有高明在,不可能那么随便地外出旅行,甚或在外面度过一夜。

此时,圣子也搞不懂加仓井怎么想的了。

大年三十,圣子走走形式,扫除了一番。其实,说是扫除,就一个居室外加一间厨房兼客厅的狭小公寓住房,打扫的范围极其有限。

傍晚,扫除结束,圣子开始准备晚饭。

圣子的娘家,大年三十晚上先吃豆腐、蔬菜清汤,再吃过年荞麦面。高明很早就来到了东京,也不大讲究大年三十的菜谱。跟圣子一起生活后,总是随着圣子的习惯过年三十的。

高明先洗了澡,然后自己烫了酒。

"怎么没有年三十的感觉啊。"

的确,两个人面对面坐着,既没有那种年底的手忙脚乱,也没有热闹气氛。跟以往的夜晚一样,只不过时间上稍稍充裕些罢了。

"一年过得真快。"

高明干掉酒杯里的酒,说道。

圣子也这么想。小时候觉得一年很漫长,随着年龄的增加,觉得越来越快。更何况高明这样的年龄,可能比自己感觉更快。

"本想两人一起到哪儿去消遣一下,可一想到人多混杂,就懒得动了。"

高明像是辩解般地说道。

"我倒不在乎……"

元旦过年,没想着去哪儿,待在家里并无怨言。而且,留在东京的话,说不定还能见到加仓井。

圣子那么想着,喝了口酒。

"明年,你多大年龄了?"

"到了二月,就三十了。"

圣子的生日是二月十四日。那天满三十岁,高明是知道的。

但他此时却像是第一次听说似的,点了点头:"是吗,三十了啊……"

"不高兴听的话题,别说。"

"不高兴啊。"

"二十岁跟三十岁的年龄段,到底是不一样嘛。"

"但是,很年轻哦。"高明重新打量了一眼圣子,"你现在才刚刚开始呢。"

"哪里,已经是老太婆了。"

"没那事。"

高明毫不含糊地说完后,干了酒杯里的酒。

"有什么梦想吗?"

"梦想?"

"没有什么要我为你做的吗?"

"要你做?"

"明年想这样、要那样了之类的……"

什么意思啊?圣子望着高明明显衰老的面容。

"我,现在这些,足够了。"

说实话,圣子没有更多地期待高明。现在这样可以跟加仓井随意相爱,还想要求什么,会被老天惩罚的。

虽说将青春献给了这个大十九岁的男人,但那是自己一厢情愿的。曾经心里想,即便终身不婚,只要能跟这个人一起生活也就知足了,并在心里想定——不管家里怎么反对、亲戚们如何排斥,自己都绝不后悔。

现在不管结果好坏,都不能把责任强加在高明一个人身上。

"一直没为你做什么事。"

"不要说了。"

"我马上就五十了,你才刚开始。"

"说年龄吗?"

以前,高明从未表现出特别在意自己跟圣子的年龄差距。十九岁的年龄差距,未必能说是父亲跟女儿的年龄感觉,但却比较接近。高明看上去,比实际年龄显老,而圣子却小巧玲珑倍显年轻。因此从两人的外貌上看,年龄差距显得更大。

当时找这个三鹰公寓的时候,租房中介机构的人问:"父女俩一起居住吗?"

高明苦笑着只点了下头。

但是这个世界上何止于十九岁啊,年龄相差二十多岁的夫妇也有的是。跟相仿于女儿年龄的女人在一起生活,没什么可害羞的。

曾认为高明不在乎年龄。可他现在突然盯着圣子说:你的人生才刚刚开始。

不过,要是那么说的话,高明不也是刚刚开始嘛。他年纪轻轻二十来岁就在文坛上崭露头角了,所以看起来十分老成,其实还不到五十岁呢。

过了五十,也有很多十分活跃的作家、艺术家。倒不如说,艺术家年过五十后,才真正地开始工作呢。

高明突然提起了年龄,还是因为今天是年三十吧。很少示弱的男人,可能到了年底感到有些冷清的时候,忽地伤感起来了。

"别胡思乱想了。"

圣子像是想要让他振作起来,给他的酒杯里斟上了酒。

新年元旦的早晨,天气晴朗。可能都回老家过年去了吧,超市里空荡荡的。

圣子昨晚听过除夕敲钟后,睡着了。高明也躺在沙发上,看电视里各地除夕景观的报道。

电视画面上出现松岛瑞严寺的初春景观时,说不好谁先谁后,反正两人都钻进了被窝里。

除夕钟声在圣子的耳畔余音袅袅,加仓井的面容浮现出来,又瞬间消失了。

同睡在一个房间里,却想着另一个男人,圣子无法理解自己是怎么一回事。起初是绝无可能的,可不知什么时候开始,竟变得自然而然。

这半年来自己的变化,连圣子自己都觉得天翻地覆,有种无从适应的感觉。

曾经想过,无论发生什么事都不能背叛高明,结果轻而易举地背叛了,竟然还泰然处之,没有当初的那种惊慌失措或心惊胆战。

人到底会变化到什么程度呢?

说是有一百零八个烦恼,这些变化本身,说不定就是一个个的烦恼。

听着除夕的钟声,圣子对自己产生了畏惧。以后还会变成什么样子呢?她感到控制不了自己了。

可是一夜过后,昨晚的恐惧又消失了。也许是元旦明亮的霞光驱散了昨晚除夕钟声的阴郁,反正情不自禁地情绪高涨起来。

圣子一早开始做杂煮年糕。跟往年一样,年糕是一个星期前母亲寄来的。

母亲恼火女儿的任性与不结婚,但又似乎无法舍弃她。

十点钟,跟高明面对面吃完了煮年糕,才总算有了过年的实感。

"去参拜吧。"

吃完饭,收拾停当后,高明说道。

"去哪儿?"

"深大寺近些,走去也就是三十来分钟。"

"腿脚不要紧吗?"

"不用担心,做准备吧。"

圣子简单地打扫了一下后,换上了白底小菊花纹的礼装和服。这套和服也是四年前母亲给定做的。

"漂亮。"

正在穿戴深蓝色的大岛绸男性和服的高明难得爽朗地夸奖道。

近中午时分,两人一起出了门。走出公寓前的小巷,来到大路上,很巧拦住了一辆出租车。

乘车十分钟,便到了深大寺。

高明假肢上套着草屐,大岛绸和服下摆长,草屐只露出一点儿,不易发现假肢。但是很明显,右腿部分有点儿拖着走。如果注意看的话,可以察觉到是在假肢上套着和式短布袜的。

不管怎样,好久没这样跟高明一起身着节日服装出门了。记忆中,好像是高明腿伤以来,再没有这么出过门。

还是刚刚搬到三鹰时,跟高明到过一次深大寺。那时曾觉得这里野草繁茂。此时也许是冬季吧,四周的草木稀疏、枯萎,显得有些空旷,也不知什么时候,附近建了一些民宅。

不过来这里初谒的妇女、儿童身着新年盛装,在这里点缀出新年特有的艳丽的五彩斑斓。

最近好像新年初谒流行,人好多。通往本堂的院落里热闹非凡。

圣子像是要扶助腿脚不便的高明,缓慢地行走着。年轻人从身后越过时,万一碰撞到高明的肩膀使之身体失衡,假肢是支撑不住他的。

此刻,圣子自然而然地伸手要轻轻扶一下高明的后背,以免周围的人碰着他。

可高明像要避开圣子的手,身子往后缩了一下。仅仅是一瞬的反应,圣子不太理解其缘由,高明似乎不愿圣子过度保护自己。于是圣子缩回了伸出去的手,只是尽量跟高明的步调保持一致。

看来,高明难以接受同行的女人保护自己。

圣子直到结束了新年初谒,心里还别扭着——好像做了什么不该做的事。

离开宽阔的参拜大道直至神社门前的小路,依旧熙熙攘攘。有的是一家老少,有的是男女情侣,还有成群结帮的爷们儿,各色人等成群结队。那些人有时会将目光抛向圣子和高明。

他们对圣子、高明挺感兴趣——并非欣赏中年男人的成熟魅力,而是注意干瘦跛脚的男人与二十来岁身着和服的女子这样一个组合。

既然圣子可以感觉到别人的视线,高明当然也感觉到了。

不过高明表现得镇定自若。无论别人怎么看,他都没有表现出丝毫的动摇,缓慢地拖着腿脚行走着。

他似乎始终在保持着自己那份清高,无论旁人说什么。

圣子再次打量着走在身边的高明。

一直待在家里,两个人没太在意。可现在来到户外,在明亮的光线下,发现高明明显地衰老了。

跟那些牵着孩子手的中年男子比较,他显得特别老。说是中年,不如说是已经步入了老年。

在岛上跟高明初遇,回到东京又不顾一切地投入高明的怀抱,从未考虑十九岁的年龄差距。年龄是有些差距,但彼此互敬互爱,足矣。

圣子曾想,身体上的衰老与精神上的沟通比较起来,微不足道。

说实话,初识高明的时候,圣子盼望高明快点儿衰老。老了谁都不要了,变得力不从心,也就哪儿都去不了,只属于自己一个人的了。

直到半年前,她都是这样,从未犹豫过。至少在认识加仓井之前,没有像现在这样意识到高明的衰老。

但是现在不同了。现在高明的衰老的确变成了重负,压在圣子的头上。

那负担并不单纯在于怕他摔倒或走路时步履维艰。这些属于身体部分,然而根本性的压力在于精神方面。

现在看着高明,觉得很难受,会勾起一种怜悯式的痛苦心情。

想到新年的元旦假期,一直这么两个人厮守在一起,圣子逐渐感到一种精神郁闷。以前只要能在一起,就会觉着愉快,现在则变成了负担。

什么时候开始变化的?

仔细想来,这种感觉或许很早以前就开始萌芽。

如果说认识加仓井后,才开始觉得高明是一种负担,这种说法是不成立的。

也许是已经有了潜在的意识,所以当加仓井出现时,连自己都无法理解,为何那么轻易地以身相许。

深大寺里摆了各种摊位。携家带口的参拜客及年轻人,都在呼啦啦地吃着热气腾腾的深大寺名吃——深大寺荞麦面。

摊位上的达摩不倒翁、毽子板等,那些吉祥物点缀了正月的氛围。

"去吃点儿吧。"

高明看着荞麦面店,说道。

"别了。"

看着似乎挺好吃的,但在人群聚集的地方没有食欲。

"可以的话,您自己去吃吧,我在这儿等着。"

"那,算了。"

高明好像也并不一定想要去吃。

"我去打个电话。"

圣子钻过人群,跑向荞麦店旁边的红色公用电话。

高明则留在原地看那些摊位上的达摩不倒翁。

圣子往电话里投入十日元的硬币后,拨打了加仓井家的号码。

电话呼叫没一会儿,一个年轻女性的声音传了过来。像是加仓井想要介绍给她的大女儿。

"我是日诘,你父亲在吗?"

"请稍等。"

女孩子口齿清晰地回答道。

在等电话的当间儿,圣子回头看了一眼斜后方站着的高明。只见他正拿起一个达摩不倒翁仔细端详。

"哦,新年好。"

突然,加仓井响亮的声音从听筒那边传了过来。

"恭贺新年。今年也请多多关照。"

圣子按照固定的新年贺词问候新年时,想起了加仓井还在服丧期间。可对方好像完全没在意。

"现在在哪儿?"

"家附近。"

"三号能来吧?"

"可是,那不会打搅你们吗?"

"没事儿。那样的话,就不请你了。中午前后,等你啊。"

"好的。"

圣子边回答,边回过头去看,见高明已离开了达摩不倒翁的摊子,在光叶榉树前站着。

"今早睡了懒觉,刚起来不一会儿。孩子们嚷嚷着要去神社,正为难着呢。"

"带她们一起去,不很好吗?"

"我根本什么都不信啊。"

加仓井的声音传来时,圣子总要用手按住电话听筒。

"那,挂掉了啊。"

挂断了电话,圣子返回来时,高明右手拿着个包好了的达摩不倒翁。

"什么都不买,觉着过意不去。现在一起去新宿怎么样?好久没去了。"

"可是今天商店都不开门呀。"

"饭店会营业吧。"

"去饭店干什么?"

"出来了,顺便去吃顿饭吧。"

"也没必要专门去那儿吃饭啊。"

走过摆摊的道路,来到大道上,只见出租车排成队停候在那里。

平时这一带没有出租车的。

元旦时,拉来参拜的客人后,出租车就在原地等客人返回。

"先去看看吧。"

高明这么积极行动,还很少见。

上了车,高明问道:"去哪儿好?"

"哪儿都行啊。"

"那,去 N 饭店吧。"

"N 饭店?"

圣子感到自己的表情变得僵硬了。这是偶然的巧合,还是有意识的呢?可是,他不应该知道 N 饭店是加仓井跟圣子时常幽会的地方。

这不过是碰巧罢了。

虽这么想,圣子还是定不下心来。

饭店里,举家带口,很热闹。到底是过年啊,和服光彩夺目。

"肚子还不饿吧。"

"嗯。"

"那,先去喝咖啡吧。"

高明四下打量了一番后,向大厅后面的咖啡茶座走去。

"您来过这个饭店吗?"

圣子不安地问道。

"三年前吧,来参加过朋友的出版招待会。以后没来过。"

高明慢慢地搅拌了一下服务员端上来的咖啡。

圣子只见过高明在家穿着和服便装的模样。在饭店里喝咖啡还真新鲜。

"你第一次来这儿吗?"

"不,取稿件来过两三次。"

高明点了下头,从和服袖兜里掏出了香烟,点上火。从这一连串动作上看,不像是持有什么怀疑的迹象。

此时传来一阵热闹的笑声,五个年轻女性结伴儿坐在了斜对面的座位上。她们穿着艳丽的长袖和服,看着菜单,正跟服务员点要食品。订下来取消,取消了又重新再点,叽叽喳喳的好生热闹。

"年轻人真好。"

"是啊。"

圣子正呆呆地看着,高明突然想起来什么似的:"昨晚问的,怎么样?"

"什么来着?"

"问你了呀,想要什么东西?"

"你又在说那个啊?"

"今年想送给你点儿什么,你喜欢的东西。"

"干吗……"

有这个心,让圣子很高兴。但高明不可能有那份财力。至少现在,实际还在靠圣子的工作维持生活呢。

如果圣子说想要价值几十万日元的和服,怎么办?

一开始就清楚……知道他是不可能的。

事到如今,圣子没期待高明给她买什么或带她去哪儿玩儿。就目前这样,平平静静的,给她自由,就足够了。

"去下面吧。"

约莫半个小时后,高明站起身来。

"地下应该有日本料理店的。"

高明几乎不吃西洋菜,到饭店来,似乎也不改习惯。

"可是,饭店里的都是很贵的……"

下面的餐馆,没准儿都是高级店铺。饭店的饭菜总让人觉得太贵了。跟加仓井姑且不论,跟高明一起去,圣子会有被餐馆宰了的感觉。

"别担心,年末进来些钱。"

撰稿的稿费,高明总会适当交给圣子一些,却不告诉圣子到底是从哪儿来的、一共多少。每次他都留下一点儿零花钱,其余都交给圣子。

不过,这只是圣子的推测,实际上……也许他会稍稍多留下一点儿吧。

但是从高明的工作量上看,不可能有很多收入。偶尔写点儿,也不过是短篇随笔或书评之类,没看到他写过大块的东西。

"文英社给了点儿稿费。"

"望月先生那里吗?"

"不一定好吃,偶尔在饭店开个荤,也可以吧?"

高明对饭菜的口味十分挑剔。虽说是饭店里的高级料理店,味道未必可口。但元旦新年嘛,也就由着他了。

"地下像是有个隅川店,去那儿看看。"

高明先乘上了电梯。

隅川是圣子跟加仓井在这个饭店初次过夜时,曾经去过的料理店。

那天晚上,圣子撇下重病垂危的外婆,从山口老家赶回,在这儿过了一夜。

高明是否知道了圣子是头天回来,在外面过夜的呢?他没有问及,圣子便按照自己的推论:高明大概没有察觉。

但是现在看来,怎么就觉着有些蹊跷了呢。虽说是巧合,可今天的高明,所到之处似乎都循着圣子跟加仓井的足迹,甚至让人觉得他已经明白了一切。

可高明的举止并没有怀疑圣子的感觉。倒像是在迎合新年元旦的节日气氛,他显出少有的快乐和爽朗。

晚饭时间还早,隅川店里挺空。进门左手有个脱鞋用的小木板台阶,与其平行排列着包厢座位。

高明自己走到最里面的空座上落座。

吃饭的话,他喜欢坐在和式房间。但是那样便要卸掉假肢。或许他也觉着麻烦。

"天冷,不想吃一般的炒肉。吃火锅涮肉吧。"

隅川是一家关西菜谱料理店,进的是神户牛肉。可就这样,高明也不认可,这倒说明了他的嗜好。

他总是这样,下馆子,只关心是否合自己的口味。

高明先要了酒跟下酒菜。

"好久没下馆子了。"

的确,两人好久没这样身着盛装外出了。

好像是高明腿脚受伤前,一同去原宿吃过最后一次饭。

"不知东京附近有没有能够住宿的饭店?"火锅的汤汁沸起来时,高明说道。

"什么地方?"

"伊豆或房总半岛?离得近些,暖和的地方比较好。"

"要去吗?"

"去看看吧?"

"可是,这会儿去找地方,怕不行了吧?"

"八成不行啊。"

服务员把烫好的酒壶拿了过来。圣子一边斟酒一边说:"正月里不是打算一直待在东京的吗?"

"是那么打算的。但是好久没出门了,出来后,便想去旅行了。"

"可现在哪儿都是过年的人。待在东京,不是最好吗?"

三号约好了跟加仓井见面。这会儿出远门,三号的约会就泡汤了。圣子的答复,显得对高明的提议不感兴趣。

"房总半岛的鸭川那儿,有我熟悉的旅馆,问问那儿怎么样?"

"现在吗?"

"三号前后的话,可能会有希望的。"

"可是……"

"不想去吗?"

"人一定会很多的。"

看着火锅里滚起来的汤汁,圣子坚决地回答。

"不想去的话,没办法。"

就这样,高明没有再提旅行的事。

两人离开隅川时,下午五点多了。顺便在地下的商店里转了转,来到饭店大门外边时,已经日落西斜。

高明望了眼落日残晖的西边天空。

他抱着双臂眺望远方时,从侧面看去,面部映现出激情红晕。

两人直接坐上出租车返回三鹰。到三鹰,出租车费要三千多日元,圣子觉得有些奢侈。但这个费用,像是也由高明来支付。

"还是要去鸭川吗?"

经过新宿时,圣子问道。

"有事吗?"

"没事。"

直接被那么一问,圣子没法拒绝。看来错过了拒绝的时机。

"这次总算能写出长篇作品了。望月说,只要写出来,就拿给他看。"

"望月先生最近来家里了吗？"

"没有，在电话上……"

会不会是望月把自己跟加仓井的事告诉高明了？

怎么会？望月绝不会那样做的。对望月来说，加仓井应该也是他的朋友，该不会背叛自己的好朋友吧。

圣子好像要消除自己的担心，眼睛转向了车窗外。

"你不给山口的母亲打个电话吗？"

"什么？"

"新年到了，问候一声嘛。"

"妈妈已经不管我了。"

"表面那样，但内心不会的吧。"

"事到如今，我不想再依靠妈妈。"

"你已经可以一个人生存了吗？"

"嗯……"

"但不能无视母亲的存在。"

"……"

"只有母亲，无论发生什么，都不会有变。"

大概是喝了酒吧，今天高明话多，很稀罕。而且，圣子留意到他一直以教训的口吻说话。

回到家里，六点多了。

房间里一整天没人，昏暗、寒冷。圣子立刻点起了煤气炉，开始换衣服。

高明坐在沙发上，在看他们不在时投递来的一叠贺年卡。

高明用毛笔恭恭敬敬地写了几张贺年卡。其实许多没收到高明贺卡的人,也会主动地寄来贺卡。

圣子边烧水边在等着高明往鸭川的旅馆打电话。但他好像忘记了似的,这会儿正趴在和式房间的桌子上写贺年卡。

一直到十一点,圣子钻进了被褥里。

第二天,不知为什么,圣子六点就醒来了。平时即便是上班的时候,她也是到了七点才醒来。今天醒得实在是太早。

夜晚梦见跟加仓井在一起时,高明从两人中间穿过。地点像是在 N 饭店的大厅。

竟然梦到这样的内容,这也许说明她还是很在意昨晚那事儿的。

圣子沉思了一会儿那个梦境,又闭上眼睛迷糊了起来。

再次睁开眼,已经十点多了。这时高明已经起来了,正在看书。

她再次睡着时,好像又梦到了跟加仓井有关的梦,而且,这次的梦像是接着清晨时的那场梦。

圣子急忙爬起身来,然后扫除、做饭。高明跟往常一样,静静地喝着茶,默默地移动着筷子。

又一个中午过后,又一个傍晚来到。

只有两个人一起的自由时间流逝着。

下午三点,高明好像总算回完了那些贺年卡。

"把这些贺卡寄出去。"

"我去寄吧。"圣子接过那些贺卡,问道,"旅行,还是不去了吧?"

"不去为好吗?"

"我怎么样都行的。"

"那,我问一下吧。号码是多少来着?"

高明回到桌子边上,翻看记事本。

也许是自己多嘴了,圣子感到很后悔。她拿起高明的贺卡出了门。

等圣子返回来时,高明正在自斟自饮地喝茶。

"好冷啊。"

圣子克制住想要知道电话结果的心情,脱掉了大衣。

"电话结果怎么样?"

"嗯。"

高明手摸着脑袋,露出有些不好办的神情,那样子是很少看到的孩子气。

"四号开始有空,好像不是很好的房间。"

"那还是别去了。"

"房间不好,去也没意思,是吧?"

"是。"圣子松了口气,点头道,"明天要是不出门的话,我外出一趟。"

高明没有应答,只是远远地望着窗外。

"想去一趟编辑主任怜子家。"

"不去社长家,可以吗?"

圣子不由得瞬间屏住了呼吸,然后有点儿声音嘶哑地说:"我还是新职员。而且……职员去,好像大都是在元旦那天。"

"是吗?"

高明把茶杯伸向圣子,像是让她再斟一杯新茶。

"不过,哪儿也比不过我们家元旦新年那样的安静。"

圣子也这么想。以前喜欢这样的静谧。现在相反,感觉到一种沉闷。

"贺年时,连条狗都不来咱家。"

高明苦笑道。他的侧面露出寂寞的神情来。

元旦开始的三天里,东京都是大晴天。关东一带,已经晴了一个半月。报上说,再有一个星期的话,将要破了连续无雨的最长纪录。

圣子下午一点,在蔚蓝的晴空下出发去荻窪。

还在新年假期中,但这天穿和服不太自然。或许不常穿吧,穿上也不太像样。让别人看到这样的和服装束,会感到难为情。但是想起加仓井说过的,想要看看她穿和服的样子,就穿上了。

今天穿的和服是两天前跟高明一起去深大寺时穿的那套。

加仓井家,从荻窪下车,沿着青梅街道往西走,在第二个红绿灯左拐进去。这里是一片安静的住宅区。外面大门上挂有标着"加仓井"的名牌,里面是一座雅致的二层小楼。

圣子按了下厚厚木门上的门铃。

不大工夫,毛玻璃边上有人影晃动,门被打开了。

出来开门的是位上了年纪的妇女。

鹅蛋脸因年龄的关系布满了皱纹,但容貌典雅端正。圣子一眼就看出,对方是加仓井的母亲。

"我是日诘圣子。"

"欢迎欢迎。我是加仓井的母亲,正等着您呢。"

老妇人很礼貌地低头致礼后,迅速摆上了拖鞋。

孩子们像是去了什么地方。家里非常安静。

圣子脱掉大衣，在脱鞋垫板边上叠好，然后换上了拖鞋。

"您请。我一个老人，顾不过来，房间里很脏。"

老妇人在先，领着圣子走进大门进来左边的房间里。

"本想请您到客厅里的，但修造说茶室更好。"

修造是加仓井的名字，常在各类文件上看到这个名字。可这会儿被念叨，却觉着挺陌生的。

"是这里。"

房间约有十张铺席大小。正中间放着一套沙发，左边是立体音响和餐具柜。房门面对着阳台，阳台外面可以看到树木枯萎了的冬季庭院。

老妇人在房间靠里面的地方沏茶。

曾几何时，加仓井或与妻儿在这里谈笑。坐在沙发上，圣子又在胡思乱想。

圣子正观望着庭院，加仓井出现了。

"哦，很合适啊。"

加仓井爽朗的声音刚落，便坐在了圣子的对面。淡绿色的毛衣外面套了件深红色的开口毛衣。看惯了平日身着西装的样子，现在的外观使圣子有种新鲜感，并且看起来很显年轻。

"她就是日诘圣子小姐，在公司里帮了大忙的。"

加仓井给端茶过来的母亲介绍道。

"已经听说了，拜托您了。"

"哪里，我那是应该的。"

圣子对着老妇人再次行礼，不知所措。

相互再次致礼后，圣子拿出带来的一盒橘子递了过去。

"日诘小姐,能喝酒吗?"

"不行,我……"

"可是元旦新年嘛,一点点,可以吧?"

"我母亲喜欢做饭菜,别客气,喝点儿吧。"

"可是……"

"别那么客套。"

加仓井到底是怎么跟他母亲介绍的?而且他母亲又是怎么理解的?

圣子显得有些紧张,可加仓井却很随便自如。

"你穿和服也很合适。"

"很少穿,所以没有自信。"

"带子,自己会系吗?"

"系得不好,凑合着吧。"

"那可了不起。"

那有什么了不起的?反正,加仓井这时看起来情绪颇佳。

只是,圣子惦记着加仓井死去的妻子。说是过年,可加仓井的妻子过世还不到一个月,应该正是服丧期间的。

此时另一个女人打扮得漂漂亮亮,穿着和服跑近前来。

还喝酒?此刻就是加仓井劝酒,也不能喝吧。

一个女人独自跑来,还在这里喝酒,孩子们看到了会怎么想?

圣子正犹豫着,加仓井的母亲用托盘端来了烫酒和酒杯。还有干青鱼子、甜食、鲷鱼等一套新年的年节菜。

这些,好像都是加仓井的母亲亲手烹饪的。

"来,喝一杯。"

加仓井往杯子里斟酒。

"我想去敬根香。"

圣子趁加仓井的母亲片刻离开时说道。

"上次灵前守夜和葬礼,都没能来。"

"哦……"

加仓井有些不自在,马上站起身来。

出了茶室,里面有个和式房间。八张席子大小,左边墙壁凹进去的地方置放着一个佛坛。

像是很少有人出入,这个紧闭着的房间地板很冷。

"请吧。"

按照加仓井的指点,圣子在佛坛前紫色的坐垫上跪坐了下来。

大概是早晨加仓井的母亲供的吧,花瓶里装饰着白色的菊花,盘子里盛满水果。佛坛的中央部分有灵牌,在灵牌的上方装饰着相片。

圣子点上了线香后,抬眼去看相片。

或是情况尚未恶化期间拍的吧,加仓井的妻子身着和服,身体微侧,面向前方,头发盘在后面,略呈圆型的脸上生着一双温柔的眼睛。

像是正在说话时、将要笑起来的表情。

面容很美。圣子供上线香,合掌,闭目。

这个女人还在世时,自己就夺走了加仓井。

那不是圣子主动要去做的,但结果都是一回事。

这个女人知道了吗?如果生前就知道,真是罪恶深重。

圣子低垂着脑袋,有种错觉,自己跟加仓井还有他的妻子,现在同处一室。

睁开眼睛,加仓井的妻子跟刚才一样,仍旧在朝着圣子微笑。

在这个尽里头的房间里,冬日的阳光被纸拉门遮住了,四周静寂无声。

加仓井一直坐在圣子的斜后方,看着白色的纸拉门。

"已经去世多长时间了?"

"快一个月了。"

或许是有意识的吧?加仓井暧昧地回答道。

"还很年轻啊。"

"但是……生死有命啊。"

"很寂寞吧。"

"没有……"

圣子在说加仓井的妻子,一个人独自在这尽里头的房间里。可加仓井却像是以为圣子在说自己。

"谢谢了。"

加仓井轻轻地点了点头,像是准备返回茶室,抬起了跪坐着的腰部。

圣子再次合掌后,站起身来。纸拉门外有狗叫声。大概是闻到了陌生人的气味,警觉了起来。

回到茶室,见桌上又摆上了海带卷、糖煮黑豆,满满一桌子的食品。

"来,请尝尝。都是乡下饭菜,未必合您的口味。"

加仓井的母亲这么一说,不能不动筷子了。

圣子吃了甜食跟海带卷。

到底是自己做的,商店里卖的没有这样醇厚的味道。

"有点儿……硬要让你尝尝,得罪了。"

"非常好吃啊。"

圣子放下筷子,看着并排坐着的加仓井跟他母亲。加仓井那细长的眼睛跟端正的鼻梁像是从母亲那儿继承的基因。

"您一个人吗?"

加仓井的母亲问道。

"是……"

"是吗?这么漂亮,真可惜啊。"

圣子垂下了眼帘。

加仓井是怎么介绍的,圣子依然很在意。

"孩子们呢?"

"说是家里招待朋友,忽然都跑掉了。在的话,就好了。"

圣子点点头,心想——在的话就好了。这是什么意思?

意思是如果孩子们在的话就可以见面了。就是说,今天一开始,加仓井就打算让圣子跟孩子们见面认识。

"日诘小姐,请您吃杂煮年糕怎么样?"

母亲又露面了。

"啊,我已经吃不下了。"

"想给您烤点儿年糕尝尝呢……"

"真的不必了。"

加仓井的母亲又慌忙往厨房去了。真是精力充沛,看不出七十三岁的年龄。

跟加仓井两个人单独在屋里时没什么话讲。母亲介入时,倒有了谈话的劲头。

"今天还有什么安排吗?"

加仓井突然想起似的问道。

"没有……"

"那,一起出去走走吧。"

"可……"

"没事儿的。"

加仓井这么说完后,便跟母亲说了声要外出。

"这就走?"

"不用管,走吧。"

加仓井迅速做好了出门的准备。

临走时,圣子跟加仓井的母亲道谢。对方亦很有礼貌地颔首说:"请一定再光临啊。"

大门关上了,只有他们两个人了,圣子松了口气。并没有刻意小心,但还是挺紧张的样子。

"我们这是怎么回事啊?"

沿着住宅区别人家长长的院墙走着,圣子问加仓井道。

"没什么呀。只是跟她说了你要来。"

加仓井若无其事地回答说。

"可让您母亲那么忙活,很过意不去呀。"

"她很好客的,没事儿。"

"可是……"

圣子要问的是,他是怎么跟母亲解释的,以及为何邀请自己来访。什么都没说,那为什么让来家里呢?

317

但不知为什么,这样的话圣子没能问出口。她担心一旦说了出来,会破坏掉两人现在柔和的气氛。

他们走到住宅外围墙壁尽头时,往左拐,又步行了两百来米,到了青梅街道。

"今天到几点?"

走到临街大道时,加仓井问道。

"我到几点都没关系。"

"我……"

圣子眼前浮现出高明。离开三鹰时,说是两三个小时就回去的。

"过马路吧。"

红灯变成绿灯后,他们穿过了马路。立即有辆空车过来。

"去 N 饭店。"

"啊!"

刹那间,圣子不由得惊叫了起来。

"怎么了?"

"可……"

"已经是正月初三了,住宿的客人该回去了嘛。"

圣子的身体僵硬,想起两天前跟高明走过同样的道路……同一个饭店。

两个男人不知道,中间只隔了一天,自己分别跟他们去了同一家饭店。

一到饭店,加仓井径直去服务台拿了钥匙后走回来。

"有空房呢。"

听他的意思像是偶然碰巧。但实际上,说不定加仓井一开始就有准备的。

乘电梯到了八楼下来,沿着左边的走廊走了一半,到了那把钥匙打开的房间。

里面有双人床,在半透明的花边窗帘下面,两把椅子摆放在一张茶几的两边。

新年了,还重复以往吗?……

圣子看着窗外,加仓井穿了件衬衫,站到了她的身旁。

"累了吧?"

"没有。"

圣子一笑,回过头来看着加仓井。

"这么看,更漂亮。"

"别拿我开心了。"

圣子做出要打加仓井胳膊肘的样子,加仓井趁势握住她的双手,将她搂在了怀里。

这样过去了一段令圣子销魂的时间。

再次回过神来时,窗户上映照着的光线已经暗下去了很多。圣子慢慢地抬起脸去看加仓井。

"怎么样?"

"什么啊?"

"初姬(新年第一次情事)……"

"讨厌……"

圣子轻轻地摆了下头。

美丽而淫秽的词汇。加仓井似乎乐得在圣子身上使用这样的词汇。

"今年也拜托了。"

"什么啊?"

"我们关系的顺利发展。"

"怪话连篇。"

"真的,真是那么期待的。"

圣子再次将脑袋靠在了加仓井的胸脯上。

曾欲借过年之机断掉这层关系。

却又黏黏糊糊地见了面,像是失去了车闸的汽车一样。

"你今年过三十了吧?"

"没呢。这会儿二十九。"

仅此一点,圣子否定得干脆利索。加仓井不吭声了。

过了一会儿,他像是又想起来什么似的说道:"你怎么弄?"

"什么?……"

"一直守着那个人吗?"加仓井直盯住圣子,"不想让你不高兴。你没想回归自由单身吗?"

圣子的身体抽搐了一下,缩了缩身体。然后看了一眼加仓井。

加仓井左臂上枕着圣子的脑袋,不变姿势地仰面目视着上方。

"还是不行啊。"

停了一会儿,加仓井嘟哝道。

圣子没有回答,眼睛看着加仓井脖子凹进去的地方。因为光线,那个地方显得凹进去很深。

"我恢复单身的话,会给你造成困扰。"

"正等着那个时刻呢。"

"您不必勉强自己。"

"别开玩笑了。"

加仓井的话里透出一丝怒气。明白这一点,圣子倒是放下心来。

"去年年底以来就一直在考虑。如果你愿意的话……"

"别说了。"

圣子的脸贴在了加仓井胸前。

猜得到加仓井想要说什么。一直在等这句话。可一旦说出口来,她又害怕了。

担心话说出口便会瞬间消隐无踪。

圣子闭着眼睛反复回味着加仓井的那句话。

如果圣子愿意,加仓井要娶圣子为妻,是这样的意思吗?

加仓井明知高明的存在……那么,他是要圣子跟高明分手吧?

"我是认真的。"加仓井再次表示,"这个房间,今天包租下来了。"

"可是,不行啊。"

如果没有高明,该多么自由啊。不必考虑时间,跟加仓井在一起尽情相爱。一天又一天,两人可以一直在一起。

不能随心所欲一直厮守相爱很难过。每次回家又被负罪感痛苦地折磨着。虽然比刚开始的时候自然多了,但撒谎作假的心理负担异常沉重。

不如高明也去外遇,那样心情会轻松得多。可现在高明没有任何外遇的迹象。

甚至……高明的圣洁像是鲜明的对照,责难着圣子的轻薄。

以前高明不是这样。初识圣子的时候,背后像是还有其他女人的影子。他是真爱圣子的,但与其他女人似乎并没有干净地一刀两断。

圣子对当初高明的那种状态心怀不安,却也能够接受。因为她自信,不管别的女人如何,高明最爱的是自己。

要在当时,有加仓井的事儿也说得过去。彼此彼此呀,双方都觉得轻松。

但现在不是那般情况。不管什么原因,客观地说是圣子不好。明知不应该,却又没法拒绝掉加仓井。心里想着不行,行动上却任其发展。

她深感自己意志薄弱,手足无措,且意识到了也是白搭。一切照旧。

"起来吧。"

加仓井抬起了上半身。

"等等。"

"怎么?"

"我,留下来。"

圣子不禁脱口而出。

"真的可以留下吗?"

"嗯。"

圣子想要忘记一切,倍加珍惜此刻这忘记一切的时刻。

"可是,社长呢?"

"我的话,没问题。今天一早,我就告诉她们要在饭店里写东西。"

"可是,您母亲……"

"她是明白人。"

"明白?"

"不是小孩子。"

"那……"

加仓井的母亲已知道两人这样的关系了啊。所以才那么热情招待的吗?

圣子想起加仓井母亲那温和又镇定的眼神。

"可是明天开始要跟望月先生他们一起去打高尔夫球,对吧?"

"是那样安排的。"

"可以那么长时间不在家吗?"

"一年一度的正月休假嘛,就那么几天按照我自己的愿望过,何错之有?"

的确,从十一月到十二月,加仓井公事、私事忙得焦头烂额。

那么新年元旦休假的两三天里,干些自己想要做的事,或许也未尝不可。

"留下来的话,时间很富裕了。到上面的酒吧去喝点儿吧。"

加仓井起身,嘴巴上衔着香烟,走进了浴室。

正月初三,赤坂一带的霓虹灯少了一些。

又一次背叛了高明……已经数不清多少次了。

这样还不如跟高明分手的好。分手不是比现在这样的背叛更诚实吗?

正想着,加仓井从浴室里走了出来。

"哎,你也准备一下。"

两人整装完毕,来到十二层楼上的空中楼阁。

也许是正月初三,街上的餐饮店大多还在休息吧,这儿的客人特别多。

两人并排坐在了可以凭窗俯瞰夜景的吧台一角。

"我要白兰地。你要什么?"

"我也要一样的。"

"可以吗?"

"没事呀。"

圣子希望喝醉,快点儿喝醉了,就可以忘掉高明了。

白兰地拿来了。两人做了一个"干杯"的手势,随之一股热热的液体顺着喉咙流了下去。

"刚才说的,你真的不想考虑吗?"

要了第二杯白兰地后,加仓井说道。

"刚才?什么……"

"装糊涂,不好。嫁到我家来呀。"

在酒吧暗淡的灯光下,加仓井的眼睛直盯着圣子。

"开门见山吧,跟那人,你打算怎么办?"

那人是指高明。知道他说什么,圣子却不回答,只是看着酒杯里琥珀色的液体。

"还爱着那人哪?"

"……"

该怎样描述对于高明的感觉呢?爱,还是仰慕?

如果单纯论爱,现在更爱加仓井。

"还是尊敬吗?"

圣子微微地歪了下脑袋。

"怎么说呢?"

爱?仰慕?尊敬?或兼而有之其他什么成分?说实话,圣子自己也不清楚。像是综合了那些成分,又像是什么都没有。

"不管你怎么回答,我都不会生气的。不,我没有生气的权利。"

加仓井的话里,有种迫切感。

"还是离不开那人啊。"

现在对于高明,如果不是爱,不是仰慕,也不是什么尊敬,那是什么呢?为什么要守在高明的身边呢?

肉体的吸引吗?过去且不谈,现在不是这个原因。现在不如说,跟加仓井做爱后会有极大的满足。

既然不是出于肉体的吸引,那仅仅是习惯了吗?长期在一起生活,习惯了,于是不肯舍弃高明了吗?

为了新的爱情,她不会恪守那般情结。要想全心全意地爱,便要抛弃那些情绪。

那是怜悯吗?因为同情一个怀才不遇、遭受了挫折的男人,圣子才被绑在了高明那辆破车上。

但是,对于高明如果是仅此而已的心情,也真够让人心寒的。那样的话,不要说高明了,圣子自己也会觉得很痛苦的。自尊心强烈的高明如果知道了,怎会默不作声呢?

正是因为没有走到那一步,两人才勉为其难地住在一起,不是吗?

但是,此时要问维系两人关系的是什么,她真回答不出。

圣子自己也觉得不可思议。

挨个儿去想那些理由,答案不靠谱。反正没有明确的理由却又难以分手。

"不过,不用马上回答,好好考虑考虑。我是认真的,这一点不要忘记了。"

加仓井说完,将杯子里的白兰地一饮而尽。吧台另一端观赏植物围起的一角传来歌声,偶尔在电视上出现的女歌手正在演唱。

如果提出分手,高明会怎样呢?可能只是点点头说声"是吗"或"随你的便"。然后静静地望着远方。

但这次跟以往的"外出一趟"或"回家晚点儿"不同,是涉及五年的二人生活能否继续的重大问题。

到那样的时刻,高明还会悠悠然保持自己的风格吗?

总之,今晚不归,就会铸成重大问题。

圣子明知如此,却仍在继续喝着白兰地。

荒野

这一个星期里,天天都安静得令人发毛。

正月初三,圣子在外过夜回来,高明跟以往一样,什么也没说。

"对不起,朋友让住一晚,结果就……"

圣子主动解释起来。高明两手揣在怀里一动不动,没吭声。圣子说完后,他最后点了下头,只说了句:"是吗……"

圣子以为他没多想,原谅了自己。可又觉着他那冷静的态度里蕴藏着恐怖,已经不在"原谅"这个层次。

那种令人窒息的安静,自那以后整整持续了一个星期。

他们彼此像贝壳一样,紧闭口舌,互不搭话。

圣子不好跟他搭腔,高明也不开口。每天的生活里只有"你的饭""我走了"之类必须而最小限度的会话。

寂静中,荡漾着冰冷的气氛。

但这并非高明的表情或态度,显示出冷淡的意味。圣子在外过夜,他并没有表现出气愤或怀疑。

相反,有时他只是静静地注视着圣子,眼神里出乎意外地飘动着一种柔情,或也可以解释为某种怜爱。

圣子从他冷静的态度中看出了柔情,于是稍稍放下心来。

"我想出去旅行一趟。"

高明这么表示是在一个星期后的早晨。

"去哪儿?"

"很冷,想去伊豆。"

"哪儿不舒服吗?"

"没什么,伤口有点疼。"

寒冷的时候,腿脚的伤不时会有疼痛。

"你去不了吧?"

"是啊。得上班啊。"

"周末也不行吗?"

"是啊……"

周六、周日两天,去伊豆亦太匆忙。肯定是自讨疲劳。

"什么时候出发?"

"明天就可以。"

"明天?"

圣子吃惊地重复道。可高明却很沉静。

"去清闲两天。"

"去哪儿,定了吗?"

"伊豆东部人多,想去西部看看。那一带,当初写小说时去过一次。"

高明刚开始写小说的时候……就是说,那是二十四五年前的事了。

为何突然想去那般记忆遥远的地方呢？圣子很难理解高明的心情。

不过,圣子想高明可真令人羡慕。

心血来潮时,想去哪儿就可以去哪儿。高明或许有点儿囊中羞涩,但比一般的工薪阶层要舒服得多。

他可以循着自己的愿望,随时去任何地方。

"那,就去那里好啦。"

圣子稍稍带了一点儿讥讽的意味。

高明像是听了出来,微微露出了一丝苦笑。

仅此对话,并没有显现出高明特别的变化。

硬要找出什么不同的话,就是那天夜里,高明比以往做爱更加猛烈。

刹那间,圣子竟一度堕入模糊境地——分不清他是加仓井还是高明。但很快又被高明特有的寂寞情调笼罩住了。

那一瞬之间无法分辨不同,但高明跟加仓井的不同在于高潮前后的感觉。

高潮过去,产生了一种无名的忧伤感。然后圣子便昏沉沉地睡去了,高明似乎也随之入眠。

第二天一早,圣子给高明备好了新的内衣及和式短布袜。

"各准备了两套,可以了吗？"

"足够了。"

高明躺在被子里应道。

"钱呢……"

"有呢……"

刚过完年,圣子手头也不太宽裕。最近,高明好像有笔进账。

"几点出发?"

"伊豆不远,午后吧……"

"住哪儿定了吗?"

"还没。到了以后再联系。"

圣子已经习惯高明的这种信步旅行。

"那我走了。旅途小心。"

"嗯。"

圣子出门时,高明还没起来。

圣子心想,这下又有一个星期或十天自由时间了。可忽地又隐隐约约有种寂寞袭上了心头。

过完年,公司忙了起来。《身体》的末校临近尾声,"全集"的出版亦排上了日程,预期每月发行一本。

圣子开始挺担心,担心年末的那场罢工系下疙瘩,可元旦结束后,职员们又跟从前一样亲切和蔼。

即便有点儿争执,总共二十来个人也没法儿大闹腾。

但圣子跟怜子的关系,毕竟跟以前有了变化。

怜子倒是时不时凑近前来打招呼,但发生口角的情景也会忽地记忆犹新。

从这一点上来说,也许罢工导致的最大受害者就是她俩吧。

高明外出旅行走了两天的时间里,圣子连续跟加仓井约会见面。

总算有了一段自由,这般心情使圣子感觉快乐。加仓井工作忙了起来,可忙中偷闲也乐得喘口气。

忙归忙,第一天分手是晚上十点,第二天则换着地方喝到深夜。

正好是周六,加仓井和圣子都很放松。

晚上吃了饭,又一起去了赤坂。

那里是会员制俱乐部,客人皆有自己的酒瓶存放于此。

演艺界人士及电视台相关者时常光顾。圣子他们到时,也见到两个曾在电视上出现的演员在那儿。

酒吧一角放有一架钢琴,地板上铺着深蓝色的厚地毯,整体上有种豪华的气氛。

加仓井因为参与电视节目,似乎也常来这儿……

酒吧侍者立即拿来写有加仓井名字的"CUTTY SARK"(顺风牌)威士忌。

"今天像是挺高兴啊。"

"是吗……"

圣子不禁有些许窘迫之感——莫非高明不在的那份快感写在了脸上?

"其实啊,我在考虑,能否请能登先生给写份稿子?"

奇怪的事,圣子过了片刻才反应过来"能登"就是高明。

"怎么样?"

"啊……"

圣子不明白,为什么加仓井突然现在提起这样的事来?

"写个四五页的随笔就行,想登在《健康》杂志上。"

《健康》杂志早就有个"随笔"栏目。

四百字的稿纸四五页,每个月会有三四篇,主要作者是医学方面的人士或大学教授,偶尔也有作家或演员的撰稿。

"不行吗?"

"问问才知道啊。最近没见他写什么……"

谁知道高明不写的原因是没有约稿,还是根本没有写作的欲望。详细情况,圣子也不清楚。

"可听望月说,最近在写一部长篇小说呢。"

"是吗?"

这倒是头一次听说。回家的时候,高明总是躺在被窝里。圣子有点儿意外。

"我呀,那个人的事……几乎一无所知。"

圣子话里有种不爱搭理的劲头儿。

加仓井听了一会儿音乐,又好像突然想起来了似的……

"不管怎样,先问问吧……"

"那就问问呗。"

圣子有点儿不耐烦。

这会儿不合时宜地提那事儿干吗?好不容易有个愉快的二人之夜,弄些个杂物掺和进来真是败兴。

不过转念一想,提出约稿之事,也许正是加仓井对于高明的一点儿心意。

高明早已沦为一个落魄者,疏于动笔。《健康》没理由非要约他写什么随笔。圣子只能将之理解为加仓井的一番好意。

但在圣子看来,加仓井此刻表示的那份好意,令人很不舒服。高明写与不写与己无关。那不过是一个同居的对象罢了。

当然也不能断言毫无关系。

从高明的角度考虑也一样啊。落这份人情心里好受吗？

即便稿酬不错，高明也不会接受。高明可不是一般的男人。

但加仓井似乎没有想那么多……

这不，刚才那正儿八经请求的劲头儿，似无任何恶意——纯粹是对自己曾经欣赏的作家表达了一番好意。

不管高明承接与否，转告善意乃是必须。

"不喝点儿吗？"

"已经……喝多了。"

随着跟加仓井见面次数的增加，圣子的酒量逐渐大了起来。

最近一段时间，喝两三杯对水烧酒，一点儿反应都没有。

加仓井看着圣子的酒量越来越大，挺开心的样子。

十点一过，客人多了起来。这个店非同寻常，光顾者各色人等，有下巴留着大胡子的男人，也有额头戴着环状饰物的女人。

圣子在这种豪华的气氛中，想到旅行中的高明。

两天前出发的，去了哪儿呢？高明还没来联系。

今晚大概会有来自伊豆的消息……

真是个性情中人。这么一想，圣子便不再理会。

一个星期，圣子享受了独自一人的自由。

星期六早晨八点，圣子睡醒了。前一天夜里跟加仓井一起到十一点，回到三鹰的公寓已经夜里十二点多。

多少有点儿醉酒，很快就睡了。黎明拂晓时，觉着被什么压迫着，睁开了眼睛。其实也没做什么可怕的噩梦，但醒来后，还是觉着有点儿喘不上气来。

挂着窗帘的窗外还在黑暗中,打开台灯看表,时针指在五点上。

总是并排铺着的被褥,今天只有一套。高明不在。圣子这么跟自己说着,又迷迷糊糊地睡着了。

睡了回头觉再次睁开眼睛时,比平时多睡了一个小时。圣子收拾好被褥,慌忙烧开了水。

夜里降温,昨晚回来时下起了细雪。可现在窗上映着朝霞,没有下雪的迹象。

整理好头发,换上外出的服装时已九点半了。若按正式的上班时间肯定迟到了。但编辑部的同僚迟到一个小时是常事。圣子拿好了手提包,正准备出门,电话铃响了。

这么一大早打来电话,真稀罕。圣子穿着大衣去接电话。

"喂,是能登先生家吗?"

电话里的男人声音,像是一个年长者。

"是能登高明先生家吧?"

"是啊。"

"这儿是'云见'。"

"云见?"

圣子第一次听到这个名称。

"西伊豆地区的'云见'。"

听说是伊豆西部地区,圣子才想起了高明。

"'云见'的警察。今天清晨发生了一起自杀事件。"

"自杀?"

"一个约莫五十岁的男人,在旅馆里吸一氧化碳自杀的。"

"……"

"旅馆的来客登记簿上,写着您家里的地址及'能登高明'的名字,所以,打了电话。他本人在吗?"

"不……"

握着电话,圣子的声音开始颤抖。

"来了伊豆啊?"

"是……"

"像是一个星期前来旅馆住下的,五十岁上下,精瘦,没有右脚。"

"……"

"服装嘛,深蓝色'大岛绸'和服,所持物品只一个很随便的小袋子。"

"……"

"好像也没有遗书,是不是您丈夫?"

听着电话听筒传来的声音,圣子呆呆地望着冬季明亮的窗户。

怎么会呢?难以置信。但是警察说的特征没错,的确是高明。

五十岁上下,穿着和服,没有右脚。这些情况一综合,就没有怀疑的余地了。

"您是他妻子吗?"

"不……"刚一开口,圣子又慌忙答道,"是的。"

"需要确认死者的身份,马上来一趟吧。"

"是'云见'吧?"

"没来过吗?"

"是。"

"那个……从东京来的话,乘坐'伊豆急'一直到'下田',在那儿搭出租车,抄道翻山过来该是最快的。也可以坐新干线到'三岛',从那儿搭车来。无论怎么来,都要四五个小时啊。"

"知道了,马上过去。"

"嗯,快点儿。四个小时后,遗体会存放在警察那儿。直接去派出所吧。"

"在哪儿?"

"这儿是一个温泉小镇。到了后,一问就知道了。"

"麻烦您了。"

"那,挂电话啦。"

"那个……"

圣子再次贴近电话听筒。

"真的死了吗?"

"很遗憾,法医刚刚验了尸。"

"……"

"说是死亡时间是今天清晨五点左右。"

"五点……"

五点?正是圣子辗转反侧睡不着的时候。那时外面还漆黑一团,好像夜晚还没有结束。在那个时间里,高明停止了呼吸啊。

那是高明在呼唤自己吗?

圣子挂掉了电话,一个人在房间里呆呆地看着周围的一切。餐室、洗碗池、高明的桌子都跟昨天没有任何变化。

"为什么……"

圣子小声嘟哝着。真的死了吗?她无法相信刚刚听到的话。

现在还无法静下心来琢磨他的死因。只是对死亡本身,圣子感到无法接受。

南边的窗户上透过来灿烂的阳光。

高明死了,可安静、平凡至极的一天又将开始启动。

圣子脱掉大衣,坐在了电话机旁。已经不可能去公司了。

犹豫着,圣子不由自主地拨打了加仓井家的电话。

电话铃响了几下后,传来了一位女性的声音。像是上次见到的加仓井的母亲。

圣子连感谢元旦新年招待的客套都忘了说,直接请对方叫加仓井来听电话。

她不断地提醒自己要冷静,但拿着电话的手却在微微颤抖。

"怎么了啊?"

电话另一头传来加仓井的声音。

"死了。"

"什么?谁?"

"能登……"

"说什么?"

接下来是一段时间的沉默。一点儿声音都没有。

"怎么没声音了?"圣子不由得问道,"喂。"

"什么时候?"

"今天清晨,警察来电话了。说是在西伊豆的'云见'温泉。"

"药物吗?"

"说是在旅馆煤气中毒自杀。没有遗书什么的……"

"没有弄错吧?"

"嗯。"

又是短暂的沉默,然后叹了口气。

"知道'云见'吗?"

"不。"

"好吧,我也一起去……"

"可是现在就得……"

"知道。公司方面我去联络。"

"……"

"其他一切也都由我来办。你马上做出门的准备。还要多长时间?"

"现在马上就可以。"

"那,一个小时后,在八重洲口'大丸百货店'门口见面。"

"知道了。"

"你不要紧吧?沉住气啊!"

"噢。"

圣子的回答像是在给自己鼓劲儿。

"另外,通知能登老家了吗?还有他家里的其他人……"

圣子这才意识到高明还有亲人。

"还没有。"

"你先跟那边联系一下。"

"嗯。"

答应后圣子才想起,自己不知道高明老家以及高明分居妻儿的联络方式。

听说高明的老家在水户。那里本应有他的父母。但跟圣子一起生活时,其父母已经过世。

父母家里似乎是和服绸缎商。高明讨厌商人,离家出走,弟弟继承了家业,父母生前也一直跟弟弟一起生活。

从那时起,高明虽是长子,却与家里断了联系。

偶尔弟弟会来信。看那信封,便可与高明家里取得联系。

可分居妻儿的联系方式全然不知。

为了照顾圣子的心情,高明从没提及过妻儿。

只知像是住在静冈,再多的情况就无从知晓了。

总之,得先跟高明的老家联系。

圣子找出信封,然后拨打一〇五,问询了地址的电话号码,拨打了电话。

他弟弟的声音跟高明惊人地相似。

"真的吗?"

对方这么回答后,停顿了一会儿。突然冒出了一句:"到底还是……"

"有什么迹象吗?"

同居的圣子反倒要问相距遥远的弟弟。

"不,我什么都不知道。只是有那样的预感。"

"预感……"

"总觉得哥哥什么时候会选择这样。"

圣子不住地点头,目瞪口呆于自己的粗心失职。

一年只有一两封通信的人预感到了死亡,守在身边的人却无任何感觉。

自己真是迟钝、麻木到了极致啊……

也许离高明太近,反而看不清楚。

"我现在马上去伊豆。"

"我也立即出发,可能要晚两三个小时,拜托了。"

失去了哥哥,还能说话这么冷静。高明家的人好像都是这种秉性——任何时候都沉得住气。

"另外,还有……"

"什么?"

"跟他太太也……"

"啊,知道了。"高明的弟弟低声答道,"我来通知吧……"

"那挂了啊……"

"许多事情都拜托你了。"

高明的弟弟这么说完,挂掉了电话。唉,那些话本来是应该圣子说的。

圣子赶到八重洲口时,已经上午十一点多了。来到约定的大丸百货店门口,加仓井已在那里等候。

"现在有十一点二十分的特快电车,到下田,下车再乘出租车吧。"

圣子不大了解西伊豆的情况,只能由加仓井来决定。

"票已经买了。"

圣子从后面紧追着快步走在前面的加仓井,登上了台阶。

来到站台上,列车已经进站,有乘客已坐了上去,离发车只有五分钟。

"早饭吃了吗?"

"没有。"

"那,我去买盒饭。到那边就两点多了。"

加仓井向小卖部跑去。

吃饭的事,根本没顾上。别说吃饭了,晕晕乎乎的,脚底下都像踩着棉花。

因是平日的中午时分,列车上很空。两人在软席车厢的中央部位并排坐下。

"真是一个大晴天。"

"是……"

车厢处在站台遮檐一边,有些阴暗。对面站台则在太阳光下,明亮耀眼。

圣子想不明白。高明死了,太阳怎么却那样光辉灿烂。

"跟他的老家联系上了吧?"

"他弟弟说,马上会从水户赶来。"

"望月也会乘坐下一班车来的。"

"望月先生?"

"打电话说了,他大吃一惊。说是马上通知其他出版社。"

"可是……"

圣子还是没能接受高明死亡的事实。

"都是从前有缘的编辑或熟人,不必担心。"

加仓井说完后,把盒饭递到圣子面前。

"不吃吗?"

"不,还……"

完全没心思吃饭。加仓井也一样,于是把盒饭放在了窗边。

开车的铃声响了,车门关上。从东京到下田需要三个小时。

他们旁边坐上了一对新人,像是刚刚结婚。大概昨晚举行了婚礼,然后住在东京的饭店里了吧。

"可是,这到底是为什么啊?"电车经过品川驶近横滨时,加仓井说了一句,"为什么要自杀啊?"

那正是圣子想要问的问题。

"有什么可以猜到的原因吗?"

高明从来话就不多,总把一切埋在心里,不愿主动诉说自己的想法。可是现在回想起来,他最近的确有些异常,更加寡言少语。

不仅如此,从去年年底至新年元旦,还有几件事让人觉得有些蹊跷。

年三十晚上听着除夕钟声,他突然冒出了一句:"你一个人活得下去吗?"

那时,圣子的理解只是他随便问问,年龄相差很大的男人,问比自己年轻的女人一个极其常见的问题。

以为高明听到了除夕钟声,不由得有些感伤。

其实到了第二天元旦的早晨,他又变得十分开朗。

他自己提出要去神社参拜,然后又去饭店吃饭,就像小孩子欢天喜地过新年。

但就在那时,高明又一次忽然冒出了一句:"你一个人可以活下去吗?"

如果当时仔细想想,或许就会发现——这句话是跟死亡相关联的。可是圣子却放走了这一警觉的机会。

放在从前,圣子不会错过,或能直接领会高明的言语并作出反应。莫非五年的岁月使圣子变得迟钝了?

"搞不明白……"

"是啊……"

跟加仓井的对话至此中断。

高明的死,跟他们是否相关呢?这种惴惴不安似乎使两人之间沉默下来。

车窗外的阳光在地面上一点一点地移动着。一排排的房屋出现后,又是一片片的原野。到处都有人家,到处都有生命在延续。

但是此刻,圣子觉得车窗外的风景好像变成了静止的画面。移动着的是假象,只是从视网膜上穿行而过。

很快,列车通过小田原,左边看到了大海。冬天的海面,阳光反射出粼粼涟漪,耀眼眩目。

望着海面,圣子第一次感到风景在移动着。觉着自己在一步步地走近高明。

"去海边走走吧?"

正月时,高明这样邀请圣子。

他好像想去伊豆或房总半岛一带比较暖和的地方。

"那些地方终归人很多。"

圣子冷冰冰地回答了高明。可能从那时起,高明就决定要去海边了。如果那时跟他一起去,高明就不会死了吧……

后悔莫及。圣子的悔恨伴着海面的波光粼粼。

那时拒绝是因为跟加仓井有约在先。好不容易的一次幽会,担心跟高明外出旅行而泡了汤。

但是回头想想,跟加仓井原本可以随时见面的。

高明则极少自己提出去旅行,腿脚受伤后更是深居简出。自己提起出门旅行,想必是经过再三思考后决定的。

其实应取消加仓井的约会跟高明前往。那样,或许就不会出现如今的状况。

圣子当时虽未明确拒绝,高明却察觉到了那种不情愿。

圣子的消极态度,使高明放弃了外出旅行的愿望,结果圣子如愿以偿地跟加仓井见了面。高明抑制了自己的希望,实质上,却令事态向着他自己希求的方向发展。

高明是那时决定赴死的吗?

但是,总觉得高明在那之前就已有所考虑了。

除夕钟声时的那句嘀咕以及正月当日的欢天喜地,都给圣子留下不寻常的感触。没去旅行或为理由之一,却不像是最为根本的理由。

在高明的心目中,那趟旅行或为最后一次,或是要在这次旅行中,将圣子的一切了解清楚。

可是,谁能知道他的这些想法啊。

圣子心里嘀咕着。这时,车窗左边出现了小岛。晴空下并列排着三个小岛。

"离我们最近的是大岛,旁边的是利岛,最右端的是式根岛。"

列车乘务员利用车厢内广播向乘客们介绍道。

听到式根岛三个字,圣子的视线直勾勾定在了隐约浮现海面的小岛上。

在冬季的海面上,小岛如同一艘平坦的军舰。

高明一定也是眺望着这个小岛去了云见的。

式根岛对于他俩来说是爱情的摇篮。在那里,两人相遇、接吻。

爱情的种子在那里萌芽,一直到今天这样的结果。

去年秋天,高明一个人去了这个岛上。

现在回想起来,那时,也是圣子跟加仓井在外过夜之后。总有一种冷冷的气氛笼罩在两人之间,高明默默地去了岛上。

可去了岛上的一个月里,高明在那里干什么了?不得而知。总之,从那里回来后好像稍稍多了点儿快乐并开始写小说了。

现在仔细想想,可能高明到底知道了圣子跟加仓井的关系。嘴上没说什么,但是察觉到了圣子背后有男人。说不定已经发现了是加仓井。

虽然没有确凿的证据,但是高明那样的男人,不可能没有觉察的。

或许早就知道了,却一直忍气吞声。一般的男人会暴怒,高明却将那种愤怒埋在了自己的心里。

也许高明最清楚,怒斥、暴怒也是白搭。要离去的女人是不会回心转意的。

高明对圣子产生怀疑后,想必产生了内心的孤寂感。式根岛旅行可能正是为了调整心情吧,借此实现自我克制。

但是那次圣子没有对高明表现出关心。她觉得高明信步而出,随意而归,乃是随心所欲之人。

由于自己的原因将高明赶到了岛上,却反打一耙说人家任性。

现在后悔已经太晚了。车窗外浮现出海面上的小岛,更加剧了圣子的悔恨。

"怎么了?"

圣子凭靠车窗,手扶在额头上。加仓井见状不禁问道。

"没什么。"

圣子摇摇头,闭上了眼睛。加仓井也没有继续追问。

电车进入隧道。刚刚一月中旬,伊豆半岛已鲜花绽放,层层丘陵上可以看到栽培雏菊和康乃馨的塑料大棚。

阳光明媚,海水柔和,无法想象一个男人竟在这里结束了生命。

电车三点十分前到达下田。毕竟是旅游胜地,一出检票口就有人招揽顾客。

大概在他们眼中,圣子他们是周末下午避人耳目光顾的一对情侣。

"不必了。"

加仓井甩开揽客者,走向车站左边的旅游问询处。

"想要一辆去'云见'的出租车。"

"马上吗?"

"很急。"

问询处职员急忙招呼后面等候客人的出租司机,正好有空。

"要看'石廊崎'吧?"

"不,怎么走都行,要快。"

"那走穿山路?"

"多长时间啊?"

"不去'石廊崎'的话,一个半小时吧。"

加仓井看看手表。这会儿出发,五点前能到。

"那,拜托了。"

司机马上过来,打开了车门。

刚才从电车的车窗上看,这一带似乎阳光明媚、十分暖和的样子;可是一旦来到户外,风还是挺冷的。

圣子立起大衣的领子,上了出租车。

"今天这天儿,算是冷的吧。"

"天气不错,但今年有点儿冷。"

司机回答道。

汽车即刻离开市区,驶入了山间道路。

丘陵一带像是要建别墅区吧,推土机正在整地。

"稍休息下吧。"

加仓井对圣子说。

这个时候彼此都明白,睡不着的。明知故说,乃因两人间只能说这些。

"没跟公司里说我来这儿。"

"……"

"知道这事儿的只有望月。"

加仓井像在做解释。穿过温泉镇"下贺茂",到"云见"是四点半。

"这一带是伊豆西部地区最漂亮的地方。正面可以看到富士山,富士山倒映在蓝色的海面上,所以地名取了'云见'。"

正像司机解释的,海湾前方倒映、浮现出晚霞辉映的富士山。快到山顶右端,有白云缭绕,海水里倒映出美丽的景观。

这么美丽的地方,高明为什么要死呢?

圣子看着富士山,又弄不明白了。

照司机的话,这个小镇有五六千人,除了温泉仅有农业。原以为临海地带是以渔业为主,不料从事渔业的人口很少,即便有也都是远洋渔业。

温泉也多为民宿式客店,远不如下田、堂之岛一带热闹。

派出所的位置在横穿小镇的国道一隅,往山脚方向靠一百来米。派出所是这个乡下小镇少有的乳白色灰浆建筑,十分扎眼。

只见门前停着救护车,四五个警察正挤在门口。

加仓井看了一眼圣子,然后挤进门去。

"啊,能登先生家里来的吗?"

警察看到他俩,像是立即反应过来,先跟他们打了个招呼。

"太太吧?"警察看着圣子,问道,"你呢?"

"熟人。"

加仓井有些生气地答道。

"呀,吓了一跳。今天早晨七点来钟,旅馆突然打来电话……"

警察开始绘声绘色地说了起来。

"周围尽是瓦斯的气味啊。"

"那,遗体呢?"

"啊,在这边。先请你们看看吧。"

警察像是想起来了似的,打开了里面的门。

两人低着头,跟了进去。

遗体已被纳入棺木,置放于里面房间的正中央,房间像是一个值班室。

不知是谁供上的,棺木上放着早开的康乃馨,并在摆放着的烟灰缸里,点燃了一根线香。

从左边的小窗户上透进一缕夕阳来。

刚才的那个警察先鞠了一躬,拿掉花儿和线香,打开了棺木的盖子。

"请吧。"

圣子在先,加仓井退后一步,打量着棺木里面。

只见棺木里,高明身着白色的死者装束仰面躺着,双眼紧闭,没了血色的面部,笔直的鼻梁投下一道淡淡的影子。

"怎么样?没错吧?"

警察迫不及待地问道。

"没有错吧?"

警察再次确认道。

圣子答道:"是。"

而后微微点了下头。

"已经请镇上的医生来过,验尸结果,死因就是一氧化碳中毒。"

高明像在听着两人对话一样静静地睡着,面目上没有丝毫痛苦的感觉。

"接下来你们打算怎么办?"

"可以就这么离开的话,今晚就想回去。"

加仓井代圣子回答道。

"那是可以的啊。"

警察用商量的目光,看了眼站在旁边的同事。

"我们这里要做各项内容的调查笔录。还有,旅馆方面也受到一些影响。"

警察的意思是想让他们去旅馆那边打个招呼。

"这个知道。"

加仓井点点头答应着。

"那么在做调查记录前,先去趟旅馆吧。"

"那个,没有什么遗书类的东西吗?"

圣子胆怯地问道。

"对了,遗物在这里。确认一下吧。"

警察指了指放在屋子角落里的一个纸箱子。

"在这儿摆开吧。"

另一个警察按顺序摆放开来。

深蓝色"大岛绸"质地和服、贴身汗衫和内裤、黑皮表带手表、老花镜。没错,都是高明的物品。

除了当皮包用的小袋子外,还有香烟和火柴、手帕、"Montblanc"(万宝龙)牌子的高级钢笔,还有三鹰公寓的房门钥匙。

"这个在桌子上放着,可什么都没写。"

警察手上拿着旅馆的信笺和信封,信笺上一个字都没有。

莫非想写什么又住了笔?圣子看着信笺,感觉到了高明的哀寞。

"就这么些。"

房间里尽是高明的遗物。圣子看着那些东西,顿时悲从中来。

刚才看到棺木中的容颜时,只确认那是高明,泪水并没有涌出。这会儿看到内衣等衣物,才明白高明真的死了。

"在这儿休息一下,怎么样?"

看到圣子伏在了榻榻米上,警察小声说道。

"这边还有一间随便使用的房间。"

"不,就在这里。"

圣子不动姿势地哭泣起来。

"那,你待在这儿,我去趟旅馆。"

"我也去,带我一起去。"

圣子不顾满脸的泪水,抬头说。

旅馆在入海口的河畔南边,房屋是这个镇子上少有的钢筋混凝土建筑。高明住的房间在二楼的尽头。

打开窗户,正对面可以看到蔚蓝色的海湾,放眼望去,在海湾的上方是暗红色的富士山。

"这个煤气管道打开了……管道前面一点的地方,他脸朝下倒着。"

五十岁开外的旅馆主人给他们解释现场的情况。

"去年年底刚刚改造成钢筋混凝土……如果是原来的木造建筑,瓦斯漏气,一下就会知道的。"

旅馆主人的话里包含了一丝歉意——改造房屋造成了恶果。

"煤气的总闸没有关闭吧?"

"房屋取暖用的是煤气炉,半夜是要关掉总闸的。但这两天特别冷,客人说是晚上要工作。"

旅馆主人对警察的叮问露出不满的样子来。

"这里是看富士山最好的房间,这下太不吉利了。"

"真对不起……"

一听旅馆主人发牢骚,加仓井急忙低下头来赔礼道歉。

"说是要住十天的,还没付旅馆费用呢。"

"住宿费用,一定跟您算清。另外还会给您补偿的,给您添了很多麻烦。"

加仓井这么说完后,对圣子说:"你先回去吧。"

圣子点点头,再次顺着河畔走回了派出所。

回到派出所,她提出希望请个和尚来做法事。然后,圣子在跟警察做笔录时,望月赶到了。

"怎么会……"

望月刚一开口,就急切地扑到棺木前……

"能登先生,为什么啊……"

只说了这么一句,他就说不下去了。

圣子觉得那句话像是在质问自己,不由得蜷缩了身体。

和尚来诵经时,已经六点多了。法事做完后给辛苦的警察叫了寿司、酒菜,以示谢意。这时,高明的弟弟打来了电话。

圣子接电话。对方说,现在已经到了东京,再从东京到云见,十点多才能到达。所以,如果圣子他们准备运送遗体回东京,他就索性在东京等候了。

听说高明的弟弟不来此地,圣子有种如释重负的感觉。

八点前时分,加仓井叫的汽车开了过来。因为是带灵柩一起返回东京,叫来的是一辆面包车。

灵柩放在车子中央,三个人围坐两旁。

"感谢各位了……"

加仓井这一说,圣子跟望月都照着他的样子低头鞠了一躬。起初觉得有些害怕的警察,熟悉了以后,都十分和蔼亲切。

"多加小心。"

在警察们的目送下,三个人离开了派出所。

汽车立即开出了镇子,上了通往沼津的国道。

道路的右边紧靠着山峦,左边是大海。夜晚中的大海,只能看到远处泛着点点的波光,黑暗中没有什么奇特的景观。

"白天可以看到富士山。"

或许是乘客太安静了吧,司机主动搭话道。可三个人仍然默不作声。

汽车开上了经过铺整的平坦道路,到了转弯的地方,汽车左右一晃动,灵柩便微微地有些摆动。

只有在这个时候,三个人悄然对视。

"这么回去后,明天是灵前守夜,后天便是葬礼了啊。"

加仓井左右看了看圣子跟望月说道。

"在什么地方的寺庙进行吗?"

"那一带有合适的寺庙吗?"

被这一问,圣子也不清楚。三鹰不过是居住地,其实并不熟悉。

"不过,他弟弟从水户赶了来,还是跟他商量着办吧。"

望月说道。

接下,三个人又是沉默。过了一会儿,望月像是想起什么似的说:"为什么就死了呢?"

圣子觉得这句话正是自己想要问的。沉默中,圣子也在考虑同样的问题。大概加仓井也是一样的吧。

三个人同时看了眼灵柩,又将目光转向了窗外。

为什么要去死呢?

像是明白,又不明白。

三个人看着夜晚,似乎在想着同样的问题。

汽车好像驶上了东名高速。夜幕中,时而灯光疾近,瞬间又远去。

灯光消失后,位于三人中间的灵柩上覆盖着的白布显得格外扎眼。

"最近一段时间,不是开始写作了吗?"

加仓井看着望月,说道。

"前不久,发表了一个短篇,相当不错。"

"内容是什么?"

"嗯……"

望月欲言又止。

高明在写什么?在什么杂志上刊登?圣子几乎一无所知。起初,她还找出报纸的广告栏读一读,以后便不再读。

本来很少写,即便是写了,也是特别质朴的内容,不会起眼。知道他最近是在写什么,但圣子没想知道详细的内容。

也许是性格腼腆吧,高明不太喜欢圣子读自己的作品。

"还是那方面的吧?"

加仓井说的那方面是指男女爱情。

"是啊,但却有些不同。这次写得十分逼真。"

"什么?"

"描写了一个幻觉,一个男人在等着女人回来。"

"等着?"

"女人的背后有一个男人的影子。"

"结果……"

"嗯,只有这些。"

望月叹了口气。

"表现一种年老的焦虑,令人感伤。"

"是吗?"

小说中出现的男人和女人,可能就是加仓井跟圣子。

"写得极其出色,想请他再写一篇,却被拒绝了。"

"为什么?"

"说是就这一篇了。"

莫非……继续描写自己的屈辱,已不堪承受,还是已精疲力竭?

"或者是才思枯竭。"

"是啊,可能苦不堪言。"

"苦不堪言?"

"那样的小说,怎么写,都会心情抑郁。"

说到这儿又是一阵沉默。

汽车在漆黑的夜幕中奔驰着。

不一会儿,前方看到了一团光亮,像是山谷中新辟的住宅区。驶过光亮区域,望月又开口道:"可能是我催稿催得太紧了吧。"

"催?"

"索稿时曾跟他说,必须连续不断地写下去。如今媒体换代很快,不能乐观地等着约稿。不管怎么说,借此机会赶快接着写,不然会被忘却的。"

望月说到这里,看了眼灵柩。

"只觉着别可惜了他的才能。现在回想起来,我可能有些冷酷吧。"

从对面驶过的车灯照亮了三人的面容。

"应该耐心,慢慢地等待才对。"

"可是,这点儿理由干吗自杀啊?"

稍稍停顿了一下,加仓井说道。

"是啊。"

"我觉着还是你刚才说的原因。"

"年老后的焦虑吗?"

"不……"

加仓井轻轻地将手按在了额头上。

加仓井大概想说是因为自己夺走了圣子。

他仿佛要说,自杀的直接原因是高明知道了这个事实。现在三个人之间没必要隐瞒什么。但此时说出这个,似乎是对高明的亵渎。

"责任在我这里。"

加仓井再次说道。黑暗中,圣子想要否认。

望月和加仓井好像都认为自己对高明的自杀负有责任。

可是三人中最应该受到惩罚的是圣子自己。

不管他们怎么想,背叛高明、使他最为痛苦的正是圣子。他俩都是间接的,圣子才是直接的。圣子若检点自己的行为,就不会有今天这场悲剧。

"是我不该……"圣子明确地说道,"我任性,由着自己,才……"

"唉,算了。"

望月有点儿无可奈何地提高了声音。

"事到如今,再怎么说也无济于事了。各自都有各自的情况。"

三个人又陷入了沉默。

那天夜里,汽车到达三鹰已经十二点多。从云见到三鹰花了四个多小时。

灵柩先搬进了圣子他们居住的公寓。在那儿,临时举行了迟到的灵前守夜,第二天灵柩移到了附近的庆胜寺,进行了正式的灵前守夜。

治丧委员长由望月公司的矢野社长担任,望月身边的编辑则负责处理葬礼的各项具体事宜。

高明曾是名噪一时、日后沉默的作家,前来吊唁的有许多著名的作家或编辑。在吊唁的人群中,似乎也有报社、周刊杂志的记者。

记者吊唁的主要目的是对高明自杀的好奇,甚至还有记者进行了采访。

总之,跟高明生前的情况比较,葬礼倒是声势不小。

当天早晨,分居的妻儿出现了。初次见到他的妻子,看上去年龄在四十岁前后,瘦削,眉目端正。

"承蒙您多方照顾。"

她很礼貌地低头鞠了一躬,又眼珠向上一翻看了一眼圣子。圣子在对方的典雅举止中,窥见了刚强的性情。

孩子有一男一女,都是高中生。他们眉眼温和,鼻梁笔直,像是继承了高明的特点。

圣子退后一步,坐在了高明妻儿的后面。烧香吊唁的人像是已经知道了似的,也同时到圣子身边表示哀悼。

形式如何且不论,实际上周围的人是将圣子作为妻子看待的。

灵前守夜进行到一半时,圣子得知前来吊唁的人群中,有怜子跟牧村。两人都好奇地仔细观望高明的遗像。

过了一会儿,轮到他们来敬香时,怜子来到圣子跟前说:"真没想到哦。"

圣子立即回话说:"对不起。"

"哪里,道歉什么?担心你今后要吃苦呢。"

圣子默默的,没有回答。

第二天,上午十点开始向遗体告别,十二点出殡。

火化后再返回寺庙,已经下午四点多。

这以后,只有直系亲属及关系密切的人一起举行的戒斋仪式。

说是直系亲属,高明早早离家出走,后跟父母家里几乎没有来往,所以聚近前来的亲属极少。

高明弟弟夫妻俩、表兄弟和叔叔,此外较为亲密的就是望月和旧书店老板等。高明妻儿只参加了遗体告别便回去了,像是跟高明已没有什么感情的纠葛了。

圣子听着旁人漫无边际的闲谈,在想已经纳入了骨灰盒里的高明。

没意思,这么简单人就死去了吗?死后就只有这么一个小小的盒子?

圣子再次理解了人的死亡。为什么会有这样的一个结果呢?

人的死亡并非稀罕事儿。去年秋天外婆去世。以后不久,加仓井的妻子走了。她们跟圣子并非无缘,可谓都是她自己身边的人。

但是,她们的死跟高明的死完全不同。

外婆跟加仓井妻子之死,得知她们死亡的消息时,自己勉强可以接受。虽然也会感觉吃惊,但却不难理解。

但高明之死没有任何能够接受的部分。震惊,茫然,至此还在怀疑是否是事实。

诵经结束后,大家闲谈着聚了餐。下午七点多,戒斋仪式结束了。

这天晚上要从寺庙带走骨灰盒等。

撤掉祭坛,骨灰由高明的弟弟带回,葬入老家的坟里。

"死后四十五天时,请一定来一趟水户。"

稍稍有些歇顶的高明弟弟向圣子鞠了一躬,说道。圣子向他还礼后,又看了看他捧在手中的骨灰盒。

高明的遗物、稿件再另行商量。

圣子送走了高明的亲戚们,开始做回家的准备。

"送你回去吧。"

加仓井过来招呼道。圣子跟望月一起上了车。

人去以后,寺院里寂静无声。没有月光的夜晚只剩下他们三个人影。

"好歹结束了。"

汽车启动时,加仓井嘀咕了一句。

圣子回到三鹰的住所是晚上九点多。

"回见。"

加仓井下车跟圣子告别时看着圣子说道。

"今天好好儿休息吧。"

"谢谢你帮了很多忙。"

"别想太多了。"

圣子点点头,心想,那是做不到的。

"明天再给你打电话。"

加仓井再次观察似的看了看圣子,然后才上了车。

发动机声响过,汽车直接左拐弯而去。圣子身边只留下了漆黑的夜幕。

圣子慢慢地走上了楼梯,像是不愿打破这夜晚的静谧气氛。

站在家门前,拿出钥匙开门,门开了,她走了进去。这一连串的动作,都是几年来天天反复进行的。

但是现在,开门进入的房间里没有亮光。在四周寂静无声的黑暗中,只有冰冷的夜晚笼罩着。

圣子一瞬之间呆立不动,旋又回过神来,按下了门右边的电灯开关。

闪了几下后,荧光灯亮了。灯亮后,圣子脱掉了鞋子。

洗碗池、餐室还有八张席大小的里屋,跟离开时没有两样。桌子的位置、沙发、柜子也跟以前一样。

以前,圣子从未在意过那些东西摆放的位置有无变化。家里没人时,当然是不会有变化的。

但是,圣子现在看着这毫无变化的家里,却感到一种虚渺的存在,仿佛看到一个意想不到的空白,无比寂寞。

圣子叹了一口气,坐在了高明的桌子前。

眼前是高明的桌子、矮脚椅子,桌子上干净利落,台灯无为地伫立于彼。

看着没了主人的桌子,圣子才意识到,从此真的一个人了,总是坐在这儿的高明已经不复存在。

现在毫无疑问,圣子是一个人了。

时钟报了十点。房间里仍旧静悄悄的,无一丝动静。

圣子像要逃离这团寂静,站起了身。从拉开窗帘的窗户望去,外面一片漆黑。跟从前一样,外面是冰冷的夜晚。

圣子看着漆黑寂静的夜晚,明白了一个人站在窗前的感觉。

高明死后,时间如流水般逝去。不管形式如何,圣子实际上是丧主。

虽说暂时可以不上班,但她也没有特别的事情要做。只是早晨起来后呆呆地无所事事,白昼夜晚交替着。

大学时的朋友打来电话,娘家也来电话让回老家休息休息。但圣子谁都不想见。见了面,就得回应对方的同情,问起将来的打算,怎么应答呢?那样,反而会让她痛苦不堪。目前,只想一个人这么发愣。

可是三鹰的公寓里留有高明记忆的东西太多。从桌子、书籍到日用器具、碗筷,统统都会鲜明地唤起她对高明的记忆。

每当触摸到那些,便会有种错觉,似乎高明会突然回家来。他总是像一阵风似的呼地飘走,又呼地飘回来。圣子觉着这次也会是一样的。

这会儿,圣子后悔没有提出希望——高明的遗骨分骨。

那天的戒斋仪式上,如果有这个念头是可以如愿的。

当时,高明的弟弟曾说:"如果希望的话,给你分骨,怎么样?"

圣子考虑了一下后,回答说:"不要了。"

顷刻,让对方觉得圣子挺绝情的,其实圣子只是出于一种想法——自己今后如一直伴着高明的遗骨,会不堪其沉重的。

当时她想,分骨给自己,便会像寡妇一样可怜困苦。

还是告别了高明,活自己的人生吧。那时,她是那样在心里对自己说的。

但是家里只有她自己一个人时,却无比渴望见到高明。呼的一阵风声,她也会看看大门,觉得是高明回来了。

哪怕是遗骨也好,此时在身边,她觉得会让自己的情绪稳定下来。

反正活着的时候,高明的话语也不多,化成了一把骨灰,只要放在身边,也会令之感到慰藉。

一个人守着死者的骨灰,这样的事在一般人看来,会有难以忍受的恐惧之感。可对现在的圣子来说,她反倒是情愿的。那是高明的骨灰,丝毫没有害怕的感觉。

她希望在梦中,甚至变成幽灵也可以,只要高明能出现就行。

现在她才知道,自己竟然如此渴望高明,这是一种越过情绪、揉入整个身体里的渴望。

活着的时候,他如同空气般存在,死去以后,却实实在在地显现出他其实有着多么现实的重要性。

黎明

高明死后,加仓井每天都打来电话。

"身体好吧?"

电话总是从这句话开始,然后说说天气或公司里有关的事。约莫二三十分钟后,又很自然地挂掉电话。

他在电话里基本没提到高明的死以及今后的打算。

加仓井像是有意识不去碰触那些话题,圣子也觉得这样的谈话比较轻松。

避而不谈高明的事,倒使两人的情绪比较平静。

"总窝在家里不行,出来转转,怎么样?"

高明死后第六天,加仓井才开始邀圣子出门。圣子没多想,按照加仓井指示的地点来到了新宿。

在歌舞伎的小料理店吃完饭,连续去了两家酒吧。喝了酒后,分手告别。

放在以往,喝了酒,两人便会享受情爱。但是现在,加仓井像在克制自己。

高明的弟弟是在那第二天——头七夜晚来的。

简短地随便聊了几句后,开始谈及遗物。

"如果可以在你这儿适当处理掉……没关系,请随便处置吧。"

高明弟弟的态度极其淡漠,扯了些有关高明的话题,坐了一个小时就回去了。

头七过后,圣子终于想到该去公司了。总一个人待在家里发愣也不是个事儿。

她想过要不要回老家一趟,但一想到母亲又会跟她提起相亲之事,就觉得麻烦不想回去了。

想来想去,结果,圣子除了公司以外,似乎也没什么别的地方好去。

高明死后第十天,圣子总算下决心去了公司。

"真不幸啊,心情好些了吧?"

大家纷纷表示亲切关怀,眼神却跟以前不同了。

高明的死,使大家知道了……圣子表面上是单身,其实跟一个作家同居生活着。还有,他们也知道了圣子跟加仓井似乎关系密切。

不管这些是好还是坏,总之,大家对圣子的印象似乎大大地改变了。

他们在表示同情的同时,对作为社长情人的圣子又持有了警戒之心。

尽管如此,圣子还是能够暂时忘掉高明的。在跟大家的交谈中,她忘记了自己现在已是孤单一人。

可是一到傍晚,圣子回到家里时,就又回到了孤零零一个人的现实中。

阴冷的家里没有了高明的身影 —— 总是默默地朝自己点头示意的高明。

要不要换一处住房啊？独自一人的寂寞促使圣子有了这个念头。

一个星期后的二月初,圣子便搬到了离荻窪青梅街道很近的一处公寓。

这次的住房只有一间八张席大小的卧室和一间四张席大小的厨房兼餐室。跟以前的住房相比,小了四张半席的空间。不过只有一个女人居住,足够了。

搬家的事,圣子是在新宿的咖啡店里跟加仓井见面时才说的。

"为什么没事先告诉我？"

加仓井有点不快。不过,倒是可以理解圣子想要搬家的心情。

"不管怎么说,离得近了挺好,有什么都跟我商量啊。"

起初找住房时并没有考虑要住到加仓井家附近。只是随便溜达到了荻窪,就找到这么一处房子。

没有明确的目的意识。可是回过神来才发现,竟然跑到加仓井的身边来了。

"其实没打算搬到这儿来的。"

圣子辩解道。但加仓井什么都没说,露出一副一开始就没想知道的神态。

"有没有什么需要的东西？"

"没有。"

高明的东西基本上处理掉了。但因新搬的处所狭小,家具还是占了满满一屋。圣子留下了高明的桌子和书柜。

"基本安定下来了吧?"

"刚刚搬完家。"

"不,说的是心情方面。"

"不要紧了。"

"好像并不是这样。"

"我可不是那么没出息的。"

不知为什么,圣子在加仓井面前显得不甘示弱,动不动就要顶撞上去。那劲头也许是在跟加仓井撒娇吧。

"想找个机会,好好见面说说。"

"……"

"不,等你心情好了以后再说。"

加仓井想要说什么呢?圣子觉得自己已从失去高明的打击中振作起来了。可加仓井似乎并不这么看。

这会儿再表达什么同情,对圣子来说,有点儿没意思。

"走吧。"

加仓井今天似乎也准备两人到此分手。

高明死后已经快过三个星期了,加仓井还一次都没提出要跟圣子去旅馆。圣子认为理所当然,还没过四十九天嘛。但她同时感觉到了加仓井的寂寞。

新的公寓里,留有高明回忆的东西不多了。虽然桌子书箱还在,但家具摆放的位置和房屋布局不同,感觉淡化了很多。

圣子明白自己在逐渐淡化对于高明的回忆。

可是淡化并不等于消失。有时反倒变得更加明晰。

圣子想起高明,常常是在一个人从公司下班回来的时候。

从手提包里拿出钥匙,打开门。那一刻她常常幻想——高明可能会在家里吗?

走进家里,房屋内一片静悄悄,充斥的唯有阴暗与寒冷。

"已经不在了……"

圣子自言自语道,再次明白了——这个世界上已不再有高明的存在。

曾经那样的理所当然,高明总是坐在桌前。而且,一想到回家后要面对坐在那里的高明,圣子曾经觉得麻烦。可是现在,圣子却怀念那一切。

圣子总也不可忘怀那已看惯了的回家后的情景。

那不仅仅是大脑,圣子的身体感觉也怀念、渴望着高明。

这一两年,高明跟圣子做爱不像过去那么强烈,总是很普通的感觉。可是去年年末开始,他像是突然恢复了激情满怀。

或许是意识到临近的死亡,使高明焕发了高涨激情吧。

现在,高明的高涨激情不断地唤出圣子的记忆。燃烧起来,使圣子的身体再次融合进去,却又一下子撒手离去,真可谓造孽啊。

但是当时,圣子因为有加仓井,对于高明的激情反倒觉得腻烦,被高明拥抱在怀里时,有时甚至会产生一种厌恶感。

那时逐渐地……她有时想,只跟加仓井一个人做爱。

但是现在再想,却发觉同样是做爱,高明和加仓井的感觉完全不同。

那种阴与阳,清高孤单与开放畅快。两人完全相反的性格,在性行为中酿出的氛围也截然不同。

回想起来,圣子在跟他们分别做爱时,可能也有那种完全的意识——那是两个完全不同的人。仿佛在瞬间陶醉的时刻,也能明晰分辨两人不同的感觉。

现在高明不在了,圣子却没有立即投入加仓井怀抱的想法。高明是高明,加仓井完全无法替代。也许高明的独特已在圣子身上刻下了深深的烙印。

高明死后的第四十九天是三月中旬的星期天。

圣子那天一早,一个人去了云见。本想去水户上坟的,却又担心高明亲戚好奇的目光,那会让她很不舒服。

不如去高明了结此生的地方,一个人缅怀、祭祀更有意义。

跟上次一样,东京车站乘坐特快列车,到下田换乘出租车,翻山而去。

圣子想要向高明表述:四十九天前,是跟加仓井一起来的。这个路线,这次是自己一个人来的。

那时突然得到消息,惊慌失措。加仓井不来帮忙,自己什么事也做不了。理由不管怎样,那时是需要加仓井同行的。

但是不管怎样,跟有过性行为的男人一起来接受高明的遗体是极端轻率的,只能让高明感到悲哀。

这一次,便是怀着歉疚之心自己来的。

一大早出门,到达云见时,刚过正午时分。

伊豆已是春意盎然。四十九天来,花开花落,海水变暖。从排排松林的间隙望见的大海正荡漾着悠悠春光。

圣子到了云见,先去了当地派出所,送给他们从东京带来的一盒点心,对前次的关照表示感谢。

警察们都还记得,对圣子十分亲切。

从派出所出来后,圣子再访了高明结束生命的旅馆。

高明自杀的房间只是重新糊裱了隔扇门,其他跟以前一样没有变动。

圣子端坐在那儿,闭目合掌片刻。

璀璨的阳光透过南边纸拉窗外的玻璃,洒满了房屋。闭着眼睛,圣子也能感觉到阳光的灿烂。她甚至有种错觉——高明会出现在自己的眼前。

离开旅馆后,圣子沿着河边的道路,向大海方向走去。

半道上路过花田,圣子在那儿买了一大把雏菊和康乃馨。

她两手捧着大把的鲜花,仅花了四百日元。在东京,可得三千日元。

圣子捧着鲜花,踏上了通往大海的小径。

周日,国道上来自东京的汽车穿梭如流。

圣子目不斜视,站在了紧靠国道、伸出海面的崖壁上。

正面是薄云缭绕的富士山,美丽的姿影倒映在海水中。

高明或许也来过这里。圣子这时才高喊了一声:"先生!"

随之将花束投入到了大海里,合掌悼念哀思。

加仓井给圣子公寓打来电话,是在高明死后四十九天后的第二天晚上。

高明在的时候,加仓井没往公寓打过电话。高明死后,他时不时地来电话。

"现在刚刚回来。"

有时电话里的声音像是喝醉了酒;有时在深夜,好像忽然想起来了似的。

这天晚上已经十一点多了,电话那边传来的声音,没有什么特别的变化。

"昨天是四十九天了啊。"

加仓井说道。接着问:"去什么地方了吗?"

圣子顿了一下,回答说:"去了趟伊豆。"

"伊豆已经暖和起来了吧?"

"樱花开了。"

"是吗?"

加仓井像是找到了什么转换话题的机会。

"能出来一下吗?"

"现在吗?"

"才刚刚十一点。车站附近,有家酒吧。"

圣子的公寓和加仓井的家,东西两边,中间夹着个荻窪车站。两家的距离步行不到二十分钟,车站几乎在正中间。

"走来,很快就到。"

圣子这才意识到两人住得很近。

"三十分钟后,在青梅街道第一个拐角处右拐,可以看到一家名叫'朱利安'的酒吧。在那儿见吧。"

"你现在出门不要紧吗?"

"我没事儿。你不方便吗?"

"我已经换上睡衣了。"

"再换上衣服就可以了嘛。"

加仓井的声音变得有点儿生硬了。

圣子放下电话,坐在了梳妆镜前。

深夜,接到加仓井的电话后外出。

这样的事,高明活着的时候是不可想象的。

现在可以不用顾忌任何人,按照自己的愿望行动。

圣子对于这样的自由感到有些不能适应,同时有些胆怯。

圣子在毛衣外又套上一件开口毛衣。来到"朱利安"时,加仓井已在等候。

他像是刚刚去过什么地方,西装领带,衣冠楚楚。

店里细长溜地排列着一个个面对面的座位,圣子在最里边的位子跟加仓井面对面坐下了。

"唉,其实也没有什么特别的事情,只是想见见面。"

加仓井端着兑水威士忌的杯子,显得有些不好意思。他低垂着头,眼睑朝下,侧面看去,眼角上似乎微挂着醉意。

"去哪儿喝酒了吗?"

"在四谷,喝了一点儿。"

加仓井瞥了眼店门口。

店铺面临街道,进门处很是窄小,里面呈细长格局。右边是吧台,跟吧台对着的左边一溜,排列着五个面对面的座位。

吧台上摆放着很多洋酒,似乎亦可提供简单的饭菜。

服务生走过来,圣子也要了份跟加仓井一样的兑水威士忌。高明死后,她时常会失眠,摄入一点酒精后才能入睡。

"从您家里到这儿,要几分钟?"

"五六分吧。"

夜晚,在彼此家附近的酒吧见面,这使圣子感到不安。

"这里时常来吗?"

"肚子饿了的时候啊。"

"专门跑这儿来……"

"家里找找,也能找到点儿吃的。但是太晚了,再叫起来给我准备什么吃的,太麻烦。这个店一直开到深夜两点,挺方便的。"

加仓井又要了杯兑水威士忌。

圣子想,深夜一个人写稿,有时是会肚子饿。不过,来这儿的话,离自己家可不远了啊。

这个时间被叫了出来,可又没什么特别要说的。看来,不过只是两人离得近,随便想起见见面,睡觉前喝点儿酒罢了。

"送你回去吧。"

过了三十来分钟,加仓井站起身来说道。

"不用,一个人可以回去。"

"好了,算了。先往这边走走吧。"

加仓井先迈一步,朝着青梅街相反的方向走去。走出两三分钟向右拐,离开主街步入了住宅区。这里的路幅变窄,是大宅邸住街。

"到了夜晚,反倒暖和起来。"

"是啊。"

春天黑暗的夜晚,让人觉着有种温馨在飘荡,两人好似量着脚步的幅度一般,漫步而行。

狭长的路面两边都是大宅邸长长的院外石墙,有处人家的樱花树,枝丫都挂出了墙外。加仓井说道:"其实早就想说,你也已经过了四十九天,想着,现在说,可以了吧……"

春夜的缘故吧,加仓井的声音有些含糊不清。

"明说了吧,想要你嫁给我。"

刹那间,圣子停住了脚步,突然想起来什么似的,看着加仓井。

斜后方的路灯灯光照射,使加仓井的身影长长地横断在路面上。

"怎么样?"

道路前方排列着盏盏路灯。圣子在一、二、三地数着漫步前行。

"你曾经有过很多回忆……当然,我也有过很多经历。但那都是过去的事了。"

说完,加仓井大步在先,圣子跟在他的后面。

"这么跟你说明了,你可能还没做好心理准备。没关系,不必马上答复的。"

边走,圣子边反复琢磨着加仓井的话。

没错,他是在跟自己讲,可圣子怎么觉着好像在说别人的事。

"猛地提起这样的事,你大概不好马上回答……"

走过大宅石墙,接着是盘着蔷薇花的竹篱笆围墙,再前面可以看到银白色的庭院灯光闪亮着。

"可以考虑一下吗?"

"我很……"

圣子此时想说,自己没想要做加仓井的妻子。跟他交往并不是出于这种打算。被那么误解了的话,很别扭。

可此刻,她又好像找不出恰当的言辞表达出来。

"总之,我爱你。"

"……"

"第一次见到你时,就很喜欢你。"

突然,圣子的体内有种不安袭来。这么继续下去的话,自己的防线会崩溃。不能任凭他不停地表白,自己会随波逐流的。

圣子像是用鞭子催赶自己一样,快步向前走去。

"等等。"

加仓井的声音从后面追了上来。耳边传来了呼哧呼哧的喘息声。突然,圣子的肩膀被一把拽了过去。

"喜欢你……"

圣子在柔和的晚风中听到了那一声低吟。

紧接着,加仓井的上半身便拥紧了圣子,脸贴近了过来。

"不要!"

不知为何,圣子瞬间感到了一种强烈的厌恶。

脑子里飞快一闪念——"现在不想跟你做爱!不该跟你做爱!"

加仓井依然强行想要接吻,圣子则紧咬双唇,将脸部紧紧抵在加仓井胸前。

"怎么了?!"

加仓井对圣子意想不到的抗拒大为吃惊。于是就那么拥着,让圣子头埋在自己的胸前,不吱声了。

在漆黑一团中,圣子听见了电车驶过的声响,还有远处传来的狗吠声。尚有温暖的南风掠过耳际。

为什么拒绝?

内心平静下来后,圣子一阵彷徨。

那并非圣子有意为之。与其说是大脑的指令,毋宁说是身体的反应。不正常,像是被什么拽回去了似的。

"那……"

加仓井轻轻抚摸了一下圣子的头发,松开了拥抱着的臂弯。

"走吧。"

加仓井正欲起步。

"不。"

圣子抬起头,直直地盯着加仓井说:"就到这里,我回去了。"

"再走一会儿,我会送你回去的。"

"不用了,就在这儿告辞了。"

"真怪啊……"

的确,圣子自己也觉着怪,跟以往不同。不知为何浑身上下都执拗。此刻她摆脱不了那样的情绪。

"再见……"

"好吧。"

加仓井小声应道。

"刚才说的话是真心实意的。你也认真考虑一下吧。"

圣子轻轻低头示意告别后,即朝这条小路的相反方向走去。

背后感觉到加仓井的视线,圣子还是义无反顾地快步走去。

不一会儿,看到了大马路上的街灯,来到了十字路口,圣子像是要逃离什么似的急急向右边转弯过去。

跑进家门,锁上门锁,坐在了沙发上,这才觉得不要紧了。

其实,也不是加仓井要怎么样,何况是曾经有过多次亲密关系的对象呢。

方才他表白了对自己的爱,自己为何要有那么胆怯的心理呢?按道理说,应该高兴才是啊。

以前总是瞒着高明密会。嘴上不承认,内心确曾期待与他喜结良缘。

可为什么现在感到如此恐怖呢?

心情平静下来,圣子再次打量放置在房屋一角的桌子和矮脚椅子。高明死后从未使用过。失去了主人,那些物件也显得孤零零的。

"为什么……"圣子独自向那悄然无声的桌子发问道,"怎么办好?"

话刚出口,不曾想,房间里清晰地回荡着自己的声音。

圣子意识到,自己失去了某种抑制力,没有了制止圣子的人。

仔细想来,圣子或对失去了抑制力的自己,感到了某种恐惧。

圣子的抑制力正是高明。

瞒着高明,跟别的男人发生性关系。

事到如今,再说高明是自己的抑制力,或许太不成体统。但存在抑制力,这一点是无可否认的。

如果抑制力的说法不合适,或许说是内心的靠山吧。

对于圣子的行为,高明什么都不说。既不加批评,也不显妒忌,只是默默地由着她去。

可即便那样,圣子也感到不自在。她曾想,如果没有高明,自己该多自由啊。

但是现在想来,高明的存在是非常重要的,他是支撑自己的支柱。正因为高明在家坐镇,圣子才可能安心地在外尽情。

或许可以说,圣子对高明的背叛也是一种跟高明的任性撒娇吧。这个人,能够包容一切。不论在哪儿受了多少委屈,他都会在背后护持着自己。出于这样的情由,圣子才能一头扎进加仓井的恋情中去。

现在,圣子就像船儿失去了船锚 —— 以前总有该当返归的港口,在那里安心地抛锚停靠。

尽管时时担心高明看破了自己跟加仓井的恋情,圣子却也并未失去自我。

现在圣子害怕的,也许是 —— 突然间没有了这个船锚,自己像是被抛到了外海的船只,漂泊中失去了自我。

已经凌晨一点了。圣子烧开水,冲了杯咖啡。

三鹰的公寓非常安静。虽离车站很近,却也相对安静。

只能听到中央线电车通过时的"咯噔咯噔"。夜晚一过十二点,就很少听到电车声了。

圣子喝着咖啡,又一次看着高明留下来的桌子。

加仓井刚刚向她求了婚,她却在不停地回想高明。

默默地答应下来,自己则可坐上社长夫人的位子。不仅如此,还能跟恋着的加仓井一起生活。

事态已经发展到了这一步,也没必要踌躇不决。但圣子却感到极端的困惑,时不时僵硬起来,甚至产生逃离的欲求。

因为跟高明情义未尽吗?也有这样的成分在里面。背叛后,他死去了,自己立即跟别的男人喜结良缘。这说起来,也的确太过分了。

当然,加仓井不用说也是知道这个道理的。正因如此,他才等待过了四十九天。

加仓井也绝不会说:必须现在！只是说在合适的时候。现在,只须表示是否接受他的求婚。

回答一声"好的",就可以了。这样,圣子便可拉开新的人生帷幕。

但是,不知什么缘故,圣子没有接受加仓井的意思。

越想要接受,越无法接受。她决心牢牢地约束住自己。

那不是出于对高明的情义,也不是要惩罚自己的随意放纵。

圣子的性格本身——某种内在的原因,决定了她不会接受。那样的事,如此简单地应承下来是要铸成大错的。那本来就不是可以随意接受的事情,也不是用什么道理可以解释清楚的。

在她的内心世界里,另一个圣子在诉说着。

曾经是那个声音呼唤圣子投向了奔放的爱情,但是现在,那个声音却又命令圣子克制住自己。

现在接受加仓井的求婚,未免轻易草率。那样的话,你将不再是你自己,亦将失去圣子特有的自我。

我并没有想要跟他结婚。

只是因为有高明的存在,自己才想得到加仓井的爱。高明不在了,加仓井也就没了吸引力。

按照这样的逻辑,高明死去了,加仓井也就失去了必要性。

新的一周开始了。星期一,圣子请假没有去公司上班。

原因并非身体有恙,也没有其他特殊的事儿。反正,就是没心情去公司。

十点过后,圣子从家里给公司打电话。不知为何,营业部的职员接上电话后,突然换上了怜子。

"身体有些不舒服,今天请假休息。"

"是吗,是不是感冒了?"

最近,怜子的态度变得和蔼起来。

"听说正在流行感冒,小心点的好哦。工作上,没有什么急事吧?"

"秋山先生的稿件,今天预定要去拿来。"

"那个,让别人去办。不要紧哦。"

怜子说完后,像是忽然想起了似的……

"跟社长联系了?"

"没有。"

"那,我来转告吧?"

"拜托了。"

职员请假休息,用不着每次找社长。可怜子似乎挺在意这一点。

圣子觉着有点儿别扭,放下了电话。很多事情要考虑。可一旦有了时间,又觉得无从做起。

圣子边喝咖啡边听唱片。

音乐方面,以前喜欢古典音乐。最近开始喜欢比较热闹的流行歌曲,现在正在听的是阿达莫(意大利歌手)的歌。

她呆呆地听着《下雪》一曲,突然,圣子想起要读读高明的小说。

并非出于什么理由,只是听着阿达莫的歌,突然有了一个愿望罢了——想要读读他的作品。

从三鹰搬到荻窪时，屋里塞满的图书几乎处理掉多半，只留下高明的书。

不过说是书，高明只出版了三个单行本。五十岁的生涯，只出版了三本，也实在太寒碜了。

再找找，书与书之间夹了几本杂志。杂志上登载有尚未编辑成册的小说。

圣子从中找出一本杂志，上面登载了临近自杀前写的小说。

那是望月他们出版社发行的杂志，望月让高明写了这样的小说。

圣子想着什么时候认真阅读的，可一直拖到了现在。

想读却又怕读，两种心情参半。圣子害怕一读，高明会迫近前来。

圣子靠在沙发上，翻开了杂志。

小说是十五六页的短篇。

一个名叫吉井的老作家，跟自己相差十多岁的妻子一起生活。妻子典雅端庄。一次偶然的机会，妻子跟一个名叫寺门的年轻编辑一起外出吃饭。寺门跟吉井说不上是师徒关系，只是作为编辑常来吉井这儿。谈话间，妻子提起想跟年轻人外出吃饭，结果愿望变成了现实。

吉井是知道这事的。

但是两人出门后，吉井发觉自己心焦神躁、情绪紊乱。他猜疑妻子跟寺门之间会有什么事儿。

当初妻子提及吃饭，寺门多少有些嫌麻烦的劲头儿。这样想来,吉井又觉着不会有什么,但终究没能抹去内心的不安。

眼看着十点多了,十一点了,妻子还没回来——莫非"还是有了那事儿了"?

他又开始怀疑起来。可是转念一想,那么贞淑的妻子,怎么会干那样的事儿呢?

这时下起了雨,夹着雷鸣声。他不由得又胡思乱想起来,雷鸣风雨中,两人会不会拥抱在了一起?尽管这是个庸俗的猜想。

吉井惦记着妻子,多次冒雨跑到户外,撑着雨伞在路口迎候,心里想着:说不定就要回来了呢。

但是,妻子还不回来。

已经过了零点了。

吉井放弃了等待,准备入睡……可又睡不着,只好服用安眠药。

迷迷糊糊的,吉井的大脑里出现了男人强暴妻子雪白身体的梦境。

妻子像是拒绝,又似乎十分受用地任凭男人……

吉井又在梦中奔出了户外,不知什么时候,雨停了,月亮钻了出来。

许久,吉井一个人独自在深秋的夜幕中踱步。约莫一个小时后回到家里,妻子还是没有回来。

吉井呼唤着妻子的名字,蒙蒙眬眬地睡去。

不知过了多长时间。

忽然睁眼一看,见妻子坐在一旁正看着自己。

"回来晚了,对不起。不过,好开心啊!"

妻子爽快地说道。

"怎么了？叫着我的名字,怎么叫都叫不醒你。"

妻子调皮地笑着说。看着她那天真的笑容,吉井在追溯梦中那痛楚的感受。

究竟有无以身相许……予其他男人,不在吉井追溯的范围内。他更加在意的是妻子不在期间焦急等待的那段真切的感受。他想到唯有如此,才不会放弃生存。除此而外别无选择。

看完后,圣子精疲力尽。仅仅十五六页,却使圣子的精神整个儿崩溃。

连着两天,圣子都没去公司。也不是身体有什么地方不舒服了,只是没有去上班的心情。换句话说,也许是要避开见到加仓井。

现在,圣子的内心渐渐地又重新回到了高明身边。死后才又重新复归。说没什么意义,也的确没了意义。那或许正是人性的一种缺陷吧。

一个人待在家里,圣子不停地希望……希望自己遭到惩罚。有什么人来严厉地处罚自己才好。圣子预感到唯有如此,自己才有可能重生。

加仓井打来电话,在她不断自责、请假休息的第三天夜晚。

"怎么回事儿？"

一拿起电话,就听到加仓井这么问,有些焦急的口吻。

"身体还不好吗？"

"不是……"

"那,为什么不来上班？"

"说不清,就是想休息。"

竟然回答得如此直率,连她自己都觉得很不可思议。

稍稍沉默了片刻,加仓井说道:"这会儿出来一趟吧?"

"已经很晚了……"

圣子看看表,晚上十点。

"那件事,考虑了吗?"

"……"

"上次说的……"

圣子觉得自己像是没完成作业的小学生,心情再次变得沉重起来。

"怎么样?"

这时问起这样的问题。这不是在电话上可以说的呀。

大概是意识到圣子沉默无语,加仓井的语气变得柔和了一些。

"明天怎么样?"

"好吧……"

"那七点钟,在N饭店见面吧。好久没一起吃饭了,好好吃顿饭吧。"

"行。"

"另外,那个事,也考虑一下。"

加仓井又叮嘱了一句后,挂了电话。

房间里又恢复了原来的寂静。

三天三夜,圣子几乎一直在这鸦雀无声的寂静中度过。

只是呆呆地在家里,也没干什么事。就这样,三天过去了。

在这三天里,她仅仅是外出两次买来食材,做了顿沙拉菜而已。

此外打扫了原本窗明几净的房间,还读了高明写的书。

读着读着,圣子逐渐确定了自己的想法。这三天,就算是用来打定自己的主意,也是十分必要的。

好久没去 N 饭店了。一月里,高明去伊豆以后,曾跟加仓井在这里见面。以后已经有两个月没去那儿了。

圣子在约定的七点前十分钟来到 N 饭店,径直走向约会地点——左手的咖啡茶座。

饭店跟两个月前一样,热闹、华丽。一样的风景使圣子刹那间忘记了高明的死。

"唉,来了啊。"

七点整,加仓井到了。看到圣子先他而到,好像有些吃惊。

"还没吃晚饭吧?"

"傍晚,简单地吃了些。"

"那,去酒吧喝点儿吧?"

"不了,今天在这儿……"

"要回去吗?"

"您说的,有话要说。"

加仓井露出有点儿意外的神情,但又立即恢复了常态。

"还是去喝点儿吧。"

说着,他拿起了账单,率先迈出了步子。圣子跟在身后,看着加仓井宽宽的肩膀想到——迄今为止,多少次为他这种独断专行的行为方式所吸引啊。

加仓井直接穿过大堂,走进了另一端的酒吧,并坐在了靠近钢琴、最里面的位子上。

圣子则坐在了加仓井对面,中间隔着个橘黄色的台灯。

"要什么?"

"要鲜果汁。"

"少喝点儿酒吧。"

"可是……"

"两杯杜松鸡尾酒。"

加仓井不管圣子怎么想,按照自己的想法要了酒。

对于圣子一开始做出的防御架势,加仓井有些警戒。

在钢琴的伴奏下,歌唱开始了。

就喝酒的时间来讲,现在还早。酒吧里还空着许多座位。

"身体已经不要紧了吧?"

"是的。"

"好像在流行感冒。"

话说到此,两人间又开始了沉默。不一会儿,加仓井说道:"请假不上班,也不跟我打个招呼,不合适。"

"对不起。"

到此,谈话又停顿了。加仓井转着手上酒杯里的冰块儿,默默无语。

"再要一杯。"

加仓井又要了一杯杜松酒。酒上来后,他喝了一口,喘了口气说道:"上次跟你说的,考虑了吗?"

"嗯。"

圣子回答了,但像是被钢琴声压住了。

"那,怎么样?"

圣子像要使自己镇定下来,轻轻地咬住嘴唇,寻觅着恰当词汇说道:"您说的那个,就当是没那回事了吧。"

"什么?"

"我这样的人,不配……"

"那个不成问题。我愿意,我母亲当然也赞成。"

"可是……"

"因为有孩子吗?"

"不是因为那样的事。"

"那,为什么?"

加仓井是再婚啦、有孩子啦等等,都不是现在圣子拒绝的理由。首先,圣子没有道理提出那样的意见。

问题不在那里,而在她内心的深处。就是说存在一个心理因素——跟加仓井比较起来,此刻圣子更加觉出高明的宝贵。

"说明确点儿。"

再催也没用,圣子很难说清自己内心的那种感受。加仓井不知道这两个月以来,圣子的心已经倾斜到了高明那边。

他知道圣子对高明依依不舍,但没想到,人已经死了,却仍然吸引着圣子。

"你真的认真考虑了吗?"

"考虑了。"

加仓井像是有些被圣子震慑住了,把目光瞥向了一边。

"那,还是不愿意吗?"

"是。"

圣子两手放在膝盖上,毫不含糊地点头答道。

"那,就这么着,打算一直一个人吗?"

"嗯……"

以后的事,圣子不知道。但就目前情况来看,下决心拒绝掉加仓井的求婚,一个人活下去——这一点,是没有任何疑问的。

"真不明白。"

加仓井呻吟般嘟哝了一句。

迄今为止,两人那么相爱,总算彼此都成了自由人,没有任何阻碍可以结婚了。可就在这一刻,却要分手,到底是怎么一回事啊。

加仓井弄不明白是完全可以理解的。其实,圣子自己也不太清楚。

"能告诉我是什么原因吗?"

加仓井像是又重新调整了一下自己,问道。

"总之,就这么结束了,很痛苦。"

"我……"

的确,就这么个结论,很对不住加仓井。但是,圣子又想不出合适的言辞来。

"没有结婚的资格。"

"有没有资格,不是你考虑的问题,我认为有,就可以了。"

"……"

"那些多余的事,你想得太多了。怪人。"

"可能是不正常。"

"你……"

加仓井的声音里带有了怒气。

"我们不是在说相声,是在商量两人今后一起走完人生的重大事情。"

"……"

这个,圣子当然是知道的。正是因为知道,才说了实话。

"再说一遍,跟我结婚吧。"

圣子低头凝视着橘黄色台灯照射的桌子一角,一动不动。模拟蜡烛的灯光,不是真的蜡烛。泡在灯油里的灯芯火苗稍一摆动,桌子上的影子也跟着晃动。

"拜托了,可以吧?"

在圣子视野的另一头,加仓井正两手扶在桌子上,做出请求的姿势,似乎还在微微地低下头来行礼。

男人在向低俯着头的女人俯首行礼。圣子觉着这个场面很滑稽,却又找不出合适的言语来答复对方。

"一定会让你幸福的。"

圣子很高兴,从来没有人如此肯定自己的存在,可以的话,现在就要扑向加仓井的怀里。但是说出口的,却是截然相反的话语。

"但现在是不行的。"

"现在?"

圣子闭上了眼睛。不这样,自己就会绷不住了。另一个圣子在嘲笑般地嘀咕着:老老实实地答应了吧。事到如今,再为死了的人尽情义没有意义,你这个傻瓜。

但一是一二是二,事情应有区分。不管两人在一起多么愉快,此时却不能含糊。否则,自己将无法继续生存下去。

"再过段时间,就可以了吗?"

"……"

"半年,或者一年过后,可以考虑吗?"

圣子没有说话。到那时能否顺顺当当地答应,自己也不清楚。

此刻圣子明确的是 —— 现在不管怎样只能自己一个人。仅此而已。

"明白了。"

很快,加仓井小声地嘀咕了一句:"你还是喜欢那个人的。"

"……"

"还是忘不了啊。"

"我告辞了。"

圣子拿起手提包,站了起来。然后直接走向了门口。

周围回响着钢琴声、人们的谈笑声。酒吧服务生端着葡萄酒杯、威士忌酒杯的托盘穿梭其间。

圣子毫不顾及那些,从付款台前通过,来到了饭店的大堂。

现在什么也不想考虑,一心一意地要逃离这里。

圣子不停步地走过大堂,向饭店门口走去。右边是饭店的总服务台,左边有电梯前的空场。

一群外国人像是刚刚到达,正蜂拥着走向电梯那边。

在跟那些外国人错肩而过的时候,圣子背后传来了加仓井的声音:"等一下……"

圣子克制住要回头的心情,更加快了脚步。

再有几步,就到大门边了。现在不能回头,一回头,总算坚持到这一步的决心意志就会垮掉了。

"什么事让你这么恼火?"

圣子听到那声音就在自己的旁边。加仓井已经赶了上来,跟圣子并排走着。

门口的侍者向他们行礼,以为是两个准备离店的客人吧。圣子径直走出自动门,并走进外面的自动旋转门。

"有原因的话,难道不该说清楚吗?这才是礼貌。"

加仓井一起挤进了旋转门,说道。

"对吗?"

加仓井说这句话时,两人已经来到了外面。右边的出租车停车场上,有两组客人在等候着,空车也正一辆接一辆地排列着。

"喂,不是吗?"

加仓井的手轻轻地触了一下圣子的胳膊肘。圣子没有搭理,站在了出租车的停车场上。

"等等。"

加仓井用只有圣子可以听得见的声音小声说道。旁边还站着一组客人及为客人招呼出租车的饭店服务生。

"再谈一次好吗?"

圣子没有吭声,坐上了开到自己面前的出租车。接着,加仓井也要坐上来,圣子伸手准备关门。

"很抱歉。"

"为什么……"

圣子眼睛看着前面,对司机说:"开车吧。"

"可以了啊?"

司机确认后,关上了自动车门。

汽车撇下始终手扶车门站着的加仓井,开走了。

"您去哪儿?"

汽车跑下饭店门口的坡道时,司机问圣子。

圣子想了一下说:"新宿。"

现在马上说出要去哪里,也没有什么合适的地方。直接回家的话,等待她的只有无人、黑暗的房间。

不过,总而言之,甩开了加仓井。眼看就要垮掉的自己总算坚持住了,仅此一点圣子也是满足的。

汽车绕过右边饭店正门前五光十色的喷水,朝绿树繁茂的赤坂离宫方向驶去。

回头望去,刚刚离开的饭店正矗立在朦胧夜色中。

恐怕以后不会再来这儿了。

圣子看着那明晃晃的城堡,小声说道:"别了。"

加仓井一定愤怒异常,也许认为圣子不肯接受求婚是变了心。

但是,圣子的内心没有丝毫的改变。从第一次见到加仓井,到以后的接吻、以身相许,对加仓井的心情没有任何变化。

绝不是因为变心什么的……

加仓井或许理解不了。正是因为喜欢,才要清楚地区别开来。正是因为爱,才不能随随便便缔结良缘。

男人或许不会有这样的道理。

这是女人特有的,不,或许只是圣子自己考虑的道理。

圣子是不会忘记加仓井的。他那高大、善良、坚实,一切都铭刻在了圣子心里,揉进了圣子的骨肉中。

现在虽然不在一起,但那一切都不会消失的。

可以说,正是因为有这般自信,圣子才与加仓井这样分别了。

若要责备圣子,也许是她的固执己见,非要按照自己认的死理去行事。爱,却又不接受求婚。

但是至少,自己如果不给自己圆理儿,圣子即刻就会崩溃。此时如果接受了加仓井的求婚,自己便是一个彻头彻尾、只知依仗男人善意的女人。

圣子要保持住自我的独立。先得尝试独立生存,然后等心情平静下来以后,再次考虑跟加仓井的事情。如果那时已经晚了,也是无奈的事儿。

汽车经过了四谷车站,像是驶向了通往新宿的繁华街道。

道路两旁尽是餐馆、咖啡茶馆及专卖店。所有店铺都在夜晚的霓虹彩灯照射中,显得生机勃勃。

看着那一切,圣子觉得自己内心升起了一股新的力量。

今后,会有怎样的未来等着自己?这一点,加仓井也好,圣子也罢,没人知晓。唯有新的一天即将拉开帷幕是确定无疑的。

圣子直直地面向前方。无数盏车灯逼近了,又转眼消失了。道路上,人们停住了脚步,又开始起步。在不断滚动着的都市夜晚,圣子明白自己正向着未来,开始扬帆。

译后记

近年来在中国特别走红的日本作家,除了村上春树,便是渡边淳一了,在中国被称作"言情大师"。渡边淳一1933年生于北海道;1958年札幌医科大学医学部毕业后留任母校,担任整形外科讲师;工作之余开始小说的创作活动。初期作品主要以医学内容为题材,以后涉及历史小说、传记小说以及剖析男女本质的情恋小说。渡边创作的范围广泛,内容丰富。作为具备医学知识的现代浪漫派作家,渡边长期活跃于日本文坛第一线。1970年,小说《光与影》荣获日本"直木奖"。1980年,《远方落日》《长崎俄罗斯游女馆》获得日本"吉川英治文学奖"。此外长期的创作生涯中,还获得"菊池宽奖"等多种文学大奖。他还致力于许多文学大奖的评委、颁奖工作,如直木奖、吉川英治文学奖、中央公论文艺奖、柴田炼三郎奖和岛清恋爱文学奖等。

2014年,渡边淳一患癌症在东京去世,享年80岁。2015年,日本集英社设立了新的文学大奖"渡边淳一文学奖"。其文学人生获得了日本文坛的充分肯定。

渡边淳一最负盛名的代表作品有《化身》《失乐园》《爱的流放地》等。毫无疑问,渡边淳一不是一位纯文学作家,在人们眼中他是一位类型化的通俗小说作家。例如有人评价说,他的前述代表作品几乎都有一个模式——"中年男性邂逅魅力女性坠入爱河"。此次翻译的1976年发表的《浮舟》亦无例外,属渡边淳一早期作品。

这部小说的主人公是二十九岁的日诘圣子。另外还有两个主要人物,一个是出版社社长加仓井,一个是圣子的同居恋人作家能登高明。两个男人跟圣子的人物发展轨迹紧密相关。表面看来,圣子是个随性无忌的年轻女人,跟高明年龄相差十九岁,却长期过着未婚同居的生活。高明因交通事故一条腿残疾,以后创作活动停滞,生活拮据。圣子只好在高明朋友的帮助下去了加仓井的出版社。加仓井家有妻室,但接触圣子后立即为其所吸引。一开始他就知道圣子是高明的女人,却仍旧毫无顾忌。他的果决、豪爽和性爱上的独断专行,同样也深深地吸引了圣子。

按理说圣子已有高明,怎么就轻率地顺从了加仓井且爱得如火如荼?加仓井不是坏人,但圣子是过去作家朋友的女人,怎么能不假思索?故事的脉络并不十分复杂,加仓井一次次邀约圣子宾馆密会。过程中,高明似乎只是个神秘莫测的影子,一个抑郁的沉默者。作为作家,高明对圣子的反应了如指掌,尽管没有真凭实据,也知道圣子心理和身体的变化,猜得出圣子有了新的男人。但他自始至终,都处在作者为他设定的神秘的迷雾之中,无论是他独自的离家出走,还是最终选择了死亡,都可以跟当时日本文化界某种缥缈的遁世情结发生关联——这个人物是作家渡边试图刻画的、当时部分文学家的特有形象。这种情结使高明这个人物,不会因圣子有了外遇而尴尬,也不会因自己的残疾而自惭形秽。

有论者在解读这部作品时,将更多的笔墨给了高明,认为高明隐秘的内在世界为作品增添了很大魅力。评价说高明为文学牺牲了一切,包括家庭和世俗的名声。说他具有某种名人气质或艺术至上主义者特征。但这究竟是不是渡边淳一的创作初衷或这种评价是否妥帖,值得探究。

如下评价或许是正确的,高明的不幸并非在于为艺术超凡脱世,而在于没有真正成为一个神秘艺术的练达者。其原因自然在于渡边淳一,在高明这个人物身上他没有下足功夫。有观点认为,小说看似以圣子串线,描写了经过旧式家庭严格训练的圣子,如何困惑于身与心的平衡。实际上高明的清高孤傲、淡漠世事、内敛寡言的气质,才是小说中最大的亮点,具有更大的吸引力。高明的食品讲究与饮酒嗜好,对考究传统和服的拘泥等等,皆透现出日本昭和时代特有的遁世破灭思想或艺术至上的文学精神。

这种看法固有道理。但从小说本身来讲,高明不论代表什么,都仅仅是一个符号或配角。加仓井也是一样。事实上,渡边淳一的关注始终在圣子身上。高明自杀前,圣子虽未直接表达,内心却不时感觉高明是个障碍或累赘。她总是背着高明去跟加仓井幽会寻欢,甚至内心里期待成为加仓井的妻子。高明自杀后,圣子的心理和态度竟又发生了一百八十度的转变。她开始拒斥加仓井,拒绝了加仓井的求婚。尽管令人奇怪,觉着不合情理,但事实上,却是作者有意而为之。渡边淳一对圣子真的是照拂有加,前因后果都一一做了明晰的交代。

文学涉及诸般社会、文化问题。如《浮舟》就涉及爱情与家庭的关系、家庭在现代人们情感生活中的真正价值、如何认识婚姻问题等。尤其是对女人来说,婚姻与自我独立的人格,二者是协调互补的关系,还是矛盾不可并存?

除此之外,文学也揭示普遍的人性,尽管人性有种种形态不同的表现方式。《浮舟》第四节写道:现在的圣子既爱高明也爱加仓井,两个人都爱。没错,这里无疑涉及人性中无处不见的"贪欲"。

小说结尾又写道,圣子当时对于高明的激情觉得腻烦,拥抱时,甚至产生一种厌恶感。逐渐地却又发觉高明和加仓井的感觉完全不同。阴与阳,清高孤单与开放畅快。两人完全相反的性格,酿出的氛围也截然不同。这些表达,自然也是关联于人性的。

继而,高明不在了,圣子却没有立即投入加仓井怀抱的想法。圣子没有接受加仓井的意思。但她内心是想接受的,却决心牢牢地约束住自己。那不是出于圣子对高明的情义,也不是要惩罚自己的随意放纵,而是圣子的性格本身——某种内在的原因决定了她不会接受。这里涉及复杂、矛盾的人物心理活动,同时也证明渡边淳一对人物是有侧重、特殊理解和有效掌控的。在圣子的内心世界,另一个圣子在诉说。曾经是那个声音呼唤圣子投向了奔放的爱情,但是那个声音又在命令圣子克制自己。此刻接受加仓井的求婚未免荒唐草率。那样将失去圣子特有的自我。

的确,高明自杀后圣子的心理活动不时令人感觉前后矛盾。结尾写道,圣子并没想要跟加仓井结婚。只是因为有高明的存在,才想得到加仓井的爱。高明不在了,加仓井也就没有了吸引力。按照这样的逻辑,高明死去了,加仓井也就失去了必要性。迄今为止两人那么相爱,总算彼此成了自由人,没有任何阻碍可以结婚了。可就在这一刻却要分手。

加仓井弄不明白是完全可以理解的,圣子自己也不太清楚。或许,人物结构的变化导致了前述心理变化。人的心理变化异常复杂,三角关系缺了一角,异动便是自然的。可是渡边淳一又写道,圣子的内心没有丝毫的改变。从第一次见到加仓井,到以后的接吻、以身相许,对加仓井的心情没有任何变化。加仓井理解不了。读者也会产生困惑。圣子心里却想得清楚:正是因为喜欢,才要清楚地区别开来。正是因为爱,才不能随随便便缔结良缘。

有血有肉的圣子令人费解,但一直到最后,这个人物是符合人物发展逻辑的。人性本来就是混沌的,哪能说得那么清楚。

不管怎么说,假如圣子为了实际的爱欲或利益,在高明死后不假思索地投入加仓井怀抱,新婚燕尔,我们可以设想那是怎样的一幅景象么?那样的圣子,将是怎样一个俗不可耐的人物?渡边淳一在讲一个青春言情故事的同时,表现了对于人性的了解、理解或关注。女主人公起名"圣子",良苦用心或亦在此。

小说的结尾也是破题……道路上,人们停住了脚步,又开始起步。在不断滚动着的都市夜晚,圣子明白自己正向着未来,开始扬帆。

愿小说带给读者新的世界及艺术与现实的启迪。

谈 谦
2015年10月20日

图书在版编目（CIP）数据

浮舟 / （日）渡边淳一著；谈谦译. -- 青岛：青岛出版社，2018.10
ISBN 978-7-5552-7661-6

Ⅰ.①浮… Ⅱ.①渡… ②谈… Ⅲ.①长篇小说 – 日本 – 现代 Ⅳ.①I313.45

中国版本图书馆CIP数据核字（2018）第212307号

夜の出帆 by 渡辺淳一
Copyrights：©1976 by 渡辺淳一
This edition arranged through OH INTERNATIONAL CO. LTD.
Simplified Chinese edition copyrights：©2018 by Qingdao Publishing House Co., Ltd.
All rights reserved.
简体中文版通过渡边淳一继承人经由OH INTERNATIONAL株式会社授权出版
山东省版权局著作权合同登记号　图字：15-2017-237号

书　　　名	浮舟	
著　　　者	（日）渡边淳一	
译　　　者	谈　谦	
出版发行	青岛出版社	
社　　　址	青岛市海尔路182号（266061）	
本社网址	http：//www.qdpub.com	
邮购电话	13335059110　（0532）68068026	
策划编辑	刘　咏　杨成舜	
责任编辑	霍芳芳	
封面设计	末未美书	
封面插图	早禾村人	
照　　　排	青岛乐喜力科技发展有限公司	
印　　　刷	青岛国彩印刷有限公司	
出版日期	2018年10月第1版　2018年10月第1次印刷	
开　　　本	大32开（890mm×1240mm）	
印　　　张	12.75	
字　　　数	250千	
印　　　数	1-10000	
书　　　号	ISBN 978-7-5552-7661-6	
定　　　价	49.00元	

编校印装质量、盗版监督服务电话：4006532017　0532-68068638
本书建议陈列类别：日本·畅销·小说